新 潮 文 庫

転 び 者

新・古着屋総兵衛 第六巻

佐 伯 泰 英 著

新 潮 社 版

9706

目次

転び者

新・古着屋総兵衛 第六巻

第一章　再びの海戦

一

西国の薩摩《さつま》藩を雄藩たらしめたのは琉球《りゅうきゅう》の存在であろう。

薩摩藩は、正しくは鹿児島藩であり薩摩、大隅《おおすみ》二国と日向《ひゅうが》国諸県《もろかた》郡の大部分を領有する他、琉球国を支配することを幕府より許されていた。

島津家初代の家久《いえひさ》以来のことであった。

家久は慶長十四年（一六〇九）に幕府の承認のもとに琉球王国を侵略して奄《あま》美《み》大島《おおしま》を藩の直轄《ちょっかつ》領に組み入れ、他の琉球諸島を琉球国司領として加えた。この琉球の石高十二万三千七百石を含め、薩摩藩は七十七万石の表高と幕末まで称された。それは加賀前田家に次ぐ大藩を意味した。幕府との関わりでは外様《とざま》、当代島津重豪《しげひで》の官位は従三位中将であった。

　徳川幕府二百年の歴史を通じ、薩摩藩は他藩と根本的に異なる藩政を取った。日本列島の最南端に位置し、幕府、他藩との交流を極力避け、領国内を解放しようとはせず、

「辺境」

を徹底的に守り通してきたことだ。領内に巡らされた外城《とじょう》制度のもとに厳しい監視体制が取られ、よしんば幕府の密偵が入国したとしても領外に出ることは至難といえるほどの監視の眼が行き届いていた。他国者には理解のできない薩摩言葉も秘密主義を守る一つだった。

　その一方で道之島（奄美群島）、琉球諸島を通じて、南方には門戸が開かれていた。

　これは家康が徳川幕府を確立して以来、対外的に和親外交を堅持することを命じたことと関わりがある。中国との朝貢冊封《ちょうこうさくほう》の関係を保持していた琉球を幕府が直接支配するのは中国を刺激することになる。そこでその途《みち》を避け、薩摩の島津氏を通じて琉球を領有支配することにした。

江戸幕府に恭順の意を示しながらも、薩摩は藩体制の強化確立に努めた。北の江戸に対する閉鎖性を緩めることなく、南の琉球、中国に対する開放性を維持する二面性は薩摩の特質であり、財政的には南西諸島の特産品と琉球を通じて、

「唐《から》もの」

の抜け荷が大藩薩摩を支えてきた。

当代藩主島津重豪は延享《えんきょう》二年（一七四五）十一月、薩摩藩主七代目の重年《しげとし》の長男として誕生している。幼名善次郎が薩摩藩八代目の当主に就くのは父の重年の死により、宝暦《ほうれき》五年（一七五五）のことだ。宝暦八年に元服した善次郎が将軍徳川家重の名を一字賜り、重豪と改名した。だが、年少のために藩政には関与せず祖父の島津継豊《つぐとよ》らが摂行した。

長じて薩摩の藩政の実権を握った重豪は、直仕置体制を強めて財政改革を企てた。一方では、藩学造士館、演武館を創設し、文武の向上に務め、医学院、明時館も創立、また書物の編纂《へんさん》に寄与した。

また三女の茂姫《しげひめ》を右大臣近衛《このえ》経熙《つねひろ》の養女寔子《ただこ》としたうえで徳川家斉《いえなり》と婚姻を

取り結ばせ、御台所《みだいどころ》として江戸城大奥に送り込んで、徳川家と島津の関わりをより確固としたものにしようとした。大藩とはいえ外様大名の島津が江戸城で権力を有し、威信を高める途は、徳川家や京都の公卿《くげ》との間に密接な婚姻関係を結ぶことであったからだ。

重豪は若くしてこのことに腐心した大名であった。

まず自らの最初の正室に三卿《さんきょう》の一人一橋宗尹《ひとつばしむねただ》の娘保姫《やすひめ》を貰《もら》ったが、婚姻から七年後に死去した。そこでその一年後に前権大納言甘露寺《さきのごんのだいなごんかんろじ》規長《のりなが》の娘綾姫《あやひめ》を得たが二番目の妻も五年後に死去した。だが、この二度の婚姻と死のあとも重豪は、徳川家や公卿との関係を保ち続けた。

そして、一橋家との関わりから安永五年（一七七六）に三女の茂姫を一橋治済の長男豊千代のもとに婚約者として送り込んだ。この豊千代が天明七年（一七八七）に第十一代将軍家斉になったことで重豪は将軍家の岳父の地位についた。

この天明七年、重豪は隠居して栄翁と称し、斉宣《なりのぶ》の藩政を後見し、院政を敷いた。二重政治の結果、藩政は弛緩《しかん》し、天明八年（一七八八）に幕府より二十万両の上納と禁裏・二条城普請《ふしん》作業を命じられ、多額な出費を強いられたこともあって財政が急速に傾こうとしていた。

そんな折、薩摩に一つの急報が狼煙《のろし》によって伝えられた。

この狼煙の意味することはただ一つだった。

百年来の仇敵《きゅうてき》、江戸の古着問屋大黒屋《だいこくや》が新たなる交易船団を組織し、異国をめざし、南に進路をとったという知らせだった。

およそ百年前のことだ。宝永《ほうえい》六年（一七〇九）、薩摩が誇る大隅丸を旗艦とする十文字船団五隻《せき》と新造の巨船大薩摩丸は大黒屋の所蔵船大黒丸一隻に完膚《かんぷ》なきまでに叩《たた》きのめされた。それも薩摩領海の海戦でのことだ。

この戦いを宝永の海戦として薩摩隼人《はやと》は忘れることはない。

抜け荷商いが藩財政の基盤をなす薩摩にとって交易船団の壊滅は大いなる打撃であった、それ以上に江戸の一古着屋にわが領海を荒らされた事実は、薩摩の体面を覆いようもなく汚《けが》された屈辱であった。またそれは異国交易を江戸の一介の商人の大黒屋が独占することを意味した。

だが、六代目当主の総兵衛《そうべえ》勝頼《かつより》の死とともに大黒屋の異国商いは急速に頓挫《とんざ》していった。

一方、薩摩は領海の珊瑚礁《さんごしょう》に沈んだ十文字船団の屈辱を抱いて、この百年を過ごしてきた。

江戸富沢町《とみざわちょう》の古着問屋大黒屋は首里の泊湊《とまりみなと》にある大黒屋の出店を通じ、ほそぼそとした異国交易はなしていたがもはや薩摩の敵ではなかった。

むろん大黒屋の動静の監視を薩摩は怠ったわけではなかった。

何故《なにゆえ》、大黒屋が江戸城近くに古着商を許され、何百軒もの古着屋を束ねる惣《そう》代《だい》の地位に君臨してきたのか。

江戸時代、古着商は新物の衣類以上に需要があった。ために衣替えの季節を問わず富沢町は賑《にぎ》わっていた。だが、この数十年、富沢町を牽引《けんいん》すべき惣代格の大黒屋に活気がないせいもあって富沢町の景気も今一つ振るわなかった。それでも大黒屋は古着商を主導する権力者の地位から陥落することはなかった。

なぜか?

薩摩は地道な探索を続け、ほぼ大黒屋の主《あるじ》の陰の正体は摑《つか》んでいた。

神君家康との約定のもとに富沢町に拝領地を頂戴《ちょうだい》し、古着商の権利を保障された背後には、さらなる秘密がなければならない。

重豪は累代《るいだい》の奥祐筆《おくゆうひつ》を務める徳田英聡《ひでさと》を籠絡《ろうらく》し、家康が、

「影様」

なる人物を幕閣の中に密《ひそ》かに配して、徳川家に謀反《むほん》など危険を企む人士を排除する絶大な権限を授けていることを知った。その影様の手足となって働く戦士が鳶沢《とびさわ》一族というのだ。

駿府《すんぷ》に家康が身罷《みまか》った折、久能山《くのうざん》に亡骸《なきがら》が安置され、その亡骸を護《まも》ったのが久能山背後の鳶沢村の面々であったそうな。その鳶沢一族は、家康の亡骸が日光に移送されるときも同道していた。

この鳶沢村の頭領こそ富沢町の古着商大黒屋総兵衛というのだ。

重豪は、鳶沢一族を動かす影様の正体を突き止めんと、莫大《ばくだい》な金子《きんす》を幕閣の諸処方々に撒《ま》いた。

本来外様大名薩摩は幕府と朝廷との距離を密接にすることを藩是としてきた。

重豪の三女の寔子が家斉の正室になったことで、薩摩の江戸での力は急速に強化され、他の大名諸侯が一目をおく、

「高輪《たかなわ》下馬将軍」

と呼ばれるようになっていた。そんな重豪に家斉の御側衆《おそばしゅう》、本郷丹後守康秀《ほんごうたんごのかみやすひで》が接触してきて自らが、

「影様」

であることを匂《にお》わせた。

重豪は本郷康秀の仄《ほの》めかしを直ぐに信じたわけではなかった。だが、幾たびかの内談のあと、影様が本郷康秀である確証を得た。

そこに異変が生じた。

大黒屋九代目の総兵衛が病に斃《たお》れた後、跡継ぎのない大黒屋は血脈が絶え、商い停止《ちょうじ》に追い込まれようとしていた。その情報は富沢町を見張る薩摩の江戸藩邸の密偵によって知らされてきた。

ところが、あろうことか暗雲が漂う富沢町の大黒屋に突如十代目の総兵衛が出現したのだ。大黒屋の見張りが強化された。

そのような最中、影様本郷康秀は日光で抹殺《まっさつ》された。なんと影様を手先たるべき鳶沢一族が始末したのだ。そして、今、三浦半島の剣崎《けんざき》から上げられた狼煙は次々に、薩摩が日本列島の東海岸沿いに設置した狼煙台の伝達で数日後に

は足摺《あしずり》岬から薩摩の日向領を経て鹿児島鶴丸《つるまる》城に伝えられた。

隠居した重豪を中心に重臣会議が招集され、

「大黒屋の交易船団阻止」

が決められた。

三浦半島の剣崎から薩摩領大隅海峡を通過し、大隅諸島、吐噶喇《とから》列島、奄美諸島を経て、琉球島に辿《たど》り着くのに何日かかるか。大黒屋の船隠しのある深浦《ふかうら》に張り付かせた密偵は、南蛮ガレオン型の大型三檣《さんしょう》帆船の船足は早いという。風具合次第だが、十数日以内には必ずや大隅海峡に差し掛かろう。

重豪は即刻、薩摩の交易船を警護する新・十文字船団の帆船の出陣準備を命じた。

百年前の海戦での敗北を踏まえ、重豪は自ら長崎に出向き、オランダ商館長らと交流し、オランダ帆船に乗船して欧州先進国の帆船が和船よりはるかに堅《けん》牢《ろう》にして、いかに季節風を巧みに利用しての長期遠洋航海が可能か、また大砲を何十門も両舷《りょうげん》に装備した大型帆船の防衛攻撃力が強力かを承知していた。それだけに重豪は薩摩領内で和船にオランダの帆船の利点長所を取り入れた帆船を造船させていた。

それが新・十文字船団だった。遠洋航海に耐えうる操縦性、敵船を圧倒する攻撃力、組織力において和国最強の水軍と重豪は密かに自負していた。

「こたびの船戦《ふないくさ》は百年前の敵討ちじゃぞ。必ずや海底深くに沈めよ」

「重豪様、大黒屋が久しぶりに異国交易に出す帆船でごわんそ、なかなかの荷を積んでおりもんそ。こいはどげんしもんそかい」

家老の一人浜口忠義が重豪に問うた。

「浜口、薩摩言葉は話すでないと申したぞ」

と重豪が指摘した。

重豪は、家斉の岳父として薩摩の地位が高まるとともに、家臣の使う薩摩訛《なま》りや粗野な立ち振る舞いを改めるように厳しく命じていた。ゆえに重豪を前にした話では江戸弁の使用が義務づけられていた。

「はっ、いかにもさようにごわした」

浜口が慌《あわ》てて答えたがやはり薩摩訛りを残していた。

「大黒屋は昔から加賀藩や京の商人と誼《よしみ》を結んでおろう。ならば何十万両もの財宝を積んでおることは確かと思える。じゃが、まずわれら、百年前の屈辱を晴らすことを優先せよ。勝ち戦と決まった折には強奪を許す」

と重豪が決断した。

重豪が次々に打ち出した開明的な政策には莫大な費えが要った。ために薩摩は琉球を通しての異国交易をより強力にする必要があった。金子はいくらでも要った。この機に仇敵大黒屋を打ち破り、交易船に積まれた品と金子を奪いとるならば、仇と実利の二重どりと一座の重臣は考えた。

だが、この中で家老の秩父《ちちぶ》季保《ときやす》だけは沈黙を続け、隠居重豪の日に日に強まる院政の弊害と開明策に浪費される多額な金子を考えていた。

「船手奉行に枕崎湊《まくらざきみなと》にある新・十文字船団の出船を命じよ」

重豪の命を最後に重臣会議は終った。

この決定は直ちに薩摩半島枕崎外れの新・十文字船団の船溜《だ》まりに知らされ、和洋折衷で造られた大帆船薩摩丸を旗艦とする七隻からなる船団の出船準備が慌ただしくも整った。

船手奉行胆入《きもいり》辰五郎は大黒屋の帆船が三浦半島を出航して琉球の泊湊に立ち

寄ることを考えたとき、佐多岬と種子島《たねがしま》の間の大隅海峡に新・十文字船団を待機させるべきだと判断した。

大黒屋はただの商人ではないことを胆入らは承知していた。だが、この数十年、大黒屋の交易船はひたすら琉球の出店と江戸の間を薩摩の眼を盗むように往来して琉球口の品を細々と運んでいるに過ぎなかった。その船は確かに薩摩と同じ和洋折衷の技術で造船された帆船だったが、格別に薩摩の新・十文字船団の脅威となるものではなかった。大黒屋の帆船は常に一隻体制で、夜の大隅海峡を密やかに抜けていた。

大黒屋の九代目主の総兵衛が亡《な》くなり、十代目が新たに誕生したそうな。この人物は洋式大型帆船に乗り、突然江戸外れに姿を見せて、大黒屋の十代目に就いたという。

江戸から伝えられる密偵の情報は断片的だった。

駿府の鳶沢村の生まれというものもあり、別の情報では異郷生まれとも薩摩に知らされてきていた。

なんとも摑みどころがない十代目の誕生とともに、この数十年地道に本業の古着商いに専念していた大黒屋は再び変貌《へんぼう》を遂げようとしていた。

江戸富沢町の古着商と柳原土手の古着屋を糾合して春の古着大市を催して、大黒屋の指導力を改めて見せつけたそうな。そして、今、異国へとその視線を向け直し、交易船団を編成したのだ。

だが、大黒屋が動かせる外洋航海の帆船はせいぜい二隻、あるいは十代目が乗ってきた帆船一隻かと推測された。

ともあれ大黒屋が異国交易に乗り出すならば、薩摩は許すことは出来なかった。九十数年前の敗北の恨みもあった。

大黒屋の船を大隅海峡に撃破して捕捉する、それが重豪の命であった。

船手奉行肝入は枕崎の船隠しの七隻の新・十文字船団の仕度に二日を要させ、入念に海戦の準備を終え、三日目の夜明けとともに出船を命じた。同時に帆一枚と六丁櫓《ろ》の早船に斬り込み隊を乗せて、砲撃戦の海域に急がせるように佐多岬と馬毛島《まげしま》に十数艘《そう》ずつ待機させていた。一艘の早船には船戦に慣れた薩摩隼人が七人から十人ほど乗っていた。薩摩水軍の斬り込み隊はひたすら船戦の実戦稽古《げいこ》に明け暮れてきた猛者《もさ》たちだった。

大隅海峡の幅は大隅半島の南端佐多岬から馬毛島までおよそ十六海里（約三〇キロ）、種子島まででも二十一海里（約四〇キロ）余だ。

秋晴れの日には海峡全域が見渡せた。

胆入は七隻のうち、三隻を海峡に遊弋《ゆうよく》させ、二隻ずつを佐多岬と馬毛島に隠して海峡に展開する三隻の動きを見守らせた。

七隻の旗艦薩摩丸は二檣縦帆型帆船で、和船にすると三千石を越える大船だった。装備は長崎に入港したオランダ帆船から購入した二十四ポンド砲を左右舷側に七門ずつ備え、他の六隻の船団の搭載砲と合わせると五十八門を数えていた。大黒屋の異国の帆船が何門の砲備をしているか、推測に過ぎなかったがせいぜい三十門かと推測された。異国への出船を前に加賀に向った大黒屋の船が搭載砲を売り渡したという情報もあった。

大隅海峡に差し掛かった一隻、あるいは二隻の大黒屋の交易船団を七隻で囲んで一気にケリをつける。操舵《そうだ》不能に陥った船には早船が忍び寄って斬り込みを図るのだ。領海内ゆえにできる荒業だった。

大隅半島の火崎の狼煙台《のろしだい》でも遠眼鏡で大黒屋交易船あるいは船団の到来を監

視していた。

万全の備えに入り、三日四日と海峡遊弋が続けられたが、大黒屋の持ち船が姿を見せる様子はなかった。

船手奉行の胆入は戦士でもある水夫《かこ》たちが緊張を解かぬように待機組の四隻と遊弋組の三隻を日によって交代させつつ、遊弋船団にも待機組にも厳しい実戦訓練を続けさせていた。

大黒屋の交易船、出船の知らせが薩摩に届いて十日余りが過ぎた。

だが、未《いま》だ大黒屋の交易船が大隅海峡に入ってくる様子はない。季節風を考えれば琉球に到着していなければならない時期だった。

「奉行どん、大黒屋の船、土佐沖から種子島の外を回ったとじゃごわはんか」

と胆入船奉行が乗る薩摩丸の船頭《ふながしら》が首を捻《ひね》りながら、尋ねた。

「龍野《たつの》、大黒屋の船には京と加賀からの預かり荷が積まれておるそうな。いくら南蛮型の帆船とは申せ、外海を航行する危険を冒すであろうか」

「奉行どん、いかにもさよう。となると島の外城も海をば眺めておりもんそ。まず見逃すことはございもはん」

と話がなされた。

そんな最中、薩摩の鶴丸城に駿府府中からの早飛脚が届けられた。城中にいた重臣が隠居の重豪に届けて、密偵からの暗号文がその場で平文に解読された。解読の役方が無言で差し出した平文には、

「鳶沢総兵衛　帆船イマサカ号に在り　五島列島中通島奈良尾湊《なかどおりしまならおみなと》にて最後の荷積みなり　イマサカ号の砲備は六十六門なれど加賀金沢にて五十門の二十四ポンド砲ならびにカロネード砲を売却せり　ゆえに十六門の貧しき砲備なり必ずや交易地到着時までこの装備にての航海ならん　陰」

とあった。

重豪が何度か読み直し、密偵からもたらされた情報が確かめられたと思い、一座に回した。

「重豪様、こりゃ、魂消《たまげ》もした」

と最初の一人が呟《つぶや》いて、駿府からの文は一同の手から手に渡った。

「新たに大黒屋の主《あるじ》に就いた総兵衛自ら交易に乗り出したか。異国生まれなりという風聞も江戸に流れておるそうな。総兵衛自身が交易に携わることは必定

と見ておったがこれで確証がとれた」

重豪がにんまりとした笑みを浮かべた。重臣たちも重豪の笑みに応じて、

「重豪様、こいで百年の恨みが返せもす。相手の装備は十六門でごわんさ、うちの新・十文字船団は五十八門、イマサカ号を囲んで撃ち砕いて海に沈めもんそ」

「そいじゃなか。身動きできんようにして、積み荷を頂戴《ちょうだい》した後でイマサカ号の始末をば考えてん遅くはなかろう」

「待て」

重豪が思案顔で薩摩言葉を混じえて応じる重臣らの興奮を鎮《しず》めた。

「五島列島にて最後の積み荷となると、紀伊水道に入り、瀬戸の内海を抜けて周防灘《すおうなだ》から赤間の関を通って、壱岐《いき》水道から五島列島に向かう航路を選ばぬか」

「じゃれば大隅海峡は素通りでございもすな」

「ということになるが新・十文字船団を五島列島中通島に急派するか、今ならなんとか間に合おう」

「ぎりぎりのところでございますぞ。ならば、琉球沖に派遣して大黒屋のイマサカ号を待ち受けたほうがより確かにございましょうぞ」

議論があれこれと繰り返された。

「秩父季保、そのほう、最前から一言も喋《しゃべ》りおらんな」

「重豪様、この駿府からの急報を信じてよいものにございましょうかな」

「なぜか」

重豪の顔が見る見る不機嫌に変わった。

「いかにもこの文、駿府にて出されたことは確かにございましょう。ですが、この大黒屋の秘密を何故《なにゆえ》江戸ではのうて、駿府で探り得たか」

「駿府には大黒屋の国許《くにもと》といえる鳶沢村があるではないか」

「鳶沢村にて話を得たと仰《おお》せられますか」

秩父の反問に重豪が苦い顔をした。

「イマサカ号が鳶沢村の久能山沖に停泊致してもなんの不思議もあるまい」

「それにしても交易船の砲備は極秘中の極秘、大船に十六門とは不用心、外海を航行する船にしてはいささかおかしゅうございます」

「加賀の前田家が大砲を入手しようとしておるのは千代田城中の公然の秘密、大黒屋が加賀に立ち寄ったついでに高値で売り払ったことは容易に察せられる」

「陰なる密偵に覚えの者はおらんか」

と秩父が一座を見回した。

「それがしが」

密偵を統括する陰目付衆の犬田辺仁三郎が秩父家老の問いに応《こた》えた。

「外城《とじょう》道之島の出にて北郷陰吉《きたごうかげよし》にございます。老練な密偵にございまして、領内で七年、江戸屋敷支配下で十二年を経た古強者《ふるつわもの》にございます。おそらく鳶沢村を見張ることを命じられていた者にございましょう」

「ならば観察は確かであろうが」

重豪が秩父を睨《にら》んだ。

「そやつを信頼せぬわけではございません。ですが、聞き込んだ話にしては余りにも細こうございます。薩摩にとって実に都合よき話ばかりにございますな、そこがどうも」

秩父季保が首を捻った。

「大黒屋を再生させてはならぬ。薩摩の琉球口の品の値を下げるようなことは許されぬ」

「でございます。ゆえに新・十文字船団を大隅海峡と五島列島に二手に分けるか。あるいは確実を期して琉球沖にて待ち受けるか」

秩父の二つの提案に対して、

「ご家老のお考えのほか、このままの態勢にて大隅海峡で待ち受けるという策もございますぞ」

と犬田辺が言った。

三つの案が喧々諤々《けんけんがくがく》議論され、重豪の判断にて新・十文字船団を二つに分割する策がとられることになり、旗艦の薩摩丸に二隻《せき》を従わせて五島列島中通島に向わせ、残りの四隻は大隅海峡で待ち受けることが決まった。直ちに大隅海峡に早船を走らせ、即刻五島列島へと薩摩丸ら三隻が転じることになった。

二

大海原を二艘の帆船が南進していた。

伊豆諸島のさらに南、青ヶ島から小笠原諸島に向って突き進むイマサカ号と大黒丸の二艘の大黒屋交易船団だ。

駿府の久能山沖にほんの一時錨泊《いっときびょうはく》していた二隻は、再び琉球に向けて日本列島東側沿いに南西へと突き進み始めた。

日本古来の航海法には地廻《ぢまわ》りあるいは地方《じかた》乗りと、沖乗りの二つがあった。

地廻りは岸伝い島伝いに航行する方法で陸上の山並み、岬などを頼りに船の位置を知りながら進む航海法だ。

沖乗りは海岸から離れた海域を磁石、測天儀、望遠鏡などを用い、航海の方位、刻限、帆走距離を計りながら帳面に記し、航海する方法だ。たとえば日本列島周辺では伊豆下田沖から鳥羽、安乗《あのり》へ直航する折などに用いられた。どちらにしても外海を航海するわけではない。

久能山沖を再び抜錨してから半刻《はんとき》（一時間）後、イマサカ号と大黒丸の操舵室でほぼ同時に鳶沢一族の長、鳶沢総兵衛勝臣《かつおみ》が交易船団の長にあてた第一の指令書が開封された。

イマサカ号の操舵室では唐人卜師《ぼくし》の林梅香《はやしばいこう》が一番番頭の鳶沢信一郎の手に指令書を渡して信一郎の手で披《ひら》かれ、その命がイマサカ号船長具円伴之助《かぴたんぐえんばんのすけ》、副船長兼航海方千恵蔵、林梅香らに披露された。

一方、大黒丸でも主船頭を改め、呼び名をイマサカ号のように船長と統一した金《き》武《ん》陣七船長と幸地達高《こうちたっこう》副船長兼舵方《かじかた》がこの指令書を読んでいた。

イマサカ号の船上に喇叭《らっぱ》が鳴り響いた。操舵室から、

「真南に転進！」

の指令が命じられ、親子のように寄り添って進むイマサカ号と大黒丸が同時に南西から真南に方向を転じて、二隻の甲板が俄《にわ》かに慌《あわ》ただしくなった。

大黒屋の異国交易に随行し、西欧の大砲技術を学ぶためにイマサカ号に乗船していた加賀金沢藩の大筒方佐々木規男、田網常助、石黒八兵衛の三人は、

「な、なにが起ったのじゃ」

「佐々木様、わしはそれどころではない、胸がむかむかして腰が上がらん」

と田網が弱々しげに応じ、石黒八兵衛が、

「わしもじゃ、もはや吐くものなどなにもないのに気色が悪い」

と下層甲板の部屋で言い合った。

だが、周りから乗組員の姿は搔《か》き消えて、主甲板でなにか訓練が行われている様子が部屋にも伝わってきた。

三人は大筒とはまるで違う砲術を学ぶために大黒屋の交易船団に乗り組んでいた。二隻の乗組員のうち、三人だけがいわば客扱いだった。

もとより佐々木らは砲術だけを学ぶとは思ってない。大型帆船に乗り組んだ以上、その航海術、操船術など航海に必要なすべて、さらには異国での交易を学ぶつもりで乗船していた。

だが、イマサカ号が三浦半島を回り、異人たちがぱしふこと呼ぶ大海原に出たとき、早くも船酔いに見舞われた。三人はなんとか他の乗組員に悟られないようにしてきた。風に吹かれ、気分を変えるために主甲板に出たとき、総兵衛と顔を合わせた。

傍らにはなんとも見目麗《うるわ》しい若い娘を従えていた。

(大黒屋の船には女子《おなご》も乗るのか)

高貴を漂わした娘は坊城桜子《ぼうじょうさくらこ》だ。

佐々木らはこの娘が何者か知らなかった。なにより船に女子が乗り組むことに驚きを禁じ得なかった。だが、その折は娘の美貌《びぼう》に関心を寄せるどころではない。船酔いを堪《こら》えるのに必死だった。

「おお、加賀のお三方、イマサカ号の乗り心地はどうでございますな」

と雅《みやび》な和語で総兵衛に問われたものだ。

「われら三人、た、楽しんでおり申す」

佐々木規男がむかむかする船酔いを悟られないように答えた。

「ふっふっふ」

と笑った総兵衛が傍らの娘に視線を向けて、

「桜子様、船旅はいかがかな」

「風がうちの顔を優しく弄《なぶ》ってくれてなんとも気持ちがようございます、総兵衛様」

と微笑《ほほえ》みの顔で桜子と呼ばれた娘が答えたものだ。

佐々木はなんとか船の揺れに堪えて、総兵衛と娘の前で醜態を見せぬように必死で務めた。

「佐々木様、無理はなさらぬことです。航海は長うございます、まず船に慣れることがそなた様方の最初の務めにございますでな」

総兵衛が三人をまず客として遇する言葉を告げた。

佐々木らは主甲板から早々に自分らの部屋として与えられた砲甲板の片隅の小部屋に入り、桶《おけ》を抱えた。

三人が鮪《まぐろ》のように寝込んだ部屋の床をだれが持ち込んだか手毬《てまり》がごろごろと船の揺れに合わせ転がる様を見ながら、時が過ぎゆくことを、船酔いに耐えつつひたすら待った。

総兵衛と娘に会った日から何日が経過したのか。

駿府の江尻湊《えじりみなと》沖で一時《いっとき》船足を緩めたことを佐々木らは知らなかったし、また総兵衛と娘の姿が下船して、見えないことにも気付いていなかった。

ひたすらそれぞれが桶を抱えて時を過ごした。もはや胃液すら出てこない、ただ嘔吐感《おうとかん》だけがしつこく付きまとった。

昼なのか夜なのかさえ三人は区別がつかなかった。

砲甲板から砲撃の音が響いてきて、佐々木らを驚かせた。

（われらは砲術を学ぶためにイマサカ号に乗っておるのじゃぞ）

と自らに言い聞かせた。だが、頭さえ起こすことが三人ともに出来なかった。

（情けなや、悔しいやな）

と力なく歯軋《はぎし》りをしてみたが激しい頭痛が襲ってきただけだった。

「佐々木様、船酔いはいつ収まるので」

「八兵衛、わしに聞くな。加賀藩士の大筒方として禄《ろく》を食《は》んできた者が、商人の交易船に乗せられて砲術の見習いどころか、船室に寝付いて立ち上がれもせぬ。これで奉公を果たしているといえるか」

ずずーん！

と新たな砲撃音が響いてきて船が揺れ、佐々木たちの吐き気を誘った。

「佐々木様、われら、南蛮大筒に触れることもなく船酔いで死ぬのではありませんか。わしはそんな気がしてきた」

「常助、弱音を吐くでない。明日こそ三人して砲甲板に入り、砲術を学ぶぞ」

「立ち上がれましょうか」

うす暗い船室で手毬だけが相変わらずあちらに転がり、またこちらへと船の傾きに合わせて滑りきた。

一日二度、炊《かし》き方の若い衆がおかゆのようなものを運んできてくれた。だが、一口も食べることができなかった。ただ白湯《さゆ》を飲みながら時に耐えるしかなかった。

この日、唐人の林梅香が佐々木らの船室に姿を見せて、竹筒に入れた煎《せん》じ薬を強引に飲ませた。一日に二度、苦い煎じ薬を飲まされて二日目、船酔いがわずかに薄れていた。

「われらも主甲板に出て、乗組員とともに動きましょうか」

石黒八兵衛が勇気を奮い起こして言ったのは、深浦の船隠しを出て七、八日も過ぎたころのことだ。

この日、イマサカ号の揺れは少なく、海が平穏なことを告げていた。

「われら、すべてを大黒屋一統から学びとらればならぬ。そのために船に乗せてもらっておるのじゃからな、無駄に日にちを過ごすのにも飽きた。常助、八兵衛、甲板に上がろうぞ」

「佐々木様、船足が早まっておりませぬか」

「そのようじゃな」

三人は互いを励ましながら主甲板によろめき出た。すると頭上の三檣《さんしょう》に帆が半分ほど張られ、左舷《さげん》側に従う大黒丸の船速に合わせて帆走していた。大黒丸の二檣二段の四枚帆は風を孕《はら》んで最大船速で疾走していた。

それに対してイマサカ号の三檣五段の横帆は半分しか拡帆されていなかった。そんな帆桁《ほげた》の上に筒袖《つつそで》の船衣を着た水夫《かこ》たちの姿が見える。この揺れる船上で、海面上二百数十尺の帆桁に上がり、身軽にも平然と行動していた。

（これが南蛮帆船での働きぶりか）

驚くことばかりだった。

「ああ、陸が見えぬ」

田網常助が怯《おび》えた声を上げた。

三人のうち、佐々木規男と田網常助は能登半島沖でイマサカ号に乗船を許されていた。だが、あの航海じゅう見慣れた能登半島や立山連峰が船上から眺められた。

辺りを見回しても僚船の大黒丸が全速航海で従うだけで陸影どころか二艘《そう》の

他に船影は見えなかった。

穏やかな大海原が広がっていた、気温も上がっていた。それは南の海にあることを佐々木らに教えていた。

佐々木は操舵室《そうだしつ》を見上げた。すると大黒屋の一番番頭の信一郎と視線を合わせた。傍らには具円船長や千恵蔵副船長、さらには唐人卜師の林梅香ら交易船団の幹部たちが顔を揃《そろ》えていた。

「佐々木様、船酔いの気分はどうですね」

「林梅香どのの煎じ薬のお蔭《かげ》で船酔いが薄れ、上々の気分にござる。あの煎じ薬さえ前もって飲んでおけば、われら、あのように苦しむこともなかったのではござらぬか」

真っ青な顔で体をひょろつかせながらも答えた。

林梅香がにんまりと笑い、

「佐々木様、あれは船酔い止めの薬ではございませぬよ。体力の落ちたそなた様方に滋養強壮をつける漢方を処方しただけでしてな、あのせいで気力と体力が蘇《よみがえ》ってきたのです」

「船酔いが治ったわけではないので」

「いえ、佐々木様方の顔色を見るに徐々にですが船に慣れてきておられます」

唐人卜師が言い切った。

「ならばわれらにもなんぞ命じて下され」

イマサカ号の主甲板上で百人以上もの男たちが整然とそれぞれの部署の長の命に服して作業していた。

「もはや船酔いを克服しましたでな」

佐々木規男が答えたが傍らの石黒八兵衛が、

「ご、ご免下され」

と言い残すと主甲板から下層甲板への階段によろめき下りていった。

「石黒八兵衛は外海に出るのが初めての経験にございますで、お許しあれ」

「最初はだれしも船酔いに悩まされるものです、林老師も船酔いの秘薬の持ち合わせはないという。こればかりは慣れるしかございません」

大黒屋の一番番頭がにこやかに答えたものだ。

船衣《ふねごろも》を着た一番番頭の表情が武人、あるいは海人の精悍《せいかん》なものへと変わっているのを佐々木は認めた。大黒屋は一介の商人ではないのだ、鳶沢一族という貌《かお》を隠し持った武人集団でもあるのだ。その鳶沢一族に琉球の海人池城《いけぐすく》一族、そして、六代目の総兵衛の血を引いた十代目総兵衛の率いる今坂一族が加わり、異国への交易に乗り出したところだ。

（落ちこぼれたのはわれら三人だけか）

佐々木は辺りを見回しながら尋ねた。

「大黒屋総兵衛様は船室にござるか」

わずかな刻限、船足を緩めた駿府の江尻湊沖で総兵衛、坊城桜子、田之助の三人が下船し、代わりに鳶沢一族の十五人が新たに乗組員に加わったことを佐々木らは知らなかった。

「総兵衛様はこたびの交易にはごいっしょされませぬ」

「えっ、下船なされた」

「はい」

「この大海原のどこで下船なされたので」

「駿府の江尻湊沖で下りられました」

信一郎は鳶沢村の位置を加賀藩の大筒方に悟られぬように曖昧《あいまい》に答えた。

「あの娘御も」

「はい、桜子様も」

「知らなかった」

佐々木は呟《つぶや》いたが、だれかとは問わなかった。その代わり、

「われら、ただ今、琉球に向かって南下しておるのですか」

と信一郎に尋ねた。

「いえ、駿府からほぼ真南、ぱしふこ海のただ中におります。小笠原諸島父島の西およそ百十数海里を航海中でございます」

佐々木規男には信一郎が答えた海域がどこかおぼろにすら想像がつかなかった。

「大海原を走って琉球に行くのでございますか」

「いえ、間もなく船団は北に再び転進します」

交易船団は進路を外れて南に向かい、再び進路を北にとって元に戻るというのか。なんのために、と疑問が湧《わ》いた。

信一郎の言葉が合図のように操舵室の片隅で若い水夫が喇叭《らっぱ》を手にすると喨々《りょうりょう》と奏し始めた。すると具円船長が、航海方でもある千恵蔵副船長が舵輪を握る操舵方に、

「真北へ転進！」

を命じた。

佐々木と常助の頭上ではばたばたと横帆が翻《ひるがえ》り、帆方が桁上で敏捷《びんしょう》に作業を始めていた。そして、主甲板では鳶沢村から乗船した一族の数人が床に這《は》い蹲《つくば》り、雑巾《ぞうきん》で磨いていた。彼らも船酔いに苦しんでいたが、鳶沢一族の出の者はいくら幼くとも海を知らなくとも、

「出来ません」

とか、

「船酔いしました」

と理由を弁じて頭分の命を拒むことは出来なかった。

「佐々木様、大黒丸が間合を空けて転進していきますぞ。弁才船《べざいせん》の舵《かじ》より格段に効きがようございます」

常助が叫びかけ、佐々木もイマサカ号の左舷側に並走していた大黒丸が大きな航跡の波を描きながら、回転する光景を眺めた。同時にイマサカ号も南から北へと進路を変えていた。

ために佐々木も常助も海の方角に体が持っていかれそうになった。

巨大なイマサカ号と大黒丸は見事な連携で回転を終えた。

二隻の帆船は京と金沢での船旅の帰路、四日から五日ほどの差をつけて江戸までの航海を競い合った。むろん大黒丸が先行し、イマサカ号が小浜沖から四日から五日の差で追いかける競い合いであった。

大黒丸の金武陣七も幸地達高も海人池城一族の猛者《もさ》であった。

いくら南蛮型の三檣大型帆船とはいえ、池城一族の名にかけて負けるわけにはいかない競争であった。

二隻の帆船は互いの姿を一度も見ることなく、大黒丸は順調に航海を終え、深浦の船隠しの静かな海に到着した。大黒丸の金武船長も幸地舵方も、

「われらが先」

と確信して静かな海への洞窟《どうくつ》水路を抜けた。するとそこに出帆に四、五日の

差を付けられたにも拘《かか》わらず、数日早く着港したイマサカ号の姿を見ることになった。

金武陣七も幸地達高も、十代目総兵衛が交趾《こうち》から連れてきた今坂一族との航海の戦いにおいて完膚《かんぷ》なきまでの敗北を喫したのであった。

だが、同時に和国を北回りに半周する船足比べを通じてイマサカ号と大黒丸は互いの長所と欠点を承知し、その長所を生かし欠点を補う術を、理解し合ったのだ。

イマサカ号と大黒丸は今、南から北へと進路を変えた。

それは総兵衛が駿府江尻湊沖で下船する折に林梅香老師に預けた三通の指令書の一通目に従っての行動であった。

総兵衛は薩摩の新・十文字船団と出会う前にいま一度鳶沢、池城、今坂三族の融和を図るために、一気に琉球を目指すのではなく、ぱしふこ海での実戦訓練を要求していた。

むろん三族が互いに角突き合わせているわけではない。すでに十代目大黒屋総兵衛こと鳶沢勝臣の下に結束を固めていた。

だが、加賀金沢の航海において、大筒方の佐々木規男ら三人をイマサカ号に受け入れ、また鳶沢村では若い一族の者を含む十五人がさらに乗船していた。

この十五人は佐々木らと異なり、富沢町から鳶沢村に里帰りした者や病の療養に務めていた連中で、すでに交易に従事してきた手代の早五郎を筆頭に海に親しむように幼いころから鍛えられてきた一族の者たちだ。

だが、南蛮型の大型帆船に乗船し、操船を体験したことはなかった。ゆえに総兵衛は、一気に日本の東海岸沿いに下る航海の途中に、ぱしふこ海への実戦航海訓練を命じたのだ。

「佐々木様、こちらへ参られませぬか」

操舵室から佐々木を信一郎が呼んだ。

琉球の泊湊で信一郎の父親の鳶沢仲蔵《なかぞう》が乗船するまで、交易船団二隻《せき》の交易頭を信一郎が務めていた。

「操舵室に上がってよろしいので」

佐々木はぺたりとへこんだ腹に力を溜《た》めて操舵室への階段をよろよろと上がった。

イマサカ号の船上で三檣の帆柱を除いて一番高い場所だった。

「お手を」

信一郎が差し出した手に助けられて操舵室に立った佐々木は、操舵室から見る船上と海の景色に圧倒された。

「信一郎どの、われら三人、情けなき仕儀にてお詫《わ》びのしようもない。大黒屋どのの厚意を無にして生かしきれぬとは、ただただ慙愧《ざんき》の念にござる」

「佐々木様、航海は始まったばかりにございます。どうやら佐々木様方の船酔いの峠も過ぎたと見受けられます。これから段々と船の作業に慣れていかれることです」

「われら、船室で倒れ伏しておりましたが、他に船酔いの人はいないのでございますか」

と佐々木規男が尋ねた。

「まあ、いないわけではございませぬ。あの床磨きをしておる若い衆を見て下され。あの者たちは総兵衛様方が船を下りられた駿府にて、新たに乗り組んできた者たちのうちの四人にございます。われら大黒屋の奉公人になるように躾《しつ》けられた者たちゆえ、海には幼いころから親しんできました。ですが、かような大海原に乗り出したことはございませぬ。ゆえに何人かの者は船酔いを致しました」

「その人たちは何日か床に就きましたか」

「一族の血を持つ以上、頭の命なくば休むことは許されませぬ」

なんと、と佐々木が慨嘆した。

「船室で何日も休んでおったのはわれら三人だけにございましたか」

「佐々木様方は海にも船にも慣れ親しんではおられませぬ」

「われら、大黒屋どのの客人ではございません。藩命により砲術を始め、操舵操船を少しでも学べと加賀から送り出された者にございます。信一郎どの、以後は客扱い、ご免蒙《こうむ》ります」

「これはうっかりしておりました。どうか気を悪くしないで下さいまし。明日よりあの者たちといっしょに作業に加わってもらいます」

信一郎の言葉に、頭を下げた佐々木規男が操舵室の階段を下りると、主甲板下に待っていた田網常助に、

「常助、われらも甲板の床磨きに加わるぞ」

「大黒屋の一番番頭から命じられましたか」

「そうではない。われら、甘え過ぎた」

と己を責めるように呟いた佐々木が甲板の舷側《げんそく》に提げられた桶《おけ》の傍らに積んである雑巾を手にすると四人の鳶沢一族の若い衆たちの列に加わった。

三

大隅海峡をいつもより強い潮流が複雑に流れていた。

嵐《あらし》の到来を予感させる風が東から西に向けて強く吹き始めていた。

薩摩の新・十文字船団四隻は千七百石の錦江丸《きんこうまる》を中心に佐多岬から馬毛島までの海峡を、北東の海を眺めながら、遊弋《ゆうよく》していた。

錦江丸の操舵場《そうだじょう》では船長《ふなおさ》の小野十三郎が助長《すけおさ》の宿毛《すくも》次五郎と額を集めて、

「船長、大黒屋の交易船は密偵の知らせどおりに五島列島中通島に向っておると思われませせぬか」

「まず江戸湾口で交易船が見かけられて、はや二十数日が過ぎておる。南蛮型の三檣《さんしょう》帆船なれば何段もの横帆にどのような風も拾うて船を進めることができる。大隅海峡を通過するのであれば、とっくに姿を見せておらねばならぬ。となれば中通島に向ったな。今時分薩摩丸三隻が奴《やつ》らと相見《あいまみ》えておらぬか、三隻対二隻か、あるいは一隻か」

大黒屋の交易船団が何隻体制なのか、狼煙《のろし》だけでは不分明だった。

小野十三郎の声音に不安が滲《にじ》んだ。七隻の新・十文字船団を二手に分割したことに対してだ。

「相手は南蛮型の大帆船じゃが、大筒を十六門しか積んでおらぬそうな。薩摩丸は、船足も速ければ操舵性にも優れておる、オランダ帆船に比しても決して劣らぬどころか、操船術では相手を凌駕《りょうが》しておる。なにより大筒の数ではこちらが断然優勢、胆入どんは戦上手じゃ、相手の隙《すき》をば必ずついて打ち破られもんそ」

「勝ち戦の知らせが届くのが待ち遠しゅうございますな」

と言い合いながらも監視を怠らず、二檣の帆柱に縦帆を張った和船と洋船の折衷型の錦江丸の檣楼から北東方向の海を望遠鏡で監視する見張りに、

「大黒屋の船は見えんか」

と助長の宿毛が問いかけた。

「助長、いよいよ海が荒れてきましたぞ、船影は一つも見えもはん」

と声が伝わってきた。

「船長、風が強まり、海峡に波浪が高うなりますがいけんしたもでごわんそ」

「相手は南蛮型の大型帆船ぞ。奴らはこのくらいの波はものともせずに航海を続けるぞ。油断はならぬ」

と海峡の監視体制続行を命じた。

イマサカ号と大黒丸は互いの船影が認められる距離を保ち、イマサカ号が大黒丸を懐《ふところ》に抱いて見守る親鳥のように二隻体制を崩すことなく紀伊半島を望める海域に差し掛かっていた。

ぱしふこ海の小笠原諸島沖を南北に往復しつつ、昼夜を分かたぬ航海訓練と砲撃実射を繰り返し積んできた大黒屋交易船団は、もはや互いがどう動き、補完し合うか、掌《たなごころ》を指すごとくに分かり合っていた。それは能登半島からの競い合いで互いが全力を尽くした行動が基礎になってのことだった。

紀伊半島と四国が肉眼ではっきりと見える海に戻ってきたイマサカ号の操舵室では、林梅香老師が二通目の指令書を信一郎に渡した。

信一郎は総兵衛直筆の指令書に眼を落とし、

「これから一気に薩摩領海大隅海峡を抜けて屋久島から奄美諸島を経て琉球の泊湊に直行致す。大黒丸にも指令書が載せられておるはずだが確かめ合うてくれぬか」

と三番番頭として乗船する雄三郎に命じた。

「承知しました」

イマサカ号と大黒丸の通信方の間で手旗信号が交わされ、二通目の指令書の命に服することが確かめ合われた。この手旗信号もまたイマサカ号の今坂一族から鳶沢一族、池城一族に教えられたもので、静かな海で何度も交換し、互いの意思をどう伝えるか、この信号法のやり取りを学んでいた。

操舵室の中央には舵方として総兵衛の実弟の勝幸《かつゆき》が舵輪を握り、大黒屋の手代の満次郎が見習い方として従っていた。むろん実戦になれば千恵蔵が舵輪の傍らに立ち、舵方を指揮していた。それらの命は昇降口から下層甲板へと次々に大声で叫ばれ、船全体に操舵室の意思が伝わっていった。

イマサカ号の操舵室の一角では今坂一族の出身の舵方三人が測天儀や磁石を使い、方位を確かめていた。そして、その床上に胡坐《あぐら》をかいた唐人卜師《ぼくし》の林梅香が空を見上げ、黒雲が早く動く様子を見て筮竹《ぜいちく》を繰り、大小さまざまな小石を転がして天候を占っていた。

もはやだれの眼にも嵐が近づいていることは確かだった。

問題はいつどの海域で襲いくるか、そのことだった。

「老師、この分なれば大隅海峡を抜けるのは明早朝から昼前になろう」

「嵐の先駆けもその刻限に大隅半島に到来します。ゆえにこの船足で敢然と薩摩領海に突き進むがよしと出ておりまする」

信一郎は具円船長を見た。

「わが方になんの問題もございません」

と上達した和語で信一郎の無言の問いに応《こた》えた。

「雄三郎、砲術方、帆前方に明日の薩摩領海通過を伝えよ。仕度に万全を期し、本日は夕餉《ゆうげ》を早めにして、乗組員は体を少しでも休ませよと各長《おさ》に命じよ」

信一郎の言葉は、明日船戦が行われることを示唆《しさ》していた。

イマサカ号の船上に新たな緊張が走った。だが、恐れを抱いた者は一人もいなかった。

信一郎が随伴する大黒丸を見ると、大黒丸にも高揚した気分が漲《みなぎ》っていることが感じとれた。

夕餉前、イマサカ号の操舵室下の船室に信一郎、具円船長、勝幸、大黒丸から危険を冒して伝馬船でイマサカ号にやってきた幸地達高らが大隅海峡付近の海図を拡《ひろ》げて最後の打ち合わせに入っていた。海図は大黒屋の百年余の琉球往来の度に描き足していった手造りの海図だった。

作戦会議は四半刻《しはんとき》（三十分）足らずで終った。イマサカ号と大黒丸の最終的な確認のみで、念を入れたに過ぎなかった。

幸地達高がイマサカ号の船室から辞去しようとして、立ち上がり、

「副頭、総兵衛様の命によりわれらぱしふこ海にて実戦訓練を行いましたが、

限られた季節風の時期を十日余り使うてまで訓練を行ったのは初めてイマサカ号に乗船した加賀の衆、鳶沢一族の新入りたちを外海航海に慣れさせる他になんぞ意図がございましょうか」

と尋ねた。

加賀藩の大筒方の佐々木規男ら三人と鳶沢一族の十五人は、琉球を経ての南方交易が初めての航海だった。ために帆船の暮らしに慣れるために外洋を知らしめる意味があった。またイマサカ号と大黒丸のさらに密なる連携行動を高める狙《ねら》いもあった。だが、琉球人の幸地達高は季節風が限られた時期に吹く貴重な風であることを内地人よりも切実に承知だけに確かめたかったのであろう。

「私も考えた」

信一郎もまた、総兵衛が駿府の江尻湊沖で下船する際に林梅香に渡した指令書の第一番目に命じた行動の意味を幾たびも考えてきた。

「答えはいかがで」

「推論に過ぎぬ」

「それでもお聞かせ下され」

幸地達高が迫った。

「総兵衛様はわれらの前に薩摩の新・十文字船団が立ちはだかることを確信しておられる。百年前、六代目の率いる大黒丸と薩摩船団が戦い、われら先祖が勝ちを得られた。薩摩にとって屈辱的な出来事であった。薩摩はいつの日か、新たなる船団を組織してわれらに報復する機会を狙ってきた、海戦での敗北の恨みを晴らすには海戦で勝利するしかあるまい。だが、双方に諸々の事情があり、大黒屋は六代目以降、異国交易から手を引いてきた。そして、すでにあった琉球の出店を通じ、薩摩のおこぼれを頂戴《ちょうだい》する程度の交易でこの歳月を過ごしてきた。このようなことはそなたには説明の要もない。じゃが、これらの前提がなければ、私の推論は成り立たぬゆえ口にした」

と信一郎は言い、しばし瞑目《めいもく》した。そして、両眼を見開くと、

「十代目総兵衛様を得て、大黒屋は再び海外に雄飛することを企てた。それを即座に察知した薩摩は、百年前の報復を為《な》す機会の到来を知った。ゆえに総兵衛様は薩摩がわれらの薩摩領海通過を黙って見逃すわけはない、待ち受けておると考えられた。わざわざ総兵衛様自らイマサカ号の舳先《へさき》に立たれ、剣崎を回

って駿府まで乗船されたのも総兵衛様自らが陣頭指揮して異国交易に乗り出すように薩摩の密偵に思わせるためだった。私どもの周りには常に薩摩の眼があるゆえな」

「いかにもさよう」

「だが、総兵衛様は大黒屋百年の計を考え、和国にのこることを選ばれた。船団を率いることなく実弟勝幸どのを代理として立てられ、自らは桜子様と京に向われた。さて、薩摩側の気持ちを忖度《そんたく》なされた総兵衛様は、薩摩の迷いと焦《あせ》りを引き出すべく十日余り、われらに実戦訓練を課しつつ、新・十文字船団を焦(じ)らすことを、つまりは一石二鳥の策を考えられたのではあるまいか。イマサカ号が三檣拡帆にして風を拾えば、三浦半島から薩摩領海まで四、五日で到達できよう。じゃが、われらは実戦訓練に費やして時を稼ぎ、薩摩はひたすらわれらを無為に待つことになる、当然待つ側の緊張感は薄れていく、このことを総兵衛様は考えられた」

と答えた信一郎が、

「私めの推量、どうですかな、林梅香老師」

と林老師を見た。

「さすがは大黒屋の一番番頭どの、いや、総兵衛勝臣様の後見方にござるな」

「老師、からかわないで下され」

「後見方、からこうてなどいようか、私もそう思う。百年の報復に出船した新・十文字船団も日にちが過ぎていくうちに出陣の緊張と戦《いくさ》への高揚が薄れてつい油断する」

「総兵衛様は二番目の指令書で薩摩領の鼻先、大隅海峡を堂々と押し通ることを指示された。われらが異国交易に再び活路を見出《みいだ》そうとするとき、薩摩の意地・利害と衝突する。百年前の仇と利害の二つの点から衝突は避けようもない。そこで総兵衛様は、新・十文字船団の力を探って見よと命じられたのではございますまいか」

「いかにもさよう、と私も心得る」

と林老師が答え、すでに立っていた幸地達高が、

「老師、三番目の指令書を開封するのはいつのことですな」

と楽しみになったという顔で聞いた。

「琉球の人、われらが新・十文字船団と相見えたときのことよ」

と笑い顔で答えた。

「交易船団におられぬ総兵衛様がわれらをぱしふこ海から大隅海峡、さらには何処《いずこ》かへと走らせるのでございますな」

「総兵衛様はお若いが戦をよう承知ですでな」

と林老師が笑い崩れた。

「ご一統、初陣の勝ち戦のあとにお目にかかりましょうぞ」

幸地達高が言い残すとイマサカ号の船室を出ていった。

船室の一角に神棚が新たに設けられてあった。

信一郎がその前に立つと柏手《かしわで》を打って明日の船戦の勝利を祈願した。すると林梅香老師も信一郎に見倣《みなら》った。

二人の思念は紀伊沖から江戸に向って飛んだ。

江戸の富沢町の大黒屋では夕餉の仕度が整って、大勢の奉公人が台所の広い板の間に顔を揃《そろ》えていた。だが、大番頭の光蔵《みつぞう》の膳《ぜん》の前が空いていて奉公人一同は光蔵の来るのを待つしかない。

それが大黒屋の仕来《しきた》りであった。

光蔵は大黒屋の主《あるじ》なき離れ家の仏間におりんといて、先祖の霊に総兵衛と桜子らの京の旅と交易船団イマサカ号、大黒丸の航海の無事を祈願していた。

朝夕、神仏への参拝と祈願は留守役の光蔵とおりんの日課になっていた。

おりんが蠟燭《ろうそく》に火を灯《とも》し、光蔵の後ろに座そうとしたとき、風もないのに蠟燭の灯かりが大きく二つともに揺らいで消えかかった。

「おりん、奇怪な」

おりんは辺りを見回したが、異変は感じとらなかった。

もし大黒屋の敷地内に侵入したものがいたとしたら、手代の九輔《きゅうすけ》と小僧の天松《てんまつ》が世話をする三匹の甲斐犬《かいけん》の甲斐、信玄、さくらが反応し、大人しくしている筈《はず》もなかった。

二つの灯かりが消えかけたが、
ふうっ
と持ち直すと何事もなかったように元の灯かりに戻った。

「おりん、どういうことか」

「総兵衛様方か、交易船団がなにか大事を前にしていることを告げる標《しるし》ではございませんか」

「となれば、総兵衛様方よりイマサカ号と大黒丸のほうではないか」

「あちらには林梅香老師が従っておられますゆえそうかもしれません。千里の果てからどのような想《おも》いを伝えられてきたのでしょうか」

「はて、瑞兆《ずいちょう》、凶事、どちらと思う、おりん」

「さあて、そこまでは」

と答えたおりんが、

「灯かりが消えなかったところを見ると、瑞兆の前触れ、あるいは期待の想いではございますまいか」

と推測した。

しばし無言でおりんの返答を考えていた光蔵が、

「われらは遠くから二組の無事を祈るしか方策はない」

と呟《つぶや》き、鉦《かね》を鳴らして合掌しながら口の中で題目をいつよりも長く唱えた。

鳶沢信一郎と林梅香老師の想念は総兵衛にも届いていた。

総兵衛は伊勢神宮の神域を見渡せる五十鈴川《いすずがわ》対岸の森にある杣《そま》小屋に籠《こも》り、朝夕は座禅し、時に祖伝夢想流の独り稽古《げいこ》をしながら時を過ごしていた。

手代の田之助を道案内人に坊城桜子と薩摩の密偵から大黒屋側に転んだ北郷陰吉、さらには桜子の付け人としてしげを従えた一行は、伊勢に到着し、参拝した。

そして、十代目総兵衛は、六代目の時代に大黒屋が、いや、鳶沢一族が危難に陥った場に立ち、卒然とその胸奥《きょうおう》に、この地に留《とど》まり、

「修行」

するという思いが湧《わ》きあがるのを覚えた。そのことを桜子に告げると、

「総兵衛様のお心のままに。京は逃げしまへん」

と平然と答えたものだ。

むろん同行の田之助も主の変心を素直に受け入れた。ただ北郷陰吉だけが、

「総兵衛様の心は秋の天気みたいなものじゃ、よう読めん」

とぼやいた。むろん密偵の性《さが》は総兵衛が突如伊勢に留まることを宣言したとき、

「いかなる意味ゆえか」

と考え、行動に移した。

陰吉は、夜明け前に旅籠《はたご》を抜け出て、総兵衛が独り籠る杣小屋に忍び寄り、総兵衛の行動を見守ることにした。

神聖なる流れを挟んで伊勢の森を見る杣小屋を捜してきたのは早走りの田之助だった。田之助には陰吉と違い、総兵衛の突然の翻意の意味を探ろうなどという気持ちはさらさらない。ただ総兵衛の気持ちを汲《く》んで、かたちにするために動く、それだけのことだった。

だが、薩摩の密偵であった北郷陰吉には、未《いま》だ大黒屋総兵衛こと鳶沢勝臣の考えが知れず、行動を見守ることにしたのだ。むろん陰吉にも総兵衛の心を読んで、その意とするところを薩摩に伝えようなどという気持ちはもはやない。いったん薩摩から転んだ密偵が薩摩の信を再び得るなどありえない。

陰吉の決断の背後には、

「死か、生か」

　二つの道しか残されていない。

　死は陰吉が鳶沢一族に転んだと知った薩摩が送り込んでくる刺客の手による、残虐《ざんぎゃく》な、

「始末」

　だった。

　生は鳶沢総兵衛と行動を共にし、信頼を少しでも得てその力の下で薩摩の刺客から逃れることだ。

　陰吉は自分の生きる方途がはっきりと想い描けなかった、漠然とあることは総兵衛をもっと知りたいという一念だけだ。

　この日も陰吉は総兵衛の一日を知るために夜明け前に旅籠を忍び出て、総兵衛が杣小屋の前にある岩棚に上がり、まるで能楽師のような、ゆるゆるとした動きを一日じゅう繰り返し行い、刻《とき》を過ごす様をひたすら遠くから見続けた。

　秋の日が伊勢と大和の国境の山並みにかかろうする刻限、総兵衛が不意に動きを止めて、岩場で座禅を組んだ。

陰吉はいつもより座禅の刻限が早いことを察知していた。それと総兵衛はいつものように伊勢の杜《もり》と向き合わず、岩場から南の方角を見て座禅をなしていた。

なんぞ意味があるのか。

薩摩の転び密偵、北郷陰吉は総兵衛の泰然自若とした不動の様をただ見ていた。

一瞬、総兵衛の顔が後ろに揺らぎ、また不動の座禅に戻った。その姿勢のまま四半刻《しはんとき》も過ぎたか。

陰吉は総兵衛がはるかかなたから思念を受け、そして、反対に自らの想いを伝えているのではないかと推測した。

ふうっ

と総兵衛が息を吐き、

「陰吉」

と北郷陰吉の名を呼んだ。

大声ではない。だが、一丁（約一〇〇メートル）も離れた隠れ場所にいる陰吉の耳に総兵衛の呼ぶ声がはっきりと伝わってきた。

北郷陰吉は一丁の崖道《がけみち》を音もなく走り、岩場の下で片膝《かたひざ》を突いた。

「伊勢修行、ご苦労にございました」

という言葉が素直に陰吉の口を突いて出た。

ふっふっふ、と笑った総兵衛が、

「陰吉、私の心が読めましたか」

と問うた。

「この陰吉が総兵衛様の胸中を探ろうとしたと思われましたか」

「ならばなぜわが気まぐれを見守り続けたのですかな」

「総兵衛様はわが行動を最初から見通しておられたか」

「そなたの行動を知らぬのは小女のしげくらいです」

「桜子様も田之助どんもわしがなにをしていたか承知と申されるか」

「いや、二人は格別にそなたの行動に関心を持ってはおらぬ。ゆえに承知も不承知もなし」

「わしは総兵衛様の一行の中でただ一人無視される存在か」

「薩摩からわが一族に転じたそなたを直ぐに信頼するわけもありますまい」

あくまで総兵衛の話し方は商人のそれだ。

「わしは総兵衛様がどのような考えのお人か知りたかっただけじゃ」

「総兵衛がどのような人間か承知してなんとします」

「惚《ほ》れた女子《おなご》の気持を知りたいようにわしは総兵衛様の気持が知りたいだけじゃ」

陰吉の答えに迷いはなかった。

「なんのためにですかな」

「北郷陰吉、総兵衛様の下でしか生き延びられぬ、そう申されたのは総兵衛様自身でしたな。そこでわしも総兵衛様のお役に少しでも立ちたいと思うただけじゃ。考えを知らねば動くにも動きようがない」

陰吉の返答にしばし総兵衛は答えなかった。そして、次に口を開いたとき、陰吉がこのところ考えもしなかったことを総兵衛が告げた。

「明日、大黒屋の交易船と薩摩の新・十文字船団が薩摩領海で相見《あいまみ》えます」

「総兵衛様方が駿府江尻湊沖まで乗ってきた南蛮帆船は、とうの昔に薩摩の船団と戦うて沈没させられたか、あるいは薩摩の手を逃れて琉球に着いておりましょうが」

「いえ、すべては明日です」

と迷いなく答えた総兵衛が、

「桜子様を長いこと伊勢にお待たせしました。明日には京に向い、伊勢を出立します」

と宣告した。

四

イマサカ号の主檣《メインマスト》の高さは海面から二百数十尺、その中段に戦闘檣楼があって数人の檣楼方が夜明けを待ち受けていた。

檣楼の見張り方に回っていた満次郎は後方の海を振り見た。

一海里（約一・八五キロ）ほど後方に大黒丸が二檣の帆桁《ほげた》に全帆を張り、半帆航走のイマサカ号を追尾していた。

満次郎は鳶沢一族からイマサカ号への乗船を許された一人だ。

大黒屋の所蔵帆船で何度か琉球往来の体験があるものの、イマサカ号のようなガレオン型三檣大型帆船への乗り組みは、深浦から能登を経て小浜湊まで往来したのが初めてだった。大黒屋が百年ぶりに異国交易を再開する航海にイマサカ号に乗り組めた幸運に今も高揚する気持ちを抑えきれないでいた。

主檣の先端を見上げて、今坂一族ではホーと呼ばれていた法助が帆柱の先端に片足をからめて望遠鏡を覗《のぞ》いている光景を見て、畏敬《いけい》の念を禁じえなかった。海面から二百数十尺もある揺れる帆柱に両足と片手で五体を保持し、望遠鏡を使い、見張る役目を平然とこなす芸当を鳶沢一族のだれにできようか。

今坂一族の檣楼方でも数人しかいなかった。

戦闘檣楼は主甲板から百余尺（三〇メートル余）の高さにあった。波を切って進むイマサカ号の戦闘檣楼は大きく揺れた。

嵐《あらし》が接近しているせいだ。

海面を見ていると、海が盛り上がって、次には沈み込んだ。

イマサカ号特有な揺れに慣れた満次郎だが、戦闘檣楼から海面を見るのは禁物だった。恐怖心がふつふつとわき上がってくるからだ。

鈍色《にびいろ》の東の水平線が白み、法助の声が響いた。

「都井《とい》岬が見えたぞ！」

法助の訛《なま》りの強い和語を満次郎が中継して、操舵《そうだ》室《しつ》に伝えた。

「了解！」

操舵方から返事が戻ってきて、満次郎は頭上の法助に伝達した。それから四半刻後、

「大隅半島甫与志《ほよし》岳《だけ》、見ゆ！」

の声が主檣上から聞こえて、俄《にわ》かにイマサカ号が動き出した。

「主檣、前檣《フォアマスト》二段帆桁の帆を下ろせ！」

操舵室の千恵蔵航海方の命が響くと、帆桁《ヤード》に待ち構えていた檣楼方が帆桁《ヤード》・両端《アーム》から巻き上げられていた帆を下ろし、中央部《バンド》の帆を緩めると巨大な帆が帆桁にいた檣楼方を叩《たた》き落そうと舞いあがってきて、次の瞬間には風を孕《はら》んで一気に広がった。

イマサカ号は三檣のうち、主檣と前檣の横帆と補助帆を拡《ひろ》げて船足を上げた。

だが、未《ま》だ全速航走ではない。

「戦闘配置に付け！」

と次なる命に檣楼方は見張りを残して、するすると縄ばしごを伝い、主甲板に下りると各砲甲板の持ち場へと走った。

イマサカ号は戦闘艦ではない、交易船だ。防備のために大砲は積んでいたが、百数十人の乗り組みでは全員が何役もこなすことになる。檣楼方が砲術方に転ずるなどイマサカ号では当たり前のことだった。

「最上砲甲板、砲撃準備！」

最上砲甲板の砲門がまず、がたがたと音を立てて開かれた。

嵐が接近しているために海面はうねっていたが、砲門から海水が入り込んでくることはない。

最上砲甲板の砲撃準備が終った。

金沢藩の大筒方の佐々木規男ら三人は、初めての砲撃戦とあって待機要員として最上砲甲板にいた。

能登半島沖での砲撃はあくまで試射であった。

だが、こたびはいきなり薩摩の新・十文字船団と海戦が行われるのだ。最上砲甲板の砲術方にも緊張が漲《みなぎ》っていた。

「佐々木様、わしらに出来ることはなかろうか」

石黒八兵衛が呟《つぶや》くようにいった。

「八兵衛、能登沖での砲撃はわれらに異国の砲術を見せることであった。ゆえに敵はおらぬ。じゃが、こたびはいきなり戦じゃ、海戦じゃ。商人が船商いに従うだけで命がけとはわれらは知らなんだ。まず、この船でなにが行われるか覚えることがわれらの務めと思う。砲弾《たま》運びをせよと命じられれば、その程度は出来ようがのう」

八兵衛の急く気持ちを佐々木が諫《いさ》めた。

最上砲甲板は二十四ポンド砲が主力砲だ。

「中層砲甲板、砲門開け！」

中層砲甲板まで波が被《かぶ》ることがないことが確かめられ、左右両舷《りょうげん》から三門ずつカロネード砲が突き出された。接近戦に対しての策だった。だが、これはあくまで接近戦になった折の次なる手段だった。

鈍色の雲がちぎれて光が大隅海峡に差し込んできた。

風に抗して法助の声が響きわたった。

「薩摩新・十文字船団見ゆるぞ！」

戦闘檣楼からも見張り方の報告があった。

「進路十時の方向に一隻《せき》、薩摩新・十文字船団あり」

続いて同じ戦闘檣楼の別の見張り方より、

「進路三時の方向に二本帆柱の砲艦二隻発見、距離十数海里！」

操舵室で船団副頭の鳶沢信一郎が息を大きく吐くと、

「イマサカ号、総員配置につけ！」

の命を下した。

操舵室も舵輪方を除いて、それぞれ決められた持ち場に走り、副頭の鳶沢信一郎、具円船長、林梅香老師と伝声担当で手代の華吉が残っただけだ。

副船長の航海方の千恵蔵は、砲術頭として砲甲板に下りた。ゆえに航海方を具円船長が兼ねることになった。三番番頭の雄三郎も砲甲板に下りた。

操舵室の一角で林老師が平箱に薩摩船団を見立てた黒石を置き、手前にイマサカ号を見立てた白石を置いた。そうしておいて林梅香老師が総兵衛の三通目の指令書を信一郎に差し出した。

「拝見しよう」

と信一郎が受け取り、開封した。

後見鳶沢信一郎どの
初陣の武運を祈る
薩摩新・十文字船団との戦いの鍵《かぎ》は緒戦にあり。
われら交易船団が問われるべきは勝敗に非《あら》ず、勝ち方なり。
向後、薩摩とは異国交易を巡り、長き闘争を繰り返さん。
互いに死力を尽くすも絶対的な勝ちを総兵衛求めず。
百年の怨念《おんねん》を新たに残すをよしとせず。こたびの海戦でわれらの力を薩摩に
知らしめればそれでよしとす。
われらの真の目的は薩摩との闘争に非ず、交易なり。
六代目総兵衛様死後、薩摩がわれら大黒屋の琉球交易を見逃しくれたは、
新・十文字船団の再建に時を費やしたゆえと推測致し候《そうろう》。

いつの日かわれらの前に強大な異国の交易船団が出現すること確かなり。

その名はイギリス東インド会社なり。

この組織、インドから中国まで広大な地域を支配し、植民地経営、阿片《アヘン》、茶の交易に勤《いそ》しまん。彼らは途方もなき資金力にて軍隊を保持し、それを背景に外交力、政治力を発揮し、アジアを支配下に治めたり。

オランダの東インド会社が本国の命で解散した今、われらが真の敵はイギリス東インド会社なり。

その折、薩摩とわれら鳶沢一族が相手《あい》を携えることもあらん。そのことに留意し、薩摩の新・十文字船団の力を見ること、薩摩にわれらの力を知らしめることがこたびの海戦の第一目的なり。

勇戦を信ず　　鳶沢総兵衛勝臣

とあった。

総兵衛の指令書を熟読した信一郎は林梅香老師に渡し、操舵室の幹部連に短く、

「われらの目的は交易にあり、薩摩との海戦の勝敗に非ず。われらの進路を阻《はば》む者にわれらの力を示すこととなり、これは総兵衛様の命である」

と短く伝えた。すると、具円伴之助船長が、

「分り申した」

と答え、残りの者たちが、

「おおっ！」

と怒号し、千恵蔵副船長が喇叭《らっぱ》方に、

「開戦喇叭を高らかに奏せよ」

と命じた。

喇叭方が喨々《りょうりょう》と喇叭を吹き鳴らすとイマサカ号の各所に戦闘配置に就いた面々が足で床を踏み鳴らして応《こた》えた。その音がイマサカ号に響きわたり、喇叭の音とともに士気を高揚させていった。

「大隅海峡に待ち受ける薩摩船団は四隻じゃぞ、十一時、一時方向より各二隻が接近中、イマサカ号の進路を塞《ふさ》がんとしておりますぞ！」

主檣上の法助が叫び、舵輪方の勝幸が、

「法助、聞いた。戦闘檣楼まで下りよ」

と命ずると、猿《ましら》のように法助がばたばたと風に鳴る横帆の間を戦闘檣楼まで下ってきた。

「右舷、左舷側、全二十四ポンド砲、砲撃準備！」

信一郎の命は伝声管を通じ砲甲板の伝声方を経て最上砲甲板に伝えられ、

「了解」

の返答が返ってきた。

林梅香が平箱の黒石の間を白石が真っ二つに割って直進する動きを具円船長に見せた。

「副頭、われら、薩摩の新・十文字船団の中央突破を試みます、宜《よろ》しゅうございますか」

信一郎は最終決断を前に一拍置き、イマサカ号の動きを頭で検証した。

鳶沢一族と池城一族が今坂一族を加えた新鳶沢一族として、初めての海戦だった。

操舵室の全員、イマサカ号総員が信一郎の決断の声を待った。

「華吉、大黒丸の位置を確認せよ」

「副頭、およそ三海里（約五・五キロ）後方を全力帆走で追尾しておりますぞ」

全帆帆走でないゆえ、大黒丸もなんとかイマサカ号を追尾していた。了解と応じた信一郎の耳に戦闘檣楼から、

「新・十文字船団との距離、五海里（約九キロ）」

と伝えられ、

「佐多岬、馬毛島より無数の早船が姿を見せましたぞ、斬《き》り込み隊と思えます」

と新たな報告があった。

「具円船長、イマサカ号は薩摩の新・十文字船団の中央突破を試みる」

「はっ」

と具円船長が畏《かしこ》まり、

「砲術方、砲撃体制で待機せよ」

と命じた。

「薩摩船団との距離、四海里！」

すでに操舵室から新・十文字船団四隻も佐多岬と馬毛島から姿を見せた六丁櫓《ろ》の早船も確かめられた。

「おおきか、考えたよりおおきか」

と薩摩の新・十文字船団の錦江丸の操舵場で助長《すけおさ》の宿毛次五郎が遠眼鏡から眼を放すと思わずお国訛りで呟いた。

「船長《ふなおさ》、三本の帆柱に張られた横帆が風を巧みに摑《つか》んでえらい勢いで接近してきますぞ。敵方はわれらの真ん中を押し通る気でごわせんか」

「そげんみた。砲撃は互いの船がすれ違う一瞬に一度しかなかか」

「われら、身を挺《てい》して敵方の船の前に塞がりますか」

「助長、錦江丸の十倍もありそうな大船、錦江丸は双鳶《ふたつとび》の舳先《へさき》に真っ二つに切り裂かれような。ここは一発必中の間合いで相手方の胴っ腹に孔《あな》を開けるしかあるまい」

「九十余年前の恨みを込めて、敵船の左舷右舷から大筒の砲弾《たま》ばあやつの胴っ腹に食らわせまっしょうぞ」

「戦機は一回のみ、互いがすれ違う一瞬」

「はっ」

宿毛次五郎が畏まったとき、見張り方から、

「坊《ぼう》ノ岬に黄色の狼煙《のろし》が上がりましたぞ」

と報告が届いた。

五島列島中通島に向った薩摩丸らが急ぎ戻るという合図の狼煙だった。

「薩摩丸ら三隻は肩透かしを食うた。急ぎ戻るというても海戦には間に合うまい。助長、四隻で大黒屋の交易船団を阻止するしかなか」

大黒丸の操舵場《そうだじょう》でも金武陣七船長が、副船長兼舵方《かじかた》の幸地達高に、

「総兵衛様の命をどう読む」

「われらが総帥《そうすい》、だいぶ先を考えておられますな。この海戦の結果は見切っておられます」

金武船長は、琉球で船を下りることが決まっていた。船長を引き継ぐのは幸地達高だ。永年手塩にかけて育ててきた幸地だ、なんの心配もなかった。

「イマサカ号はわれらに戦いの場を残してくれようか」

金武船長が案じたのはそのことだ。

「副頭の信一郎さんは親父《おやじ》の出番を残しておかれますとも」

「であればよいがな」

大黒丸はイマサカ号の真後ろに控えていたが、金武船長は、

「達高、イマサカ号の左舷側の二隻の背後に回り込む」

とわずかに舵を左に振ることを命じた。

「新・十文字船団との距離、二海里半（約四・六キロ）！」

戦闘檣楼から報告が届いた。

もはや操舵室から薩摩の四隻の動きをはっきりと肉眼でも捉《とら》えることが出来た。

「進路維持！」

具円船長が命じて、舵輪方の勝幸が、

「了解」

と応じた。

無言の刻《とき》がイマサカ号の操舵室に流れた。

錦江丸の操舵場も静寂に落ちていた。

接近するイマサカ号の巨体と三檣《さんしょう》の帆が海面から聳《そび》え立つ偉容に圧倒されて言葉もない、そんな静寂だった。それでも未《ま》だ全帆航走ではないのだ。

「大きか」

舵棒を握る舵方が思わず呟《つぶや》く声が聞こえた。

「砲方、遺漏はなかな」

小野十三郎船長《ふなおさ》が、上甲板に緊張の面持ちで待機する砲方に声をかけた。

「ござんせん」

砲方の長の返答にも緊張があった。

「両船団の距離、一海里（約一・八五キロ）！」

戦闘檣楼の声を聞いた信一郎が、

「具円船長、すれ違いの折の右舷側距離は二丁から三丁（二、三〇〇メートル）、左舷側も同様か」

「砲術方のお手並み拝見ですな」

林梅香老師が平箱の小石を相手に卜《ぼく》していたが、早、答えを導き出したか、信一郎の傍らに立った。

「敵船との距離、半海里」

戦闘檣楼の声が最後の報告をなした。

「伝声方、離合まで間もなくと砲甲板に伝えよ」

信一郎の落ち着いた声が響き、その命は即座に砲甲板に伝わった。

「右舷側、薩摩船二隻、接近！」

の声と同時に、

「左舷側、接近！」

イマサカ号は新・十文字船団の真ん中に迷うことなく舳先を入れた。

加賀金沢藩大筒方の佐々木規男ら三人は、イマサカ号の最上砲甲板で二十四ポンド砲が左舷右舷にそれぞれ十五門ずつ、砲身を突き出してその瞬間を静かに待ち受けていることに畏敬《いけい》を覚えていた。

だれ一人としてそわそわと慌《あわ》てふためく者や怯《おび》えた表情の者はいなかった。ただ砲術方の頭分千恵蔵の命を聞かんと耳を研ぎ澄ましていた。

佐々木らは耳栓をした両耳を手で押さえた。

薩摩の新・十文字船団の大砲が一斉に砲撃を開始した。

目標は大きく、距離は近かった。

だが、薩摩はイマサカ号の船足を見誤っていた。

砲弾が打ち出されたとき、すでにイマサカ号の巨大な船体は風と化したように吹き抜けていた。

薩摩側の砲撃を確かめた砲術方の長が命じた。

「左舷右舷、奇数列砲撃開始！」

最上砲甲板両舷の各八門の二十四ポンド砲が轟音《ごうおん》を立て、一気に最上砲甲板が静から動へと変じた。

操舵室で信一郎は相手の砲弾が弧を描いてイマサカ号の後方の海に飛び去る

のを見た。

その直後、イマサカ号の二十四ポンド砲奇数列が砲撃し、いきなり薩摩側の二隻の船体を撃ち抜いて、動きを止めた。船足を落しての帆走だ、狙《ねら》いを違《たが》えるはずもない。さらに偶数列が斉射すると無傷であった錦江丸の帆柱をへし折り、もう一隻は舳先を砕いて航行不能に陥らせていた。

圧倒的に火力の差があり、技術の熟練度も違っていた。なによりイマサカ号には海戦の経験が豊富にあった。

信一郎はそのことを改めて知らされた。

九十余年ぶりの薩摩と鳶沢一族との海戦は一瞬にして決着がついた。

斬り込み隊を乗せた早船は味方の四隻が操船不能に落ちたのを見て、砲撃で海面に飛ばされた水夫《かこ》らの救助に切り替えざるを得なかった。

大黒丸は混乱と悲惨の海面に差し掛かった。

だが、薩摩側は一瞬の敗北に茫然《ぼうぜん》自失として、大黒丸の進路を塞《ふさ》ごうとする者はだれ一人いなかった。

「幸地達高、わしらの出番はなかったぞ」

「親父の花道を飾れませんでしたな。こりゃ、一番番頭の信一郎さんも想像もつかん展開ですな、致し方ないです」

「ふふっ」

と大きな息を吐いた金武陣七が、

「時世が変わったのじゃ、わしの退《ひ》け時であったわ。あとは達高、おまえらに任す」

と淡々と応じたものだ。

幸地達高は前方のイマサカ号を見た。薩摩の新生十文字船団を半分ほどの力であっさりと粉砕したイマサカ号の底力に恐怖さえ感じていた。そして、味方であってよかったとつくづく考えていた。

イマサカ号は半帆に縮帆して平常船速に戻し、大黒丸が追いつくのを待っていた。雛鳥《ひなどり》は親鳥に追いつき、二隻体制で琉球を目指した。

第二章　加太《かぶと》峠越え

一

　その朝、予定よりも長く逗留《とうりゅう》した伊勢山田宿を出立した総兵衛一行は、伊勢湾を遠くに見ながら津に向って歩き出していた。小俣《おばた》、松阪、雲出《くもず》を経て津にいたるおよそ十里（約四〇キロ）の伊勢街道の一部だ。

「桜子《さくらこ》様、山田の旅籠《はたご》に長逗留おさせ申し、退屈をさせましたな」

　総兵衛が桜子に改めて詫《わ》びの言葉を言った。

「総兵衛様、うち、なんも退屈などしておへん。それに総兵衛様には思いがけなくも父の供養《くよう》をさせてもらう機会を頂戴《ちょうだい》致しました。どのように感謝しても し足りまへん」

桜子が総兵衛にだけ聞こえる声で囁《ささや》いた。

旅の途中、桜子の告白で実父が、つまりは坊城麻子《あさこ》の愛人が大給《おぎゅう》松平乗完《のりさだ》であったことを知った総兵衛は、二人だけで訪ね訪ねて足助《あすけ》街道の奥殿陣屋《おくとのじんや》の大給松平家の墓所に乗完の墓を探し当て、供養していた。

総兵衛と桜子だけの秘密であった。そして、この総兵衛の思い付きは二人の間をさらに近づけることになった。

「もはやあのことは」

「終ったことと言わはりますのん、うちにとって生涯の大事どす。ともあれ、うちはしげさんと一緒に二見浦《ふたみがうら》に見物に行かせてもろうたり、思いがけない見物もさせて貰《もら》いましたえ」

「ほう、二見浦にはなんぞございますか」

総兵衛の声音は好奇心に満ちて従者たちの耳に届いた。

「白砂青松を背景に大小さまざまな岩が浪打際《なみうちぎわ》に奇観を拵《こしら》えてありますんや、それで中でも大小二つの岩にしめ縄が張られ、この夫婦《めおと》岩は日の出を拝む名勝地にございます」

「岩にしめ縄を張った夫婦岩ですか。桜子様はなんぞ願い事をなされましたか」

「はい」

「なんとお願いなされました」

「総兵衛様かて言えしまへん、秘密どす」

「おや、内緒ごとでございますか」

と総兵衛が微笑《ほほえ》んだ。

総兵衛は田之助から、しげの足を慣らすために桜子が伊勢界隈《かいわい》を毎日歩き回っていることを聞き知っていた。そのせいでしげの足取りが今やしっかりとしてきた。

桜子は桜子で伊勢神宮の杜《もり》を見渡す五十鈴川《いすずがわ》の対岸の岩場で修行をなした総兵衛の表情が一段と朗らかになっていることに気付いた。

大黒屋総兵衛は一介の商人ではない。この旅で桜子はとくと知らされていた。六代目総兵衛を偲《しの》び、修行をなした総兵衛の顔は武人のそれだった。鳶沢《とびさわ》一族を率いる頭領の貌《かお》だった。

「総兵衛様、武術修行は面白うおすか」

「武術は私に課せられた務めにござりますでな」

と総兵衛が商人口調から武家の言葉に変えて答えた。

「一段と爽《さわ》やかなお顔です」

「よい便りがございました」

と思いがけないことを総兵衛が言い、陰吉《かげよし》の耳がぴくりと動いた。永年密偵をやってきた性《さが》だった。

「おや、岩場修行の場に飛脚が参られましたんか」

「飛脚は参りません」

「ならばどうして便りが届きましたんやろ」

桜子が小首を傾《かし》げた。

田之助が二人の前を先導し、二人の後ろには北郷《きたごう》陰吉としげが並んで歩いていた。二人の会話は三人の従者たちの耳に届いていたが、総兵衛も桜子もそのことを気にする様子はない。

「総兵衛様にはうれしい便りでしたんやな」

「いかにも待ち望んだ吉報です」

「なんやろ」

「イマサカ号が薩摩《さつま》領海を通過し、琉球《りゅうきゅう》に向いました」

ひえっ、と驚きの声を上げたのは北郷陰吉だ。

「おや、陰吉はん、どないしやはったんどすか」

桜子が後ろからくる陰吉を振り返り、尋ねた。

「桜子様、なんでもございません」

と応《こた》える陰吉に総兵衛が、

「陰吉、船戦《ふないくさ》の始末、知りたいですか」

と問うたものだ。すでに総兵衛の口調は商人のそれだった。

「イマサカ号と大黒丸は新・十文字船団と相見《あいまみ》えたのでございますか、総兵衛様」

「いかにもさようです。イマサカ号と大黒丸は予定よりもだいぶ遅れて薩摩領海を通過しました」

「あの南蛮船なれば薩摩まで四、五日で着こうものを」

陰吉が呟《つぶや》き、首を捻《ひね》った。

「あっ、総兵衛様はイマサカ号と大黒丸になんぞ策を授けられたのでございますか」

「さあてどうでしょう。焦《じ》らしに焦らされた薩摩の新・十文字船団は二手に分かれてイマサカ号と大黒丸の到来を待ち受けておりましたゆえ戦力が半減しておりました。ためにイマサカ号の砲撃に遭って一瞬にして航行不能に陥らされました」

「宿敵を前に新・十文字船団はなぜ二手に分かれたのか」

「薩摩様もあれこれと考えられた末でしょうな」

と答えた総兵衛が、

「陰吉、そなた、私に伝えたきことがあるのではありませんか」

「総兵衛様は陰吉の胸の中まで読み通されますか、驚いたな。ということはすでにご存じなのですな」

「およそのことは」

「それでも話せと」

「好きなように」

「強脛《こわすね》の冠造親父《かんぞうおやじ》がまた姿を現わしました」

強脛の冠造は薩摩の密偵だ。

「陰吉、おまえが呼んだか」

と前方を行く田之助が言葉を差し挟んだ。

「田之助さん、そろそろ北郷陰吉を味方と信じてくれませんかね」

と陰吉が田之助に言葉を返し、

「私はもう薩摩から追われる人間です。連絡《つなぎ》などつけられましょうか」

と反論した。

「強脛の親父は二、三日前からわれらの動きを見張っております、今もどこかに必ずおります。気配がしない間に京か大坂の薩摩屋敷に往来してきたんではないかと思います」

「助っ人を連れてきておるか」

「田之助さん、私が見たのは冠造だけです。ですが、必ずや京への道中になにかが起ると見たほうがいい。なにしろ強脛の親父は、総兵衛様と田之助さんが財前多聞《ざいぜんたもん》様と道信八兵衛《どうしんはちべえ》様の二人をあっさりと屠《ほふ》るところを見ておりますからな。次なる刺客は薩摩の威信にかけて最強の兵《つわもの》を送り込んできておりますよ」

と言い切った陰吉の口調には期待があった。

「総兵衛様といっしょやと退屈する暇がおへん」

桜子が嬉《うれ》しそうに応じた。

「桜子様、薩摩の力を軽んじてはなりませぬ。京に辿《たど》り着くまでいささか難儀な道中が待ち受けておりましょうな」

「うち、総兵衛様といっしょなら死んでもかましまへん」

「こ、困ります。麻子様に叱《しか》られます」

田之助が慌《あわ》て、桜子が笑った。

「陰吉、京への道、そなたに案内を頼もうか」

「えっ、この北郷陰吉に伊勢から山城国、京への道案内をしろと申されますので」

「いかにもさよう申しました」

「薩摩の刺客を避けるためですか」

「どうとでも考えなされ」

うーむ、と陰吉が唸《うな》ると考え込んだ。

だが、一行の足取りがそれで遅くなることはなかった、津に向って順調に進んでいく。四半刻《しはんとき》（三十分）ほど思案していた陰吉が聞いた。

「総兵衛様は柳生新陰流の里に立ち寄るお気持ちはございますか」

「柳生《やぎゅう》の庄はこの近くですか」

「この西の山中にあります」

「柳生諸派の流祖柳生石舟斎宗厳《むねよし》様の新陰流を拝見したい気持ちはあります。ですが、あれこれと道草を食うて京に辿りつくのがだいぶ手間取っております。こたびは柳生の庄には近づきますまい。また桜子様をお待たせすることになりますからね」

と総兵衛が笑った。

「ならば津から加太《かぶと》峠越え、神君伊賀越えの道を通って京へ入りましょうか」

「神君伊賀越えとはどのような謂《いわ》れがあるのですか」

総兵衛は異郷生まれだ、知らないことも多い若者だった。

「この冬の時節に神君伊賀越えなど桜子様を険阻な山道にお誘いできるものか。まして薩摩の刺客がうろついておるかもしれぬ峠越えはだめでございますよ、総兵衛様」

田之助が即座に反対した。

「陰吉、神君伊賀越えの謂れを話しなされ」

総兵衛に催促された陰吉が話し出した。

「天正十年（一五八二）六月二日、天下統一を狙《ねら》っていた織田信長様が家臣の明智光秀によって京の本能寺で自害させられました」

「本能寺の変といわれる騒ぎですね」

総兵衛もその程度のことは『鳶沢一族戦記』の前史を熟読して承知していた。だが、詳しいことは知らなかった。

「いかにもさようです。家康様はその折、堺を見物した後、河内国四条畷《しじょうなわて》付近を京に向う途中、大商人茶屋四郎次郎清延《きよのぶ》から信長様の死を聞かされましたそうな。家康様は即座に領国岡崎に帰ることを決断なされた。明智光秀の軍勢の残党狩りやら、落ち武者狩りを恐れたからにございますよ」

総兵衛は桜子が茶屋四郎次郎の名に反応したことを感じていた。だが、陰吉の話は続いた。

「そのとき、家康様には本多忠勝、井伊直政、酒井忠次、石川数正、本多正盛、石川康通、服部正成、大久保忠佐《ただすけ》などわずか三十四人の家臣しかおらなかったのです。ただ今のような平時ではございません、群雄割拠の戦国時代、謀反《むほん》を企て、主殺しを敢行した光秀軍は当然、信長様に近い家康様の首を狙う、落ち武者狩りの土民もいる。家康様は一時《いっとき》、京に走り、知恩院に入って自刃《じじん》しようと決断なされたそうな。それを本多忠勝らが強く諫《いさ》めて、岡崎へ戻ることを企てられたのでございますよ。その折、飯盛山《いいもりやま》から伊賀の険阻な山道を辿って白《しろ》子《こ》へと抜け、さらに伊勢湾を船で渡り、三州岡崎城に戻られたのです。この奇跡がなかりせば、ただ今の家康様の天下は招来しなかったことは確かでしてな、この逃亡路を神君伊賀越えと呼ぶのです」

「陰吉、面白い話です」

総兵衛が関心を示したのを見た桜子が、

「うちはよう茶屋家を承知してます。茶屋家のご当主様から、家康様に随行し道案内を務めたのは茶屋家初代の清延様だったと聞かされました。四郎次郎様は腰に革袋をぶら下げて、要所要所にお金をばら撒《ま》きながら、家康様の退路を作られたそうな、そんな話をよう聞かされたんどす。ゆえに茶屋家は今も徳川家とは親しゅうございます」

総兵衛は茶屋家と親しいという桜子の口調から、伊賀越えのことも詳しく承知しているような気がした。

「陰吉、家康様の運に肖《あやか》るべく神君伊賀越えをして京に入りましょうか、案内しなされ」

と命じた。

陰吉は破顔したが田之助は悲壮な覚悟をした、だが、そのことを顔には見せなかった。主《あるじ》の一言は絶対だからだ。

その日の七つ（午後四時頃）前、総兵衛一行は順調に歩みを重ねて津城下に到着した。

「城主藤堂氏、二十七万九百五十石」

の津だけに繁華な町だが、往路ではただ旅籠《はたご》に泊まっただけでどこも見物しなかった。

その折、世話になった城下観音寺前の大宿、安濃屋《あのや》喜左衛門方にこたびも草鞋《わらじ》を脱いだ。

「おお、参拝のお帰りにもお泊り頂けましたか。よう戻って参られました」

と番頭が総兵衛一行を記憶していて大喜びで迎えてくれた。

大店《おおだな》の若い主に見目麗《うるわ》しいお姫《ひい》様のような娘御、従者が三人という一行を長年旅人を送り迎えしてきた番頭も、

「はて、どのような関わりの一行やろか」

と奇妙な取り合わせに首を傾《かし》げたことがあり、よく記憶していたのだ。

女衆《おなごし》に急ぎ濯《すす》ぎ水を用意させると壮年の供の一人が、

「総兵衛様、この時節でございます。伊賀越えにはいささか仕度が要りますでな、ちょいと買い物にいって参じます」

と主に話し掛けると外に出ていった。するともう一人の若い手代風の供も、

「総兵衛様、私も用事を思い出しましたゆえ出て参ります」

と壮年の連れを追うように草鞋を脱ごうともせず、旅籠に到着したばかりの

二人が姿を消した。

「旦那《だんな》様、過日は宿が込み合うていて二部屋しかご用意が出来ませんでした。本日はどないしましょう。二階の角部屋に二部屋、それに供の男衆《おとこし》に小部屋をもう一つ二つならば仕度できますがな」

「そうして下され」

と若い主が鷹揚《おうよう》に返事し、

「桜子様、お疲れではございませんか」

とお姫様に話しかけた。

「うちは歩き慣れております。それよりしげさんが最後まで元気でなによりどした」

と供の娘を京言葉で気遣った。

足を濯いだ三人が早速二階の安濃屋でも上座敷に通され、主が、

「桜子様、こちらの座敷をお使い下され」

と床の間付きの上座敷を勧めた。

「うちは総兵衛様の案内人だす。主様がこちらを使うてもらわんと奉公人はか

なしまへん」

「桜子様は奉公人ではございません」

と押し問答をする若い二人に番頭が、

「お客様、過日は込み合うてうっかりと宿帳にお名前を記してもらうのを忘れてしまいました。今晩はお願い申します」

と仲睦《むつ》まじい二人の話に割って入るようにして願った。

駿府《すんぷ》から桜子と二人だけで旅をしたとき以外、手代の田之助が宿帳を記してきた。総兵衛は炭火の入った角火鉢の傍らに座すと番頭の差し出す筆をとり、
さらさらと記し、

「供の名も記しますか」

と番頭に尋ね返した。

「もし出来ることなればお供のお方のお名もお願い申します」

番頭の言葉に総兵衛がまた筆を走らせ、

「これでよろしいか」

と宿帳を番頭に戻した。

「お手間をかけて相すいまへん」

番頭は両手で捧《ささ》げ持つように宿帳を受け取り、記帳された名を声にして、

「江戸富沢町《とみざわちょう》、古着商大黒屋総兵衛」

と読み、

「えっ、ああ、江戸の古着商を束ねる大黒屋の旦那様にございましたか。あんまりにもお若いんでお見それ致しました」

とぺこぺこ頭を下げて、

「同江戸住、坊城《ぼうじょう》桜子様」

と読み、

「やっぱりお姫《ひい》様でございましたな」

と京風の名に得心したように呟《つぶや》き、若い二人に尋ねた。

「大黒屋様、最前供の男衆が伊賀越えすると玄関先で申されましたが、どちらに向われますんで」

「京に参ります」

総兵衛がにこやかに答えた。

「お言葉ではございますが、この時節、伊賀越えは寒さが厳しゅうございましょう。東海道にお戻りになられたほうがいいのんと違いますやろか」

「番頭どの、ご親切な忠言有り難うございます。ですが、いささか思うところあって神君家康様が辿《たど》られた伊賀越えをしとうなりました。酔狂と思うて見逃して下され」

「大黒屋様は男衆でございますゆえ、どのようなことがあろうと大事ないかもしれませんが、お姫様も歩いて峠越えにございますか。加太峠から御斎《おとき》峠は険しゅうございますよ」

と番頭がさらに案じた。

「番頭はん、うちは歩き慣れておりますんや、心配おへん」

若い娘も一顧だにしようとはしなかった。しばし沈思する体の番頭がおずおずと口を開いた。

「大黒屋の旦那様、余計なお節介と思《おぼ》し召し下さいませぬように。せめてお姫様に馬を同行させてはいかがにございましょうな。伊賀越えの道をよう承知の馬子《まご》を選んで差し上げますがな」

「それはよい考えです。連れが戻ってきましたら相談し直ぐに返事を差し上げます」

「ならば大黒屋様、湯を使うて下され。うちの湯は男風呂《ぶろ》と女湯は分けてございますでな、お姫様もどうぞ」

総兵衛の返答にようやく安心した番頭は座敷を出ながら伊勢参りの江戸の客がいつぞや、

「富沢町の古着問屋大黒屋は並みの商人ではない、ありゃ、裏の貌《かお》を持った商人や。ただ者《もん》じゃねえよ」

というのを相方の客が、

「お上なんぞ恐れもせず異国に大船で買い出しに出るというじゃねえか」

「ここんところ、主は病がちでな、大黒屋は落ち目との噂《うわさ》が流れているがよ、腐っても鯛だ。大黒屋の財産は尋常じゃねえ」

「金なんぞはどうでもいい、裏の貌をよ、幕閣のお偉いさんも恐れているという話だぜ」

と話をするのを記憶していた。

その大黒屋の主が伊賀越えをする以上、なんぞ用事があってのこと、止めても無駄と番頭は自らを得心させた。

総兵衛ら三人が湯から上がったころ、若い手代風の男が戻ってきた。手ぶらだった。

「おや、探し物は見つかりませんでしたかな」

「いえ、朋輩《ほうばい》がすべて買い揃《そろ》えましたゆえ私はなにも買う必要がありませんでした」

と言い訳する手代に番頭は、総兵衛に告げたと同じことを繰り返し、道に慣れた馬方を伊賀越えに従えないかと言ってみた。

「いえね、うちが馬方の口銭をなんとかしようという話では決してございません。冬が近い伊賀山中は慣れた者でないと雪でも降ると道に迷いますでな、余計なことを申し上げましたので」

「番頭さん、よい考えかと存じます。ただ今旦那様に相談申し上げて馬二頭と道に慣れた馬方を願うことになりましょう」

と言い残した手代の田之助が直ぐに教えられた二階座敷に上がり、しばらくして下りてきた。

「番頭さん、最前申しましたように馬二頭を願えませぬか。私も伝馬《てんま》宿に行き、じかに馬方と会い、馬を見て決めさせて貰《もら》います」

「えっ、ご注文がございますので」

「その代り、馬方と馬の賃料には糸目はつけません」

と若い手代が言い切った。

二

田之助が初老の馬方一人に足腰がしっかりとした馬二頭を伝馬宿で雇い、旅籠《はたご》に戻ってきたとき、北郷陰吉がちょうど安濃屋に戻って草鞋《わらじ》を脱ごうとしていた。

傍らの上がり框《がまち》に竹籠《たけかご》で造ったいかにも頑丈そうな背負子《しょいこ》があった。中には買い物があれこれと詰まっているようで、一番上は油紙に覆《おお》われて、買い求めた品がなにか見えないようになっていた。

「田之助さんや、わしの後を追いながら声をかけてはくれませんでしたな、いかなる理由かな」

「なあに買い物を手伝おうとしたがそなたが先に気付いた気配ゆえ別行動をなした」

「わしが強脛《こわすね》の親父《おやじ》と連絡《つなぎ》をとるとでも思われたか、そろそろお互いを信頼せねば行く手に待つ薩摩の刺客を撃退するのは難しくなる。総兵衛様お一人に頼ってよいものか」

田之助もまた陰吉があれこれと品揃えする姿を見て、真剣に伊賀越えの仕度をしていると悟らされた。ゆえに尾行を止めたのだ。

「よいでしょう。そなたを味方と考えます」

「あいがとごわす」

陰吉が珍しく薩摩弁で礼を述べた。

「じゃが全幅の信頼をおいたわけでありません、決してそなたの行動から眼を離すことはない。そう覚悟して下され」

「よかど。めん眼球《たま》、ひん剝《む》いてよう見いやんせ」

と陰吉が言い、にやりと笑った。そして、

「わしをつけ回しとるのは田之助さんだけじゃなか。強脛の親父もわしらがこん安濃屋に泊まったことを知っちょる」

と言い切った。

「会ったか」

田之助がいささか驚きの表情で問い返した。

「いいや、体に感じっとよ。田之助さん、あんたも鳶沢一族の人間なら五感で知ることがいかに確かか知っちょろう」

首肯した田之助は、

「すでに冠造の周りには薩摩の刺客がいようか」

「そこがな、今一つ、分らん。じゃっどん、わしの買い物をば見て、山越えすることを強脛の親父は悟っちょろう。じゃれば、刺客をどこに待機させるか、知らせに走ったはずじゃ。不意に強脛の気配が消えたでな」

と陰吉が言い足した。

「陰吉さん、馬を二頭、伊賀越え道をとくと承知の馬方とともに雇うてきた」

「そいはよか算段じゃっど」

と陰吉が応じ、上がり框から板の間に上がり、

「田之助さん、わしは一足先に総兵衛様の座敷にいきますでな」

と薩摩弁から元の口調に戻して、よいこらしょ、と背負子を両手に抱え、二階への階段を上がっていった。

田之助は真実薩摩者の北郷陰吉を信じてよいのやらどうやらしばし迷いに落ちた。だが、今は信頼するしかないかと肚《はら》を固めた。

田之助が総兵衛の座敷を訪ねるために二階廊下に上がると、桜子の笑い声が響いてきた。陰吉がなにやら冗談でも言った様子だ。

「ただ今戻りました。賑《にぎ》やかにございますな」

田之助が座敷に入ると総兵衛と桜子、しげを相手に陰吉が道中絵図を拡《ひろ》げて説明でもしている様子だった。

「田之助、ご苦労でした。陰吉がなんと伊賀越えの道中絵図を入手してきました。見てみなされ」

田之助は広げられた絵地図に眼を落した。この絵地図がいかに貴重なものか

直ぐに田之助には分った。絵地図の端に、

「神君伊賀越え道程絵図」

とあり、津城下の版元が天明三年（一七八三）に売り出したものの一枚だった。だいぶ使い込んだ跡があり、新物ではない。

田之助は驚嘆の面持ちで地図に眼を落した。

伊勢湾から亀山城下に向い、山中に入る伊賀越えには難所、隘路《あいろ》、橋あり橋なし、旅籠の有無などが細かく注意書きに施され、亀山、加太峠、伊賀、甲賀を経て、伏見付近から京に至る道筋が描き込まれていた。この絵地図は実際に使われていたらしく山中の杣《そま》小屋やら水場の書き込みがあった。

「驚きました。これさえあれば鬼に金棒、馬方など雇うこともございませんでしたな」

田之助は陰吉の手腕に驚きを禁じ得なかった。

「お陰様で神君伊賀越えの道筋が見えてきた」

総兵衛も満足げに呟《つぶや》き、桜子が、

「そろそろ夕餉《ゆうげ》の膳《ぜん》が運ばれてきます。お二人さん、湯に入ってきはったらどうどす」

田之助と陰吉に言った。

総兵衛も桜子も湯を使った様子でさっぱりとしていた。

「おお、ならば湯を頂戴《ちょうだい》しましょうかな、田之助さんや」

陰吉が田之助を誘い、田之助はなんやらお互いの立場が逆転しておるな、と思いながら、

「それでは湯を使わせて貰います」

と総兵衛と桜子に挨拶《あいさつ》し、湯殿に向った。

湯殿には客はいなかった。

かかり湯を使った田之助が湯船に身を浸し、陰吉を見ると行灯《あんどん》のうすぼんやりとした灯りにその背中が見えた。がっちりとした体軀《たいく》は筋肉で覆われていた、そしていくつもの古傷の痕《あと》が刻まれていた。

陰吉が見かけよりも若いようでもあり、また田之助が推測した年齢よりもさらに上のようにも思え、迷った。田之助はこれまでの言動から四十の頃合いではないかと推測していた。

「陰吉さん、齢《とし》はいくつですね」

「宝暦《ほうれき》五年（一七五五）乙亥《きのとい》の生まれゆえ、四十九じゃあ」

と陰吉が振り向きもせずに言った。

意外と陰吉の齢が上なので田之助は驚いた。

「私の倍以上の年も密偵稼業《かぎょう》を続けてこられたか。それにしても伊賀越えの絵地図を手に入れた手際《てぎわ》はなんとも鮮やかにございますな。田之助、心底びっくり仰天致しました。陰吉さん、どこであれを手に入れられた。たれぞ仕事人から買い求められましたか」

「密偵が直ぐに手の内を明かすものか」

陰吉が平然と答え、かかり湯の前から立ち上がった。

片手には小刀が隠し持たれていた。田之助は湯船の縁に広げられた手拭《てぬぐ》いに手を置いた。その下に刃渡り五寸ほどの刃が隠されてあった。

陰吉は田之助の手の動きを見て見ぬふりをし、湯船に入ってきた。

「明日からが楽しみじゃ」

「われらといっしょの陰吉さんには薩摩の刺客が険しく迫って参りましょう

な」

「それは覚悟の前」

しばし沈黙した田之助が、

「今一つ分りません」

と呟いた。

「わしが転んだ理由か」

「はい」

「田之助さんや、わしの齢まで密偵稼業を続ければいくらかわしの変節の理由が分ろう。薩摩では外城者《とじょうもん》は人に非《あら》ず、生涯下人扱いじゃ、いくら手柄を立てようと身分が変わることはない」

「そなた、上士になりたかったか」

「いや、人扱いしてもらいたかっただけじゃ」

「人扱いな」

「そなたには分るまいな」

と陰吉が呟いた。

「いつかも言うたように思う。十月余り、鳶沢村の暮らしを眺めてきたがな、わしは長老どのから下働きまで強い絆《きずな》と信頼に結ばれていることが羨《うらや》ましゅうてならなんだ。だが、それがどこからくるのか、わしには分らなかったものよ。それが総兵衛様を見た途端、眼の前の霞《かすみ》が掻《か》き消えたようにはっきりと分った。鳶沢村の村人たちは強い結びつきを総兵衛様に持っていると思った。古着商の主《あるじ》が別の貌《かお》を持ち、一族はそのことで忠義を尽くし、わしの知らぬ使命を全《まっと》うしておるとな、考えた。違うか、田之助さん」

「私は大黒屋の手代に過ぎない、答えられるわけもない」

「まあ、そなたの立場ならそう答えるしかあるまいな。いい、わしはゆっくりと探り、わしになにが出来るか考える。そなたがわしを信用しまいと、わしの考えは変わらん」

陰吉が言い切った。

「陰吉さん、薩摩の刺客が私ども一行を襲うとしたら、まずどこと考えられますな」

田之助は話柄《わへい》を変えた。古地図を入手したときから、陰吉はそのことを考え続けてきたと思ったからだ。

「伊勢から伊賀に抜ける難所はまず加太峠、険しい峠ではなさそうじゃが、昔から山賊の棲《す》み家《か》として知られた土地じゃそうな。この山中二里半（約一〇キロ）がまず考えられる。神君様の伊賀越えに際して柘植《つげ》三之丞清廣親子が二、三百人の伊賀衆の一派柘植衆を率い、さらに武島大炊助《おおいのすけ》、美濃部清洲之助らも百人余の甲賀衆を連れて、家康様一行を助けて越えたくらい、昔から厄介な土地柄よ。薩摩じゃのうても、わしらは山賊に襲われることも考えねばなるまいて。なにせ桜子様にしげさんを連れての道中じゃからな」

「なんぞ策がありそうな顔じゃな、北郷陰吉さん」

「主に明かしてもいない策を手代のおまえさんに喋《しゃべ》れるものか」

　と答えた陰吉が、

「主様を待たせて長湯する家来がどこにおる」

　と言い足すと湯船を上がった。田之助は、

（薩摩の転び密偵にわが役目を奪われそうな）

　と胸奥でぼやきながら湯殿を出た。脱衣場にはすでに陰吉の姿はなかった。

総兵衛の座敷にすでに膳が五つ並んでいて、田之助と陰吉の膳だけに燗《かん》徳利が添えられてあった。

「総兵衛様、お待たせして申しわけございません」

と陰吉が詫《わ》びながら膳の前に付き、田之助もそのとき座敷に戻ってきた。陰吉がちらりと燗徳利を眺め、

「わしと田之助さんの膳だけに酒がついてございますな、主様が飲まれんのに家来が飲まれましょうかな」

とまるで昔から一族の者のような口利《くちき》きをした。

「陰吉さん、そなたは総兵衛様の家来ではない。考え違いをするでない」

田之助が腹立たしげに囁《ささや》いた。

「家来でなかなら、わしはないじゃろかい」

と嘯《うそぶ》き返した陰吉と田之助の二人に総兵衛が、

「明日は田之助と陰吉に働いてもらわねばなりません。伊賀越えの無事を祈って酒を付けました。陰吉、津の旅籠《はたご》には焼酎《しょうちゅう》がございませんでした、酒で我慢

なされ」

「あいがとごわす」

と薩摩弁で礼を述べた陰吉が煮ものの蓋《ふた》を掴《つか》むと、燗徳利の酒をなみなみと注《つ》ぎ、

「頂戴しもんそ」

と独白すると、ごくりごくりと喉《のど》を鳴らして一気に飲み干した。

「酒は酒でうまか」

と嘆息したものだ。

「桜子様、私どもも食しましょうか」

と総兵衛が言い、しげが、

「お汁を温め直してもらいますか」

と聞いた。

「旅籠で二度手間は迷惑にございましょう。桜子様、京まで我慢して下され」

「総兵衛様、うちは旅に慣れましたえ、頂戴しましょう」

と桜子がうしお汁の蓋をとった。陰吉を除く三人が食事を始めようとしたと

き、

「陰吉さん、私の分も飲んで下され」

と田之助が自分の膳の燗徳利を陰吉の膳に置いた。

「酒はすかんとな」

陰吉が田之助の顔を窺《うかが》い見た。

「そのようなことはどうでもようございます。その代わり最前の話、忘れんで下され」

田之助が陰吉に言った。

「おお、そうじゃった」

と答えた陰吉が一本目の燗徳利から残り酒を盞についで飲んだ。わずかに陰吉の顔が湯に入ったせいと酒のせいでてらてらと輝いている。

「総兵衛様、伊賀越えで薩摩が襲いくるのは間違いございません。明日の難所は加太峠越えにございます。薩摩が襲いこずとも加太名物の山賊が悪さを仕掛けましょう」

「それは伊賀越えを決めたときから覚悟のことです」

「そげん言うてん、桜子様方女子《おなご》連れで薩摩と山賊を相手にするのは難儀じゃっど」

と陰吉の言葉に時折り薩摩弁が混じるようになったのは酒のせいか。

「湯屋でそのことを田之助と話し合いましたか」

「へえ、神君家康様の伊賀越えの顰《ひそ》みに倣《なら》い、ちっとばっかり山賊に鼻薬を嗅《か》がせて、薩摩の刺客を襲わせることはでけんじゃろかと、こん陰吉は考えたと」

「ほう、そのような手立てができますか」

「茶屋四郎次郎様の真似《まね》をすっとどげんじゃろかと思うたとじゃ」

「家康様に急を知らせた茶屋四郎次郎様は腰に付けた金子を要所要所にばらまき、伊勢に抜けたのでしたな。私どもにもそれを見倣えと言いなさるか」

と総兵衛が言い、

「女連れじゃって、無理することはなか」

「陰吉さん、だれが山賊との交渉をするのです」

「そんたわしの役目じゃっど」

「ほう、陰吉がやると言いますか。私どもも京行に敢えて薩摩の刺客と戦う謂《いわ》れはありませんからな、無事に伊賀越えが出来ればそれにこしたことはない」

　総兵衛の言葉に田之助が言った。

「明日の朝までには半日と暇《いとま》はございません」

「山賊の暗躍する刻限は夜中じゃっど、田之助さん、わしを信用してみらんね」

「これから先発すると言いますか」

「めしを食《く》たら、行きもんそ」

　と答えた陰吉が田之助の分の酒を飲み干し、夕餉《ゆうげ》の膳を急いで平らげると、口を袖《そで》で拭《ぬぐ》い、

「どら、こいかぁ、行ってきもんで」

　と総兵衛に言うと、総兵衛は、

「田之助、金袋を陰吉に」

　と命じた。

　田之助が竹籠《たけかご》から金袋を一つ出し、総兵衛に差し出した。帆布で誂《あつら》えられた大黒屋の金袋には百両が入っていた。田之助から受け取った総兵衛が腰を上げかけた陰吉の前に、

ぽん
と投げ出し、

「北郷陰吉、そなたの手並みを拝見します」

「あいがともさげもす」

と薩摩弁で礼を述べた陰吉が金袋を懐《ふところ》に突っ込むと田之助に、

「田之助どん、峠は寒《さん》かろ。お姫《ひい》様方に綿入れを用意したと。おいどんの荷にあっが」

と言葉を残すと姿を消した。しばらく供の部屋から陰吉が旅仕度をする気配があったが、不意にその姿が消えた。

「なんとも忙《せわ》しない薩摩人ですね」

「総兵衛様、陰吉を信頼してよいものでしょうか」

田之助の言葉に、

「陰吉にはもはや薩摩に戻る途《みち》は残されておりますまい。私どもの下で生きていくしかないのです」

「総兵衛様の親切心をあやつ、利用しているような気もします」

「桜子様はどう思われます」

「陰吉さんは本心からうちらに従うておられるように思えます。総兵衛様は最初から陰吉さんを信じておられます、陰吉さんもそのお気持ちを承知して、必死で応《こた》えようとしておられます」

と桜子も言い切った。

「明日になればすべてが分る事だ。私が甘いのかどうか、その折に分ろう」

総兵衛の言葉に田之助は、はい、と答えるしかなかった。

翌朝七つ半（午前五時頃）、安濃屋の前に二頭の馬を引いた馬方の一兵衛が姿を見せ、一頭の背に田之助の竹籠と陰吉が津で買い求めた背負子《しょいこ》を振り分けに積んだ。

「桜子様、馬に乗られませぬか」

田之助が桜子に願ったが、

「うちは総兵衛様と話しながら歩いて参ります」

と断った。

「ならば空馬は伝馬宿に返すかね、手代さんよ」

一兵衛が田之助に聞いた。

「いえ、峠に入れば馬が要ることもあります。その時のために手もとにおいておきましょう」

田之助が答え、ならばそうするか、と一兵衛馬方が荷を積んだ馬の手綱をとり、その馬の鞍《くら》に空馬の手綱を結んで先頭に立った。

津からまず亀山に向い、四里（約一六キロ）余を目指すことになる。

馬方の傍らに田之助が従い、総兵衛と桜子が肩を並べてその後を進み、そのうしろをしげがいく。曲がり角がくると一兵衛が、

「若旦那《だんな》よ、右に曲がるだよ。まんず安濃川を渡るだよ」

などと指図をした。

「馬方さん、加太峠の名物は山賊というが今も出ますかね」

「ああ、こりゃ、上客とみると姿を見せるだね」

総兵衛の問いに一兵衛馬方が冗談なのか真剣なのか見当もつかぬ顔で答えたものだ。

「そなたらには危害は加えませぬか」

「わしらの懐には大した銭はないだ。それにわしら土地の人間に危害を加えるようだと面倒になるだよ、お互い商売じゃからな」

「山賊が現われたらどうするのですか」

「若旦那、客の手前はぶるぶると震える真似をして逃げるふりをするだね。路銀をとられた客を送り届けねば、わっしらも商売にならねえだよ」

「となりますと、私どもを置いてきぼりにして様子を見ておられる」

「そういうことだ」

と馬方が平然と答えた。

「怪我《けが》しなくてなによりです」

「江戸のお方は物好きじゃね、この時節、雪も降ろうという伊賀越えをしてわざわざ山賊を招くこともあるまいに。綺麗《きれい》な娘ごを二人もつれてよ、山賊を呼び寄せるようなもんじゃぞ。どうだ、今からでも遅くはねえ、東海道を行かねえか」

「いかにも物好きでございましてな、神君様の道を辿《たど》ってみたくなったのでございますよ」

「わしは言うたように山賊が出たら逃げるふりだよ、薄情だとわしを恨むじゃねえぞ」

「恨みはしません、命あっての物種ですからね」

と総兵衛が答えると桜子が、

ほっほっほ

と笑った。

「お姫様も腹が据わっているだね。山賊が怖くはないかね」

「総兵衛様といっしょです。うち、怖うなんてありまへんえ」

と桜子が朗らかに答え、

「呆《あき》れた一行じゃな、わしゃ、知らん」

と馬方が応じたものだ。

三

本能寺の変を知った家康が明智光秀の手を逃れ、落ち武者狩りの眼をかすめて伊賀から伊勢に抜け出た先は白子とも津とも言われる。

白子と津の間は四里足らずだが、総兵衛一行は津を出立して白子には向かわず、そのまま伊勢別街道を東海道の関宿へと向かった。

冬の朝日が一行を照らしだしたのは志登茂川に沿った街道を歩いているころのことだ。

「桜子様は京の茶屋家と親しいようですね」

総兵衛が桜子に質《ただ》した。

「母の実家の坊城家が茶屋家と親しいんどす、そのお蔭《かげ》でうちも茶屋家に出入りさせてもろうとりましたんどす」

「茶屋家とはどういう家柄にございますか」

「江戸に家康様が幕府を開かれる以前から京都の呉服商にして大商人にございます。茶屋は通称と聞いております。本姓は中島ですが京では茶屋四郎次郎が通り姓名どす。初代は清延様と申され、家康様の側近の一人であったお人どす」

「茶屋家は今も京都で商いを続けておられるのですね」

「はい。ご本家のお店は京小川通出水上ルにございます、その界隈を茶屋町というておりますし、別邸は北白川瓜生山《うりゅうやま》にございまして、その辺り一帯は茶山と呼ばれます」

「茶屋様は大商人なのでございますな、存じませんでした」

と総兵衛が恥ずかしげに桜子に答えた。

「致し方ございません、総兵衛様は江戸を知られてわずか一年余りどす」

「とは申せ、私は古着問屋の主《あるじ》です、勉強が足りませんね。京に上がったら茶屋家にも連れて行ってご紹介下さいまし」

「もちろんご案内させてもらいますえ」

「武家の徳川家康様と大商人の茶屋四郎次郎清延様とは親しい間柄だったのですね」

と総兵衛は話を元に戻して桜子に念を押した。その表情はいつもとは違い、どこか遠くを見ているような眼差しだと、桜子は思った。

「茶屋家の先祖は尾張蟹江《かにえ》城主の小笠原氏と聞かされておりますがうちはそれ以上詳しいことは知りまへん。はっきりしたことはよう知らしまへんけど家康様と茶屋四郎次郎様との間にかたい信頼が結ばれたんは、神君伊賀越えの大難の因となった本能寺の変がきっかけやと思います」

大きく首肯した総兵衛が、

「桜子様、本能寺の変とは織田信長様の家臣の一人の明智光秀様が逆心を起こし、奇襲をかけて主殺しをしたことですね」

とこちらも改めて問い直した。

「はい」

「なぜ明智様は信長様に謀反《むほん》なされたのでございましょうな」

「明智日向守《ひゅうがのかみ》光秀様はたいそう明晰《めいせき》な武人にございましたそうな、信長様は眼から鼻に抜けるような家来の光秀様を嫌われ、公《おおやけ》の場で度々叱責《しっせき》されたためにそのことを恨みに思うたゆえとか、光秀様が信長様の座を狙《ねら》ってのこととか、堺の商人が光秀様を唆《そそのか》したのが因とか、あれこれと言われ、今もはっきりとしたことは分りませんのと違いますやろか」

「本能寺は京にある寺ですね」

「はい、謀反のあった当時は京都の六角小路、四条坊門小路、油小路、それと四条西洞院大路に囲まれた広大な境内のお寺でありましたそうな。天正十年六月二日、この本能寺さんに信長様は、備中高松城を包囲している家臣の羽柴秀吉様を援《たす》けんと出陣され、供の数わずか百余人で泊まっておられましたのどす。その未明、日向守光秀様の一万三千余の大軍が本能寺を襲うて、百余人の主従は悉く《ことごと》討死・自害なされました」

「なんとのう、戦上手の信長様は油断なされたか」

と思わず総兵衛が武家言葉で呟《つぶや》いた。

「その数日前の五月二十九日のことどす、家康様は泉州堺に入られましたんや。案内役は四郎次郎清延様が務めておられましたそうな。当時の堺は異国交易で栄えた湊《みなと》やそうな、堺奉行様に饗応《きょうおう》うけたり、茶会を楽しまれたりと、家康様は存分に堺を楽しまれ、再び京都に戻ることになっておりましたんや。京では茶屋家に泊まる仕来《しきた》りのために四郎次郎清延様が一日早う堺を発《た》たれ、家康様の京滞在の仕度をなされようとしたんどす。陰吉さんが津への道々言われた繰り返しどすけど我慢しておくれやす。その未明のことどす、本能寺で大騒ぎが起りましたんや。それを耳にしはった四郎次郎清延様は自ら馬に乗られて堺の家康様にご注進に走られたそうどす。河内の四条畷付近でお先手の本多忠勝様と行き会い、この大事を後からくる家康様ご一行に告げようと二人して必死で戻られたそうどす。運よくも飯盛山辺で家康様の本隊と会い、仔細《しさい》を告げられたのが伊賀越えの発端にございますえ」

「その時、家康様の従者はわずか三十四人であったとか」

はい、と桜子が頷《うなず》いた。それにしても桜子の京や歴史の知識は総兵衛が考えていた以上のものがあった。

「そこで徳川家の両家老酒井忠次様、石川数正様を始め、忠臣方の忠告を即刻聞き入れ、領地の岡崎に急ぎ帰るために伊賀越えを決心なされたんどす。その折、茶屋四郎次郎清延様が身を捨てる覚悟で先導されはったんどす」

「四郎次郎清延様が商人らしい知恵を出されて、金子を配り配りしながら、落ち武者狩りの手を逃れたと陰吉が言うておりましたね」

「四郎次郎清延様は銀子八十枚余りを皮袋に入れて持ち、家康様ご一行の先を歩いて、宿々に家康様より下し置かれた金子というて、銀五枚、十枚と村々の長に配りましたところ、徳川家康様はお慈悲深い殿様じゃと宿々が次から次へと一行を送り渡し、伊賀越えを無事に果して伊勢の浜に辿り着き、そこから船を雇って三河の領地に逃れることができたんどす」

「さすがは京案内を総兵衛のために買って出られた桜子様、ようご存じです」

「茶屋家で聞いた話を口移しにしただけどす。なんの工夫もあらしまへんえ」

「いえ、京が楽しみになってきました」

えへんえへんと前を行く馬方の一兵衛が注意を喚起した。

「京が楽しみやてか、その前に加太峠越えが待っておるぞ」

「いかにもさようでした」

と総兵衛が応じたとき、いつしか、

「昔、此処《ここ》鈴鹿《すずか》の関也《なり》。故《ゆえ》に関といふ」

の東海道の関宿が見えてきた。

その前に一行は鈴鹿川に架かる勧進橋を渡った。

総兵衛一行は関宿の西はずれから本式の神君伊賀越えの道筋を辿ることになる。

峠越えに備えて、朝餉《あさげ》を食していくことになった。

「宿の内には苦竹《にがたけ》をけづりて、打やはらげ、火縄につくりて売なり。東国往来、伊せ参宮の旅人に、つきつけ売るとかや。遊女おほし」

と『東海道名所記』に関宿の様子が描かれているように繁華な宿だった。

高札場近くに馬方の一兵衛の知り合いのうどん屋があるとかで、大きなうどん屋に案内された総兵衛ら五人は名物の太いうどんを食し、腹拵《ごしら》えをするといよいよ加太峠越えに挑むことになった。

高札場から数丁西に行くと東海道は上り坂になった。観音山が見える辺りに道標があって、

「ひだりはいが、やまとみち」

と加太峠越えを示していた。

むろん右に向えば、この界隈《かいわい》では一ノ瀬川とか八十瀬川と呼ばれる鈴鹿川を渡って一ノ瀬に向う東海道だ。

「大黒屋の若旦那よ、いいだな。鈴鹿は昔から山賊が名物の土地だ、だがよ、天下の東海道だ。もはや山賊は夜分しか出ねえだぞ。それに比べればよ、加太峠越えは日中とて金のありそうな旅人、娘連れの一行となれば必ず出るだぞ。わしはそんときにゃ、逃げ出すからな、あとで馬子の一兵衛は薄情者と恨んでもしらんぞ」

と最後の忠言をなした。

「親方、覚悟の前です」

とにこやかな総兵衛の笑みの顔に、

「いつまでその笑いが続くだかね」

と呟いたものだ。

総兵衛も田之助もその時、何処《いずこ》からか監視する眼を感じとっていた。だが、二人は口にすることもなく、伊賀越えの道に踏み出した。

東海道の関宿から伊賀国上野城下へ通じる東海道の脇《わき》往還は、全長七里（約二八キロ）と数丁ほど、上野から奈良に通じることもあって、

「加太越奈良道」

とも呼ばれる古道だ。

道は鈴鹿川に流れ込む、支流の加太川に沿って西進することになる。まずは板屋の里まで一里と二十数丁の道のりだ。段々と左右から葉が落ちた木々の枯れ枝が迫り、冬の陽射《ひざ》しを受けて、道はのんびりと長閑《のどか》だった。

「静かな道やおへんか」

と桜子が嘆声を上げた。

「お姫《ひい》様よ、その静けさが厄介だ」

一兵衛馬方が応じた。

旅人の往来は急に減って、加太川のせせらぎの音だけが響いて寂しくなった。

「親方、ちょいと草鞋《わらじ》の紐《ひも》を締め直します。一時《いっとき》馬を止めて下さいな」

と言いながら田之助が路傍にしゃがみ、

「関宿で草鞋の紐を結んだばかりじゃねえか」

と一兵衛馬方が田之助に文句を言いながらも、どうどうと馬の鼻面《はなづら》を撫《な》でて止めた。そして、

「お姫様よ、空馬では馬も精が出ねえだよ、時に馬に這《は》い上がってくれめえか」

と桜子に願ったものだ。

「桜子様、どうか親方の言うことを聞いて下され」

総兵衛も桜子に願い、うちだけどすか、と応じながらも桜子が空馬だった馬の鞍《くら》に総兵衛の助けで乗った。

そのために桜子が乗った馬が先頭に立ち、荷馬が後にと組み替えられた。

草鞋の紐を結び直す体で屈《かが》んだ田之助は立ち上がると、陰吉が津で仕度した背負子《しょいこ》の中身を調べ、綿入れを見付けると、

「桜子様、馬の背は風が冷とうございます、綿入れを」

と膝《ひざ》にかけた。そうしておいて鳶沢村から担《かつ》いできた籠《かご》から総兵衛の愛刀三池典太光世《みいけでんたみつよ》をいつでも取り出せるように、覆《おお》ってきた布を剥《は》いで柄《つか》を籠からわずかに覗《のぞ》かせた。自らはすでに矢を番《つが》えた弩《ど》を一丁出すと負った。そんな様子を一兵衛が驚きの顔で見て、

「おやまあ、大黒屋は商人と聞いたがよ、なかなかの戦仕度だね。できることならば厄介はご免だがのう」

と呟いたものだ。

「親方には迷惑をかけぬようにしますよ、用心のためでございます」

田之助が答え、再び一行は加太峠に向って歩き出した。

「しげさん、うちだけ馬で堪忍《かんにん》どすえ」

と傍らに従うしげに桜子が詫《わ》びた。

「桜子様、鳶沢村を出た当初、皆様にえらく迷惑をお掛け申しました。もはや

旅に慣れましたゆえ心配は要りません。山賊が出てきてもこの杖《つえ》でしげが追い払います」

しげが鳶沢村から持参した堅木でできた杖を見せた。

「おうおう、女衆《おなごし》も張り切ってござる。山賊どもに襲われてみよ、次の日からよ、関宿で客をとらされることになるだがな」

一兵衛が本気とも冗談ともつかぬ言葉を洩《も》らした。

伊賀越えの道は、勾配《こうばい》は険しくはない、しかしながら襲われる身にとって守り難い途《みち》だった。左右から木々が生い茂り見通しが利かないことが旅人を不安にした。

「総兵衛様、陰吉の父《とっ》つぁん、高言どおりに話をつけておりましょうか」

早走りの田之助が一行の後ろを気にかけながら総兵衛に尋ねた。

「陰吉の父つぁんですか」

「はい、私の親父《おやじ》と言ってもよい齢《とし》でございますよ」

「はて、田之助の問いに正直に答えたものでしょうかね。北郷陰吉どん、なかなかしぶといと見ました」

「えっ、あいつ、私を騙《だま》しましたか」

「人を騙し、己を騙すことを叩《たた》き込まれてきた人間たちです。そう易々《やすやす》と本心を私どもに見せるとも思えません」

「総兵衛様はそれを承知であいつを信用なされましたので」

「北郷陰吉がもはや薩摩に戻れぬことだけは確かです、私どもを頼ることしか生きる道がないことも真実なのです。その他のことはあの者にとって瑣事《さじ》です」

「いかにもさようかもしれません」

「田之助さん、総兵衛様はどこでそのような考えを覚えられたんやろか。うちは不思議どす」

鞍上《あんじょう》の桜子が疑問を呈した。

「ほんに不思議なことです」

「桜子様、どこの土地であれ人間が考えることにそう違いはございません」

と笑った。

その時、田之助が後ろをちらりと見て、

「強脛《こわすね》の冠造親父の臭《にお》いがしてきましたな」

「待ち人はまだまだ先と見ましたがね」

と総兵衛が答えた。

「なにっ、待ち人がいるだかね。味方を峠に待たせておるで、安穏な面をしてるだかね」

一兵衛親方が二人の会話に口を挟んだ。

「まあ、そんなところです」

と総兵衛が答え、

「総兵衛様、木間越しに郷《さと》が」

と桜子が叫んだ。

「お姫様よ、板屋の郷だ。あれから先の二里ばかりが山賊の棲《す》みかだよ」

と答えたものだ。

「陰吉の父つぁんめ、どこでどうしておるやら」

田之助が再び懸《け》念《ねん》を洩らした。先行した北郷陰吉の気配が全く感じとれぬことにいささか不安を抱いていたのだ。

板屋の郷は、加太川の岸辺に数軒の杣人《そまびと》の家が点在しているだけだった。一行の後をだれかが従ってくる気配だけがひたひたとあった。田之助の推察どおり、まず薩摩の老練な密偵、強脛の冠造だろう。

「いいだか、これからが本式な加太峠越えだぞ」

「今から二百二十年も前、わずかな供がらを従えて家康様はこの峠を西から東へと逃げられたのですね」

「大黒屋の若旦那《だんな》とお姫様は神君家康様の伊賀越え道を見倣《みなら》ってわざわざ辿《たど》ろうとしているだね」

「そういうことです」

「江戸の商人は物好きだ。ただ今じゃ徳川様の家来でもよ、神君様の伊賀越えを冬場にしようなんて肚《はら》の座った侍はいねえだよ」

「一兵衛親方、加太峠越えは何度も往来されましたな」

「何度もじゃねえ、十五、六の齢から何百ぺんも通っているだよ。この伊賀越え道はよ、古《いにしえ》、大海人皇子《おおあまのおうじ》様がよ、天武《てんむ》天皇様になられる前に通られた道だ。なんでも今から千百年以上も前のことだそうだ」

「親方は物知りどすな」

桜子が感心した体で言いかけた。

「なあに、お姫様よ、客から聞かされた受け売りだ」

「大海人皇子はなぜこの峠を抜けられたのですか」

総兵衛が一兵衛に尋ねた。

「わしが客の話を漏れ聞いたのはそれだけのことだ、千年以上も前の人がなんでこの峠を越えたか知るわけもねえよ」

「親方、大海人皇子様が鈴鹿に向われはったんは、天武元年（六七二）の話どす」

「ほう、お姫様も承知か、えらい古い話じゃのう。とするとまんざらあの客人もほらを吹いたわけじゃなかったたか」

一兵衛の返答に首肯した桜子が、

「大海人皇子様は天智《てんじ》天皇様の弟どす、近江国で兄の天智天皇様が病に倒れられたんどす。弟御が兄の天皇様を見舞いに行かれましたんや」

「お姫様、兄さんの天皇さんの見舞いとこの峠越えがどう関わりがあるんだかね、わしにはさっぱりわからんだ」

「親方、もうしばらく辛抱しておくれやす。兄弟がしばらく話し合われている最中に、突然、弟の大海人皇子様が宮中の仏殿の外で髪を剃《そ》り落とされたんや」

「なんでまたそんな奇妙なことをしたんだ」

「天智天皇様は弟御に皇位を譲ると示されたそうな、大海人皇子様は、自らも病ゆえ皇后様の倭姫《やまとひめ》と太政大臣《だじょう》の大友皇子様に政治を委《ゆだ》ねるべきという考えを披露されて、対立なされたそうな。そんな騒ぎの後、大海人皇子様は吉野に入り、仏道修行に打ち込み、兄の天智天皇様の病平癒を願われることになったんどす」

「お姫様よ、なんの話やらいよいよ分らんだね、馬方風情《ふぜい》はよ」

と一兵衛が困惑の体で呟《つぶや》いた。

峠道の左右から山が迫り、いよいよ伊賀越えの街道は険しい様相を見せてきて、雪も降りそうな気配がしてきた。

田之助は桜子の話に耳を傾けながら、弩を背から前に回していつでも対応できるようにした。

「吉野で出家していた大海人皇子様は駅鈴《えきれい》を手に入れようと皇子の舎人《とねり》に命じられたんどす」

「駅鈴たあ、なんだ、お姫様」

「親方、諸国に配備された官馬を使うために朝廷から支給された鈴どす。大海人皇子様は、駅鈴を手に入れて官馬を乗りついで東国に逃げようとなされたのどす。ですが、大海人皇子様の魂胆は見透かされて倭京《わきょう》の留守司《るすのつかさ》から拒まれ、留守司は近江の朝廷に告げたんどす。この近江の朝廷では太政大臣の大友皇子様が実権を握っておられ、天智天皇様の後釜《あとがま》を狙《ねら》っておられたそうな。そこで大海人皇子様は、東国への脱出を図ろうとなされた。それを近江では大海人皇子様が東国で謀反《むほん》を起こすと思われたんか、大友皇子様一派は大海人皇子様の行動を疑い、両派はいよいよ対立を深められたんどす。そんな最中のことどす。天智天皇様が近江の大津宮で亡くなられ、あとを大友皇子様に託されたそうな、そんな噂《うわさ》が吉野に届いた。天智天皇様の弟の大海人皇子様もいったんは後継ぎと考えられたこともございましたな、天智天皇様の死後、大友皇子様が皇位を託されたことに身の危険を感じられた大海人皇子様が吉野に兵を挙げると伊賀越えにて美濃の不破野上行宮《ふわのかみのかりみや》に入られ、大友皇子様一派と戦う仕度をなされたそうな。両派は激しく皇位を巡って争われたんどす。この争いは壬申《じんしん》の乱と呼ばれましてな、吉野から討って出た大海人皇子様は、大友皇子様を打ち破られ、皇位についたんどす。そんな謂《いわ》れのある道なんや。親方の話でな、ふと思い出したんどす」

と桜子が説明を終えた。

「お姫様よ、大海人皇子は天皇になるのをいったん嫌がったんだな、ならばすんなりと大友皇子に渡せばいいじゃねえだか」

「親方に言われてみればそのとおりどすな」

桜子も一兵衛親方の考えに困惑の表情を見せた。

「桜子様、親方、私にはなんとのう、権力争いの中では味方と思われた者が敵に回り、敵と思われた人物が味方と転じ、言葉どおりに真意は摑《つか》めない駆け引きがあることが分かります」

安南《アンナン》王朝の公子のグェン・ヴァン・キ時代に久しぶりに考えを戻した総兵衛

が安南政変の頃の混沌《こんとん》とした政治状況を思い出し、言った。

「総兵衛様だけにうちの話がほんまに通じましたんやろうか」

「十分に」

と総兵衛が答えたとき、いよいよ加太越えの難所に一行は差し掛かっていた。

「総兵衛様」

田之助が三池典太光世と来国長《らいくになが》の脇差《わきざし》を抜き出すと主《あるじ》に渡した。

「な、なんだ、おめえさん方、大黒屋って商人じゃねえのか」

一兵衛親方が驚きの顔で主従の変身を見詰めた。

「ご案じなさるな、親方どの。待ち人がいるだけの話でございますよ」

「待ち人ってのは味方じゃねえのか」

「敵方にございます」

「おまえさん方は敵持ちか。それに山賊が現われてみねえ、厄介だ」

と一兵衛が言ったとき、遠くに一つの影が姿を見せた。

蔓《つる》で編んだ笠《かさ》を被《かぶ》った姿は薩摩の密偵、強脛の冠造のようだった。

四

「強脛の親父が姿を見せたということは私どもは前後を挟まれたということですか」

田之助が呟き、ご免、と主の総兵衛に言い残すと弩《ど》と矢筒を持った手代は、加太街道に吹く風に紛れるように、
ふわり
と姿を消した。

「あっ、ど、どうしただ。手代さんの姿が不意に消えただ」

「度々驚きなさるな、一兵衛親方」

総兵衛が不敵に笑い、

「桜子様、鞍《くら》の上からなんぞ見えますかな」

と馬の背に横座りする桜子に聞いたものだ。

「いえ、行く手に今にも雪が降りそうな黒雲がかかっているだけで人の姿は見えしまへん」

「お姫様よ、加太峠名物の野伏せり雲じゃぞ、その雲がかかっておるときは必ず野盗が出るだよ。大黒屋の若旦那、命あっての物種、引き返さねえか」

「親方、引き返すには遅すぎますよ」

総兵衛の言葉に後ろを振り返った馬方の一兵衛が、

「ああっ、最前より増えてやがる」

と驚きの声を洩《も》らした。

強脛の冠造と思える男の他に明らかに薩摩者と思える数人の武士が随行して、ひたひたと総兵衛一行との間合いを詰めてきた。

「か、加太峠の野盗じゃねえぞ」

「野盗ではございません、紋所は〇に十《じゅ》の字ではございませんかな」

「遠目に紋所まで分るもんか。ううん、〇に十の字とは薩摩の侍だか」

一兵衛馬方が唸《うな》って見ていたが首を横に振った。

「おそらく薩摩衆でしょうな」

「そ、そんな呑気《のんき》なことでいいのか」

「親方さん、前方にも〇に十の字の待ち人がおられます」

と鞍上《あんじょう》から桜子ののんびりとした声がして、一兵衛が慌《あわ》てて前方に視線を戻して、あああ、と悲鳴を上げ、

「ありゃ、大黒屋の若旦那、味方だな」

「いえ、敵方です」

「なんだって、加太名物の野盗の他におめえさん方は薩摩衆まで敵に回しているだか」

「そのようですね」

「ど、どうすりゃいいだ」

「こういうときは前に進むのみです」

「いいだか、わしゃ、野盗の柘植衆と知り合いの間柄だ。だがよ、薩摩には知り合いはねえだよ。薩摩から遠路はるばる伊賀の加太峠に姿を見せただか」

「いえ、京の薩摩屋敷の面々でしょう」

「すべてお見通しで伊賀加太越えかね。酒手を少々弾んでもろうても、こりゃ大損だ。命は一つしかねえだよ」

「親方さん、旅の一興、行きましょうな」

と桜子が言い、一兵衛が、

「前門の薩摩っぽ、後門にも薩摩っぽ、ついでに野盗ときた」

「それを言うならば前門に虎を拒《ふせ》ぎ、後門に狼《おおかみ》を進む、と違いますのん。一難去ってまた一難や、総兵衛様といっしょやと退屈しまへんえ。親方、進みましょうな」

鞍上の桜子に言われて、一兵衛は致し方なく後ろの面々から押し出されるように前方へと進んでいった。

「ああ、前方の敵方が多いぞ、どうするだ」

馬方の一兵衛が前後から詰め寄られて窮したように手綱を緩めて、馬の足を止めた。

「大黒屋総兵衛を信じて進みなされ」

「薩摩の侍は異人といっしょだべ、耳慣れねえ言葉喋《しゃべ》ってよ、木刀振り回す連中だぞ」

一兵衛が躊躇《ちゅうちょ》して立ち止まったとき、しげが一兵衛の前に出ると進み始めた。

「なにっ、姉さんが先に行くだか、止《や》めておけばいいもんをよ」

とぼやきながらも、馬方の意地とばかりに最後の勇気を振り絞って、再び先へ進み出した。

前後二手に分かれた薩摩の刺客団は、総兵衛らを二十数間（四、五〇メートル）と間合いを縮めて、囲んでいた。

左は加太川の流れ、右は険しい斜面で馬に乗った女連れでは逃げ道はなかった。

「親方、峠の頂きまではどれほどです」

「あと数丁だべ」

前方の薩摩の面々の中には一本歯の高下駄《さつまげた》を履いている者もいた。その一人が高下駄を脱ぎ捨てると、使い込んだ太い木刀を右肩に立て、
ぎえぇっ
と加太峠を揺るがす奇怪な叫び声を上げると、総兵衛らとの間合いを詰めて走り下ってきた。

しげが杖《つえ》を両手に構えて、戦う気概を見せた。

「おい、姉さん、止めてくれ、薩摩の荒くれに叶《かな》うわけもねえだよ」

一兵衛馬方が悲鳴を上げた。

加太峠が森閑として凍りついたように動きを停止した。

瀬音を立てていた加太川のせせらぎも消えて、ただ一人、薩摩漢《さつまもん》が総兵衛らを打ち砕く勢いで迫り、再び、
きええっ
と叫び声を上げると、木刀を掲げたまま、峠道で跳躍した。

なんとも凄《すさ》まじい跳躍である。

武家方に生まれた薩摩の上士も下士も物心がついたときから地べたに立てた大小の堅木の頂きを、走り回りながら跳躍し力一杯打撃する稽古《けいこ》を一日に何百何千回も繰り返した。

東郷重位《ちゅうい》が創始した示現《じげん》流の死に物狂いの稽古だ。ただの一撃、強打と迅速の技を会得《えとく》するための日々を愚直に何年も続けるのだ。

薩摩示現流の強襲を初めて見た馬方の一兵衛はただ身を竦《すく》めていた。

総兵衛らも動く気配はない。恐怖のあまり動けないのかと、総兵衛を振り向くと、その顔に微笑が浮かんでいた。

と一兵衛が思ったとき、加太峠に硬質の弦音《つるおと》が響き、虚空《こくう》から一気に打撃に移ろうとする薩摩っぽのぶ厚い胸を短矢が貫くと、加太川の流れへと非情にも弾《はじ》き飛ばした。

ぎええっ

薩摩っぽの口から三度《みたび》絶叫が響いた。それは前の二度と違い、死に逝《ゆ》くものが発した恐怖の叫びだった。

どさり

と河原に落ちた薩摩漢から一兵衛が視線を前方に戻すと、行く手を塞《ふさ》いでいた面々が頭分の命で加太峠の頂きへと引き下がっていこうとしていた。

「逃げ出したぞ」

「親方、逃げたのではない。峠の頂きで私どもを囲むつもりだ」

「頂きはだいぶ広いだでな、大勢でわっしらを囲んでよ、なぶり殺しにする気だか」

「まあ、そんな考えかな」

「大黒屋の若旦那《だんな》、刀なんぞ腰に二本も差してよ、勇ましいがああ大勢じゃ、手代さんの奇妙な弓も役に立つめえ」

「まず奇襲にしか弩は役に立ちますまい」

「手代さんは戻ってこねえな」

「参りましょうか」

　総兵衛の声にしげが先頭を進み始めた。

「総兵衛様、さすがは一族の出にございます、しげさんは旅の間に艶《あで》やかにも頼もしく、さなぎから鳶沢の蝶《ちょう》に変身なされました」

　桜子が総兵衛に言いかけ、後ろを振り見た。するとそれまで背後にいた強脛の冠造と薩摩侍の刺客団の姿が消えていた。そのことに気付いた一兵衛が、

「若旦那、あいつら、頂きに先回りしたぞ。この隙《すき》によ、関宿に戻るべえか」

「いえ、私らは神君家康公が越えられた伊賀加太越えを成し遂げます」

と応《こた》えると、しげと肩を並べるように進み始めた。

「行く手を見たか、野伏せり雲が峠に低く垂れこめた、雪も降り始めたぞ」

と一兵衛が泣き言を言った。

確かに白いものが鈍色《にびいろ》の空から落ちてきた。

「親方、峠越えの難儀は承知の前でしたね」

総兵衛に肩を並べたしげが後ろを振り返り、言った。

「娘にまで小ばかにされてよ、一兵衛の立つ瀬もねえだ」

「一兵衛親方、そう嘆きなさるな。しげは私の妹にございましてな」

「えっ、奉公人ではねえのか」

「奉公人です。ですが、父親と母親がいっしょでございましてな、しげは妹なんです」

総兵衛の和国の両親はしげと同じ鍛冶屋《かじや》の弥五郎、いくとされていた。ゆえにしげとは人別帳上は兄妹の間柄であったのだ。

「というと、おめえ様は大黒屋に養子に入ったか」

「そのようなものです」

「顔付きも体付きもだいぶ違うがな。ともかくだ、わしゃ、災難に巻き込まれたぞ」

一兵衛がぼやいたところで、前方の低く垂れこめていた野伏せり雲が雪を激しく混じらせて不意に渦を巻き、加太峠の草木を揺らし、散り残った葉っぱを巻き込んで高く低く躍った。

「いよいよ怪しげだよ、わしも長いこと伊賀加太越えをしてきただがよ、こんなことは初めてだ」

一兵衛の声が震えていた。

雪交じりの葉っぱを大量に巻き込んだ渦は総兵衛一行をも包み込み、桜子の衣装の袖《そで》を巻き上げ、笠《かさ》をばたばたと鳴らした。

雪と葉っぱが総兵衛一行の顔を叩《たた》いた。

四人が加太越奈良道の難所に差し掛かり、吹雪になった。

峠に枯れ残った薄《すすき》の穂が吹雪に激しく靡《なび》いて、総兵衛らを迎え、行く手の視界を閉ざした。

総兵衛がしげを止めると、独りだけ加太峠の頂きへと進んだ。

吹雪は総兵衛一人に集中して、吹き倒さんと荒れに荒れて、猛然と襲いかかってきた。

総兵衛の笠が吹き飛ばされ、鬢《びん》の毛が乱れ、道中羽織を巻き上げた。

足を止めた総兵衛が息を整えると、腰の一剣、三池典太光世の柄《つか》に手をかけた。茎《なかご》に葵《あおい》の紋が刻まれ、

「葵典太」

とも称される鳶沢一族の頭領の象徴だった。

この葵典太は、影の旗本鳶沢成元《なるもと》が家康より拝領した剣であり、古着屋商いの権利とともに武と商に生きることを許された証《あかし》であった。そして、それは鳶沢一族が徳川家安泰のために影となって動く密約を意味してもいた。

総兵衛が葵典太と脇差《わきざし》来国長を次々に抜くと、弓手《ゆんで》に典太を馬手《めて》に国長を構えて、

「伊賀加太峠の霊、また神君家康様に一指し、鳶沢一族伝来の剣、祖伝夢想流落花流水剣をご披露申し上げます」

と宣告し、腰を鎮《しず》めて摺《す》り足でゆるゆると円を描き始めた。すると吹雪も気持ち穏やかになった。

桜子は鞍上《あんじょう》から総兵衛の一挙一動を凝視していた。

（なんと雅《みやび》な動きやろか、いいや、能楽師の動き、舞いやおへんか）

弓手の剣の切っ先が下げられ、馬手の脇差は舞扇のように緩やかに振られた。するとに渦巻いていた吹雪が次第に弱まり、総兵衛が峠の頂きを一周し終えたとき、
ぴたり
と止んでいた。

野伏せり雲も見る見る搔《か》き消えて、加太峠に冬の青空が戻ってきた。

その代り、異変に言葉を失っていた薩摩の面々が急に勢い付いた。その数、二十数人か、いずれも手練《てだ》れの薩摩者たちだ。険しい顔立ちがそのことを示していた。

「強脛の冠造はおるか」

と総兵衛の口からこの問いが発せられた。

「ここにおるぞ」

と薩摩木綿を着込んだ刺客団の背後から蔓《つる》で編んだ笠を被《かぶ》った冠造が姿を見せた。

「一度はそなたの命を助けた。じゃが、こたびはどうかな」

「わしを殺すというか」

その問いにしばし沈黙で応えた総兵衛がにやりと笑い、

「助けて進ぜてもよい」

と言った。

「薩摩の遣い手を揃《そろ》えての加太峠待ち伏せじゃぞ。もはや切羽詰まったのは大黒屋総兵衛、そなたのほうよ。あのようなまやかしは薩摩示現流の遣い手には通じぬ。奇妙な短弓の二の矢もあるまい」

「試してみるか」

総兵衛が強腰の冠造を睨《にら》み、

「ものは相談じゃ。北郷陰吉の身柄をわが大黒屋が引き取ることを承知せえ」

「薩摩で生まれた者が敵方に寝返ることは許されぬ」

と刀を構えた面々を分けて、道中羽織に陣笠の武家が姿を見せた。

「どなたかな」

「薩摩藩京屋敷目付伊集院監物《けんもつ》」

「大黒屋総兵衛にございます」

「またの名があろうが」

「すでに薩摩様ではご承知のこと、改めて名乗ることもありますまい。伊集院様、最前の一件いかがにございますな」

「薩摩者が薩摩を離脱するは死に時のみ」

「窮鳥懐《ふところ》に入りましたゆえな、助けることに致しました。そう思《おぼ》し召し下さいまし」

「総兵衛、裏切り者を同道しておるな」

「いかにも」

「始末してくれん。北郷なる外城者《とじょうもん》をこの場に引き出せ」

「北郷陰吉を始末する前にこの総兵衛の始末が先にございますぞ」

「大黒屋総兵衛、東郷重位様の創始なされた示現流を甘くみるでない。そなたの死に場所は伊賀加太峠と決まった。もはやそなたが異国に派遣した南蛮型の大型帆船を見ることはない」

「おや、京屋敷でもそのことを承知にございますか」

「知らいでか。もはや大黒屋の交易船団は薩摩領海か五島列島の沖合の海底に沈んでいようがな」

　ふっふっふ
　と総兵衛の口から笑いが洩《も》れた。

「伊集院様、数日前のことです。大隅海峡でわが交易船団と新・十文字船団が九十余年ぶりに相見《あいまみ》え、こたびもまたわが船団の砲備と技が勝り、四隻《せき》の船が大破して薩摩の負け戦にございました」

「虚言を弄《ろう》するでない」

「嘘《うそ》を申したところでなんの得がございましょう。伊集院様方が京屋敷にお帰りになる頃には薩摩からその知らせが届いておりましょう」

「おのれ、戯言《ざれごと》ばかりをべらべらと述べおって」

「伊集院様、京詣《もう》でのついでに京にも大黒屋の出店を出しとうなりました」

「許さぬ」

　伊集院が手にしていた白扇を振った。するとその合図を待ち構えていた薩摩の猛者《もさ》たちの中から、

「おいどんに小山田軍蔵の仇を討たせてたもんせ」

一人の若い侍が総兵衛の前に出た。

「坂元伊織、下士がしゃしゃり出るでなか」

と黒羽織を脱ぎ捨てたもう一人が坂元の前に出た。

「伊集院様、こん木藤源太左衛門に一番手をお頼み申す」

と言い放った木藤がするすると総兵衛との間合いを詰めた。

最初に飛び出した坂元伊織は悔しげに木藤の後詰めに回らざるを得なかった。

上士と下士、薩摩では身分差が厳然とあった。

総兵衛の右手の脇差来国長が再び緩やかに木藤を誘うように動いた。

「参る」

木藤は示現流ではなく水野流剣術の免許皆伝者だ。

正眼に構えた剣を二度三度と前後に動かして、総兵衛との間合いを測り、

「えいっ」

と気合を発すると一気に詰めた。そして、伸びやかにも豪剣が総兵衛の肩口を襲った。

総兵衛は右手の国長で、

そより
と鋭く切り込んでくる豪剣に合せ、横手に流すように押すと木藤の体が、
とっととと
とよろめいた。
その瞬間、坂元伊織が総兵衛に駆け寄り、虚空《こくう》に向って垂直に飛躍し、
「ちぇーすと！」
と示現流の気合を発すると、虚空から剣身一如《いちにょ》となって総兵衛の脳天に斬《き》り
下ろしてきた。
ふわり
と左手の葵典太が虚空に弧を描き、鋭くも斬り込んできた強打を避けると反
対に総兵衛の手の刃《やいば》が太腿《ふともも》から腰を割り、遠くへと転がし飛ばした。
すかさず体勢を立て直した木藤が、斬り上げた構えの総兵衛の胴を撫《な》で斬っ
た。
（届いた）
とだれもが感じたとき、脇差が舞い動き、

ぱあっ
と木藤の喉元《のどもと》を刎《は》ね切って血飛沫《ちしぶき》を飛ばした。

一瞬の動きに薩摩の京屋敷が誇る遣い手二人が斃《たお》された。

「なんをしじゃ、なまぬういぞ」

伊集院の怒声に薩摩の面々が一斉に動こうとした。

その瞬間、
ぶおおっ
という法螺貝《ほらがい》が加太峠に鳴り響き、左右から旗指物を立てた野伏せりが姿を見せて、峠を囲んだ。

総兵衛はその中に北郷陰吉の姿があるのを認めると、

「伊集院殿、形勢は逆転し申した。京に退《ひ》き上げなされ。いつの日か、都大路で相見えることもござろう」

と言い切った。

峠を囲む野伏せりの群れは、槍《やり》、長刀《なぎなた》ばかりか鉄砲をも持った連中で、統率の行き届いた戦闘集団であることを窺《うかが》わせた。

（かような面々が加太越えの野伏せりなのか）

総兵衛の胸中に疑いが生じた。

「おのれ」

と伊集院が歯軋《はぎし》りしたが、もはや勝敗は決していた。

「退け」

伊集院が命じて、木藤と坂元の骸《むくろ》を抱えた薩摩の京屋敷の刺客団が加太峠から姿を消した。

第三章 柘《つ》植《げ》陣屋

一

加太峠《かぶと》からおよそ一里（約四キロ）ほど西へと下った辺りにかつて伊賀衆の本拠地があった。

天正七年（一五七九）、織田信長の次男信雄《のぶかつ》は功を焦《あせ》るあまり信長に無断で伊賀衆の討伐の挙に出た。その背景には伊賀一帯には、「伊賀惣国一揆《そうこくいっき》」と称される合議制があり、上忍三家の服部、百地《ももち》、藤林が伊賀を統率していて天下人たらんとする信長に従わず、一種の自治共和制で独立を保っていたからだ。

隣国伊勢を支配していた信雄はそれに反発、独断で兵を伊賀に入れた。だが、地の利を考えた伊賀衆の反撃に追い返された。激怒した信長は信雄を厳しく叱責《しっせき》したが、その二年後、信長は再び信雄を総大将とする大軍を差し向けて伊賀を攻め、伊賀衆を敗北に追い込んだ。その時、柘植氏もまた信長の軍勢に対し為《な》す術《すべ》もなかった。だが、柘植氏は全く滅び去ったのではなかった。

天正九年、本能寺の変を前に伊賀衆の一族、柘植宗家《むねいえ》、同清廣《きよひろ》父子は三河に家康を訪ねて拝謁《はいえつ》の栄を得ていた。その折、宗家は、

「伊賀国の群兵は僉《みな》曰《い》う。伊賀国を公に献じ従い奉《たてまつ》るべし、何ぞ信長に従わんや。伏して願わくば御書を伊賀の群兵に賜るべし。然《しか》らずんば群兵など疑いあるべし」

と家康に願っていた。これに対して家康の返答は、

「我、信長と親交甚だ厚し。書を伊賀群兵等に遣わすは不可也《なり》。只《ただ》、信長に属し、本領を守るべし。清廣などは我に属して家を三州に移すべし」

というものであった。

だが、柘植衆の大半は信長の足下にひれ伏すことをよしとしなかった。

本能寺の変が起ったとき、伊賀越えをして伊勢に抜け、伊勢湾を渡って領地の三河に逃げ戻ろうとした家康とわずかな供を援《たす》けたのは、柘植宗家と清廣の父子が率いる柘植衆二百数十人であり、武島大炊助《おおいのすけ》、美濃部清洲之助の二人が頭分の甲賀衆百余人であったのだ。

伊賀衆も甲賀衆も織田信長の非情なまでに排他的な考えに憎しみを抱いていた。だが、その一方で三河の当主徳川家康には親近感と信頼を寄せていた。

むろん前述したように茶屋四郎次郎清延が家康らを先導し、腰に下げた金子を伊賀の郷々に配りながら、家康の慈悲を大いに喧伝《けんでん》して、地元衆の援けを借りた手立ての功もあった。

光秀は信長を本能寺で屠《ほふ》った後、信長と厚い親交のある家康を討つべく京一円に捜索網を敷いた。そのような情況の中で家康はわずか三十四人の家来を従え、伊賀越えを決断した。本能寺の変以前に家康と柘植衆の間にはなんらかの主従の約束事が出来ていたとみるべきであろう。

時代は二百二十年余を経て、伊賀には未《いま》だ柘植一族がいた。

総兵衛一行が加太峠で薩摩の刺客団に囲まれたとき、北郷陰吉《きたごうかげよし》がどう話をつけたか、柘植衆百人余を引き連れて、女連れの総兵衛ら四人を助けたのだ。

総兵衛は陰吉に、今も加太峠付近で柘植衆を率いる老武者柘植宗部《そうぶ》に引合された。礼を述べる総兵衛の挙動を見た宗部は、

「今宵《こよい》一夜、わが陣屋にお泊りあれ」

と宿泊を願ったのだ。

総兵衛の傍らにはすでに弩《ど》を手にした田之助が姿を見せていたが、

「総兵衛様、先を急ぐ旅にございますれば」

と野伏せりと堕した柘植衆の誘いを断る様に遠廻しに進言した。

だが、総兵衛は宗部の面魂《つらだましい》と統率された一族の動きにただの野伏せりではない矜持《きょうじ》を見てとっていた。ゆえに、

「いや、田之助、私どもが一命を助けられたのも柘植衆の決断があったればこそです。かつて家康公も柘植衆に援けられ、この峠を越えて三州に無事に戻られた因縁があります。そのような土地で私どもも柘植衆に援けられたのです。なんで一夜の宿を断ることができましょうか」

田之助の進言を退けると、柘植衆の郷に向ったのだ。

柘植衆の郷は、伊勢と近江の国境付近、加太川の水源の不動滝の近くの山間にあり、戦国時代の粗末な陣屋を中心に一族の老若男女三百余人が未だ昔ながらの暮らしをしていた。

陣屋で柘植宗部と総兵衛、桜子の二人が対面し、総兵衛は改めて柘植一族の当主宗部に、

「本日、柘植衆の助けなくば私どもは加太峠の露と消えておりました。改めて礼を申し上げます」

と頭を下げた。むろん江戸の商人としての言葉遣いだ。

「ふっふっふふ」

と笑った宗部が、

「大黒屋総兵衛とは仮の名にございましょう。幕閣すら畏《おそ》れぬ大黒屋の主《あるじ》の身《み》許《もと》をお明かし願えませぬかな」

と尋ねたものだ。

「柘植宗部様、私が一介の商人かどうかお応《こた》えする前に、戦国時代に勇猛を馳《は》せた柘植衆は加太峠の野伏せりとして、生きておられるのですか。そのことをまずお教え願えませぬか」

と反対に願った。

総兵衛が関心を持ったのは加太峠に現われた百余名の面魂が野盗山賊の類ではなく武士のそれであることを示していたからだ。峠から柘植の郷に下る折も百名は規律正しく頭領の柘植宗部に従っていた。

「二百余年前、伊賀衆は家康様の東国入りに随身して、江戸に拠点を移し申した。されど柘植衆の一部の者は、江戸に出るより住み慣れた伊賀の地を去るのを惜しみ、この地で密《ひそ》やかに住み暮らしてきたのでござる。じゃが、徳川幕府の体制が確立し、時代が下るにつれ、山の暮らしは困窮を極め申した。一人去り二人去りと、この地に残った柘植衆の一部は町に出て、生計を立てるようになり申した。今では年寄女子《おなご》を含めて三百余人ほど、飢饉《ききん》の夏も野分けの秋もござる。それでも生きていかねばなり申さぬ。杣《そま》の真似事《まねごと》をしながら、加太越えをする旅人を襲う野伏せりどもが非情な真似をせぬように見張り、時に野伏せりの味方をしながら、彼らの稼ぎの口銭をかすめてはなんとか糊口《ここう》をしのぎ、恥ずかしながら生きながらえてきたのでござる」

「柘植衆は山賊野伏せりの類《たぐい》に堕したわけではないのでございますね」

「野伏せりどもから口銭をとるゆえ、野伏せりの仲間と見られても致し方ないことにござろうな」

　と柘植宗部が笑った。そして、

「われらの生き様を江戸の古着商を束ねる大黒屋総兵衛どのに話しましたぞ。次はそなたがそれがしに真実を告げる番にございます」

　と迫った。

　返答次第では野伏せりの所業をなす覚悟の問いだった。

　しばし沈思した総兵衛が傍らに置いた三池典太光世《みいけでんたみつよ》を摑《つか》んだ。

　隣座敷でその気配を察した柘植衆が色めき立った気配があった。

「満宗《みつむね》、隣座敷から去《い》ね」

　と嫡子《ちゃくし》らしき名を呼び、詰めているらしい一族の長老たちに命じた。

　その命に従うべきかどうかと迷う一族に、

「頭領の言葉が聞けぬか」

と宗部が一喝を浴びせ、ようやく隣座敷から人の気配が消えた。

総兵衛は宗部に会釈《えしゃく》すると鞘《さや》を払い、柄《つか》の目釘《めくぎ》を抜いて柄を外した。そして、自ら刃を掌に載せて柄を先にして、柘植宗部に差し出すと茎《なかご》を無言で指し示した。そこには徳川の護《まも》り刀を示す葵《あおい》の紋がくっきりと刻まれていた。

「三池典太光世は家康様からわが初代鳶沢成元《とびさわなるもと》が拝領した一剣にござる」

「やはり風聞どおりに武士の貌《かお》を大黒屋は隠しもっておられたか」

と宗部が嘆息した。そして、手を打つと、

「酒《ささ》を持て」

と命じ、男同士の話を静かに聞く桜子《さくらこ》に視線を移した。

「坊城《ぼうじょう》桜子にございます」

と桜子が名乗り、総兵衛が、

「ご実家は京の中納言《ちゅうなごん》坊城家、わが大黒屋とは百年余の交わりがございます」

と言い足した。

「ひょっとすると、そなた様の母御は南蛮骨董商《こっとうしょう》をなさる坊城麻子《あさこ》様と申されませぬか」

「母にございます」

と答えた桜子が、

「こたび総兵衛様が京に初めて参られるにあたり、うちが案内方《あない》を願いでたんどす」

「それはまた愛らしい案内方ですかな」

と皺《しわ》くちゃの貌に笑みを浮かべた柘植宗部に、

「総兵衛様、宗部様と殿方同士のお話があるなれば、うちは遠慮致します」

「男二人では話も進みませぬ。どうか桜子様、この場に花を咲かせておられませ」

と宗部が願ったところに膳部《ぜんぶ》が若侍によって運ばれてきて、三人の前に置かれた。

酒器は漆塗りのなかなかのものだ。

若侍が宗部を見た。

「小三次、下がってよし」

との宗部の言葉に若侍が辞去し、

「うちが接待役を務めさせてもらいましょう」

と桜子が酒器を手にした。

「野伏せり風情《ふぜい》が中納言のお姫《ひい》様に酌をしてもらうとは長生きはするものじゃ」

「不調法です」

と桜子がどちらを先にするべきか迷った末に、

「齢《とし》の順にさせてもらいます」

と宗部の杯を満たし、続いて総兵衛にも注いだ。

「柘植宗部様、お世話をかけまする」

と総兵衛が言い、

「大黒屋と薩摩は因縁がございますかな」

「宗部様、あなたは伊賀山中にあっても諸国の事情になんでも通暁《つうぎょう》しておられると見ました。それでもお尋ねですか」

「およそ百年も前、江戸の古着問屋の六代目が異国交易を企てたことがあるとたれぞから聞いたことがござる。薩摩は琉球《りゅうきゅう》を支配して、抜け荷交易をなしておることは天下周知のことにござろう。その銭箱に大黒屋は手を突っ込まれた」

「やはりご存じでしたか。私は六代目総兵衛が交趾《こうち》に宿した血筋、六代目の曾《ひ》孫《まご》にございましてな、九代目が早逝した跡を継いで十代目総兵衛になった者にございます」

「どうりでお顔立ちが和人といささか違うと思うておりました」

宗部は総兵衛の正直な返答に自らもかまえて物をいうことを慎もうと考え直していた。

桜子は初対面の相手に出自まで洩《も》らした総兵衛の言葉にいささか驚きながらも、なにか思惑があってのことかと推測したりしていた。

総兵衛は、自らが交趾を追われ、一隻《せき》の大型帆船に一族を乗せて江戸表に到着した経緯から十代目に就位したことを、順を追って宗部に話をした。

「そのイマサカ号が大黒屋の持ち船の大黒丸と二隻体制で琉球を経て、つい先ごろ南洋の国々との交易に出立致しました。薩摩にとって、わが大黒屋の異国交易の参入は一大事にございましょう。ゆえにわが交易船団の前に薩摩の軍船が立ち塞《ふさ》がるは必定。また、交易船団を命じたこの総兵衛の首を討たんとするのもまた、薩摩様には百年近く前の仇討《かたきう》ちとして当然にございましょうな」

「それを知りながら桜子様を含めてわずかな人数で京見物にございますかな」

「こたびのイマサカ号、大黒丸には百五十余人が乗り組んでおりまして、江戸の富沢町の店も人手が足りませぬ。私が京見物に行くといって、大勢の奉公人を割くことは叶《かな》いませんのです」

　総兵衛が笑った。

「なにっ、二隻の船に百五十余人ですと」

「イマサカ号の砲備だけで六十六門にございます。加賀の前田様に二十門をお譲り致しましたで、ただ今は四十六門です。一門の砲にできることなれば四、五人を専従させとうございます。となれば、最低でも百八十余人の大砲方が要ります。出来ることなればイマサカ号に二百数十人から三百人が乗り込めば万全にございましょう」

「驚きいった話かな。イマサカ号なる帆船はどれほどの大きさでござるか、野伏せりの親玉にお聞かせあれ」

「舳先《へさき》から艫《とも》まで二百余尺（六〇メートル以上）、三檣《さんしょう》の主檣《メインマスト》は船長より高く二百数十尺、船幅は六十余尺（一八メートル以上）ございますれば、三百人余が乗り組んだところで余裕がございましょう」

柘植宗部が杯の酒を飲みかけて沈思した。

頭の中に全長二百余尺、帆柱の高さが二百数十尺の大船を思い描いている気配だった。

「見てみたいものよ」

「来年の秋には江戸に戻って参ります」

「この柘植宗部に見せてくれると申されるか」

「宗部様はわが命の恩人にございますればな」

「われら、一矢《いっし》さえ射かけず、一太刀さえ振るうておらぬ」

「戦わずして相手が撃退できればそれ以上の勝ちはございますまい」

「鳶沢勝臣《かつおみ》どの、お若いが肚《はら》が座ってござる。いささか尋ねてようござるか」

「もはや私どもは腹蔵のない話をしておると思いましたがな」

「山の人間が海に生きられようか」

「ほう、柘植宗部様は船に乗りたいと申されまするか」

「わしはすでに還暦間近の老いぼれじゃよ。じゃがな、一族の若い衆をこれ以上伊賀山中に縛りつけ明日に望みなき暮らしを強いることはもはや無理じゃ。わしは若い衆に働き場所を見つけて死にとうござる」

桜子は柘植宗部がこれほどまでに胸襟《きょうきん》を開いたのは総兵衛の忌憚《きたん》のない言動ゆえだと感嘆していた。

宗部が口を開き、いったん話柄《わへい》を変えた。

「異国生まれの大黒屋十代目どのの剣さばき、柘植宗部魂消《たまげ》申した」

「ほんの座興にございます」

「祖伝夢想流恐ろしや」

と呟《つぶや》き、

「古着問屋大黒屋の商いが表の貌、そして、裏の貌が異国相手の抜け荷商人とはのう。加太峠で野伏せりの口銭をかすめて生きておるのとはだいぶ違い申す」

と宗部は大黒屋の正体を推測したようだった。

総兵衛はその思い違いをそのままに問い返した。

「宗部様、なにがご所望か」

「この柘植の郷には十五、六歳から二十四、五歳の働き盛りの男が六、七十人おり申す。いつの日か、この者たちを大黒屋の奉公人として異国に連れていってはくれませぬか」

柘植宗部がひたっと総兵衛の顔を見て願った。

「交易商人として大黒屋に奉公させたいと申されるか」

「いえ、大黒屋には武の貌もお持ちのようだ。出来ることなれば柘植一族の若い衆にすべてに関わる奉公をさせとうござる」

「柘植宗部様、私は三池典太の秘密をそなた様にご披露致しました。私の店に奉公するということは取りも直さず、この総兵衛の臣下に就くということにございます」

「それこそわしの願いにござる」

と手にしていた杯を膳に置いた宗部が姿勢を正した。

「柘植一族が何百年もの生き方を変える大事にございます。まず一族の方々とご相談あれ」

「一夜時をお貸し下され」

「わが一族に加わるということは秘密を共有するということにございます。それが出来ますかな」

「柘植一族がこの山中で生きてこられたのは固い絆《きずな》ゆえにございますぞ。そなた様の支配下に与《くみ》した以上、この柘植宗部の命に代えて守らせます」

その言葉に総兵衛が頷《うなず》いた。

「総兵衛様、われらが先祖は江戸に出ることなくこの地を永住の地とした。それにわれら悔いはござらぬ。じゃが、これからの若い衆がこの地で生きていくには辛《つろ》うござる。こたびこそ、この地から若い衆が新たな地に旅立つときじゃと、この柘植宗部、感じ申した。二度とこの好機を失いとうはござらぬ」

「最前申しました。一族の方々ととくとお話し合いなされよ。その決断を大黒屋総兵衛、大事にします」

「相分かり申した。返答は必ずや明朝までに」

と柘植宗部が白髪頭を総兵衛に下げ、その座敷を退出した。

しばし座に沈黙があった。

総兵衛は問答の是非を考えていた。

桜子は柘植宗部の一途《いちず》な気持とそれに応《こた》えようとした総兵衛の度量を頼もしくも考えていた。

「山の民が海の民に変わられましょうか」

「むろん相性はございましょう。じゃが志と気概さえあれば、池城《いけぐすく》が、わが今坂一族が双鳶《ふたつとび》の鳶沢一族の下で融和をしたように柘植一族とてできぬわけではございますまい」

「そうどすな。うちの先祖かて公卿《くげ》から商人にならはりましたんや」

「さようでしたな。柘植一族は武士の魂を忘れてはおられませぬ、このことは何にも増して大事なことかと思います」

桜子が総兵衛の空の杯に酒を満たした。

「おお、これは迂闊《うかつ》。桜子様に酌をさせて申し訳ございません。桜子様もお一ついかがにございますか」

総兵衛が膳の杯をとろうとすると、

「総兵衛様のお流れを頂戴《ちょうだい》しとうございます」

と桜子が願った。

頷いた総兵衛が杯の酒を飲み干し、雫《しずく》を切って桜子に持たせると酒を注いだ。

「頂戴します」

と断った桜子がゆっくりと酒を口に含んだ。

「総兵衛様、神君伊賀越えを陰吉はんに勧められたとき、かような成り行きを考えておられたんどすか」

桜子の問いにゆっくりと総兵衛が顔を横に振り、

「夢想もしておりませぬ。ですが、柘植宗部様が私に会って一族の大事を打ち明けられたように頭領というもの、その場で決断を迫られるものにございましょう。私も宗部様の決断を受け止めた結果です。最前から私の判断が間違うておるのか、早計ではなかったかと胸に問い返しているところです」

「総兵衛様、間違いではおへん。明朝、きっと双方によい結果が出ると、うちは思うております」

「桜子様のお言葉に総兵衛、安堵《あんど》致しました」

と総兵衛が胸を撫《な》で下ろした。


総兵衛と桜子が五人に割り当てられた座敷に戻ると膳部が五つ、すでに並んで田之助、しげ、北郷陰吉の三人が二人を待っていた。

「一族の男衆は大納屋《おおなや》と呼ばれる家に集まり、なんぞ談合が始まっておりますぞ。なにが始まったのですか」

陰吉がまるで総兵衛が主《あるじ》ででもあるように尋ねた。

「明日になれば分りましょう。それより陰吉、この柘植衆とはどうしてわたりを付けなされた」

「格別、難しゅうはございませんでしたぞ。あの古地図に、ツゲジンヤとありましたでな、訪ねてみるとなんと柘植衆が未《いま》だおられたので。そこで江戸富沢町の古着屋を束ねる大黒屋の難儀を救ってくれと金袋を差し出しただけの話です」

と陰吉が応じ、

「まさか神君家康様の伊賀越えを助けた末裔《まつえい》が今も棲《す》んでおるとは薩摩の伊集

院様も努々《ゆめゆめ》考えもしなかったでしょうな」

とさらに言い足したものだ。その返答に頷いた総兵衛が、

「夕餉《ゆうげ》を待たせましたな」

と一同に言い、膳の前に就いた。

二

翌朝六つ（六時頃）の刻限、総兵衛らは旅仕度を整え、寝所から大きな囲炉《いろ》裏《り》のある板の間に呼ばれた。そこには数人の女衆《おなごし》がいるだけで柘植衆の男たちは一人もいなかった。

ただ馬方の一兵衛が不安げな顔で独りいて、総兵衛らの顔を見ると、ほっとした顔で迎えた。

「親方、よく眠れましたか」

一兵衛だけはどこか別棟に泊まらされていた。

「若旦那《だんな》方はどうだ」

「ぐっすりと休ませてもらいましたぞ」

うーむと唸《うな》った馬方の一兵衛が言った。

「わしは初めてのことだ」

「柘植衆の陣屋に泊まらせてもらったことがですね」

「いかにもさようだよ。お姫《ひい》様がいうようによ、大黒屋の若旦那と道中すると確かに退屈はしねえだな」

「いい経験をさせてもらったようですね」

「なんたって加太峠の野伏せりの頭領の陣屋だもんな」

一兵衛が和んだ声を洩《も》らし、朝餉がそれぞれの前に供された。

朝餉は雑穀に山菜を切り刻んだだけの雑炊で伊賀奈良道の山中に暮らす柘植衆の厳しい暮らしを想像させるものだった。

だが、総兵衛も桜子も好奇心いっぱいに感謝の気持ちで雑炊をゆっくり噛《か》んで食した。すると雑穀と山菜が口の中で溶けてわずかな甘みが広がった。

女衆は笑みを静かに湛《たた》えた顔で給仕をしてくれた。

総兵衛らが雑炊を食べ終えた時分、戸口から台所の大土間に十五、六の若い衆が姿を見せ、

「大黒屋総兵衛様、ご一統様、大納屋に案内申し上げます」

と口上を述べた。

台所の土間には総兵衛一行の新しい草鞋《わらじ》がすでに用意されてあった。旅仕度の荷はその場に置き、一行は素手で大納屋に向ったが、馬方の一兵衛は台所に残らされた。

総兵衛らが案内されたのは不動滝の音が聞こえてくる大納屋だった。粗い土板屋根には石が載せられ、風で吹き飛ばされないようになっていた。粗い土壁造りだが、東と南側には風通しの雨戸が嵌《は》め込まれて、外されると光や風が入るようになっていた。

総兵衛らは一礼して大納屋に入った。

南北の中央と四隅に太い柱がある大納屋の広さは、六十数坪ほどか。

北側に奥行半間幅三間ほどの見所があって、その背後には神棚が祀《まつ》られてあった。

見所に柘植宗部と長老ら五人が座していた。

他の柘植衆は土間に胡坐《あぐら》を掻《か》いて総兵衛らを待ち受けていた。その腰には山刀がそれぞれ一本ずつ差されてあった。どうやら柘植衆は昨夕から夜を徹して話を続けてきた様子だった。長老衆の顔には疲労の表情が濃く見えた。だが、若い衆の顔には期待と不安がそれぞれに滲《にじ》んでいた。

大納屋は柘植衆の集い、あるいは武術の鍛錬に使われるとみえて、七尺ほどの棒や木刀、それに縄、手裏剣、木製の長刀《なぎなた》、短弓などが壁や梁《はり》にかけられていた。それは柘植衆がただの野盗や山賊ではないことを、武士に仕える下忍集団であったことを示していた。

土間の一隅に五つの床几《しょうぎ》が置かれてあった。

「大黒屋総兵衛どの、お待たせ申したな」

柘植衆の長、柘植宗部が総兵衛に堅い口調で言いかけ、総兵衛らに床几に腰を下ろすように手で願った。

「柘植宗部様、一夜の宿り有り難う存じました、お陰様で私ども一同ぐっすりと安眠させて貰《もら》いました」

礼を述べる総兵衛の一挙一動を柘植衆が凝視していた。

「総兵衛どの、われら一同、およその結論に達しました」

「宗部様およびご一統様のご決断を尊び、大黒屋総兵衛、謹聴させてもらいます」

「その前にいささか願いの筋がござる。お聞き届け頂けようか」

「なんなりと」

総兵衛の返答に迷いはなかった。

「昨日、そなた様が加太峠にて薩摩衆を相手に見せられた剣術、われらにとって摩訶《まか》不思議な動きにござった。今一度、一手この場にてご披露願えませぬか」

「相分かりました」

と総兵衛が会釈《えしゃく》で応《こた》えると、

「相手を願うた者ども」

と一座に命じた。すると柘植衆の中から五人の若衆が立ち上がった。いずれも二十歳前後か、足腰がしっかりとした若者たちだ。

総兵衛にとって予測されたことだった。

柘植衆として戦国の世から生きてきた一族が他の一族の配下に与《くみ》するという

長《おさ》の決断をそう容易に受け入れるとは考えられなかった。議論が百出し、答えはなかなか出まいと思っていた。となれば総兵衛の器を試してみようと考えるのは当然の帰結だった。

「総兵衛どの、得物は」

「なんなりと」

「ならば木刀を」

と宗部が答え、一人が壁から赤樫《あかがし》と枇杷《びわ》の、長短二本の木刀を選んで総兵衛に差し出した。

加太峠で総兵衛が大小の刀で薩摩衆に立ち向かった様子を見ていたから、木刀も長短二本を選んでおいたと見えた。

「しばしお待ちを」

田之助が床几から立ち、主の背に回ると道中羽織を脱がせた。その間に土間を埋めていた柘植衆が三方の壁際《かべぎわ》に下がって稽古《けいこ》の場を空けた。

「どちらなりともお借りしたい」

総兵衛の答えに若い衆が窮した顔で、

「お選び下され」

と二本の木刀を差し出した。

「ならばこちらをお借りします」

総兵衛は二尺（約六〇センチ）ほどの枇杷材の短木刀を選び、神棚に向って拝礼すると待ち受けていた五人のもとへと歩み寄った。

いずれも一騎当千の面構《つらがま》えの柘植衆で、得物も木刀あり、刃挽《はび》きした長刀あり、七尺棒ありと様々だ。

宗部の嫡子《ちゃくし》と紹介された柘植満宗が、

「未熟ながら検分方を」

と審判を買って出て、

「先鋒《せんぽう》柘植由三郎《よしさぶろう》」

と一人の名を呼んだ。

「検分方、祖伝夢想流、相手方が多勢無勢の差なく対応できる剣術にございます。お一人お一人と対戦致すより、同時に多勢相手のほうがより流儀の特徴が検分できるかと存じます。決して五人衆の力を軽んじているわけではございませぬ。失礼とは存じますが総兵衛の言葉、お聞き届け頂けましょうか」

懇切に願うたが満宗の血相が変わった。だが、客人のいうことだ、直ぐに表情を改め、

「お好きなように」

と応じた。

ここに総兵衛対柘植衆五人の対戦が始まった。

五人は得意の武器の間合いを考え、刃挽きした長刀の者を頂点に左右に木刀の二人、その後方に七尺棒の二人が星形陣形を整えた。流れによっては総兵衛を星形陣形の中に囲い込む算段と思えた。

総兵衛が五人に会釈すると短木刀を右手一本に立て、腰をわずかに落とし、綽然《しゃくぜん》とした構えで五人を等分に見た。

「参る」

長刀の若者が肚《はら》から気合を発し、びゅん、と長刀を一閃《いっせん》させると総兵衛へと間合いを詰めてきた。

総兵衛の馬手《めて》の枇杷の短木刀が立てられたまま横手に差し伸べられた。

「あっ」

「うむ」

と驚きの声が見物衆から思わず洩れた。

総兵衛は、しなやかな五体を五人の柘植衆の前に無防備にも晒《さら》していた。全く隙《すき》だらけの構えとも見えた。

だが、この瞬間、すでに祖伝夢想流の術中にあり、時と空間を総兵衛によって支配されていた。そのことを柘植衆の何人が感じとったか。

「ご免」

と叫びながら長刀の柘植衆が総兵衛の首筋に刃挽きした反り刃を叩《たた》きつけた。

総兵衛が摺《す》り足で刃の振り下ろされる下へと身を進めた。

なんとも大胆かつ無謀な策と思えた。だれもが長刀の刃に叩き潰《つぶ》されると思った。

これほど明白な緩急の対照もない。当然急が緩を上回り、総兵衛が土間に崩れ落ちる情景を想像した。

だが、次の展開に目を疑った。

ゆるゆると摺り足で進む総兵衛の体すれすれに刃が落ちていき、次の瞬間、長刀を手にした柘植衆の拳《こぶし》が、
びしり
と打たれ、
するり
と後詰めの木刀と七尺棒の輪の中に自ら総兵衛が体を入れて、四人の柘植衆が四方から総兵衛に打ちかかってきた。
そよりそより
と春風が吹き抜けた。すると春風に木立が戦《そよ》いで、どこを叩かれたか、きりきり舞いに四人が大納屋の土間にほとんど同時に転がっていた。
緩やかに移動しただけだった。それが目にも止まらぬ動きで枇杷の短木刀が振るわれ、勝負が決していた。
わずか数瞬の早技だった。
だが、見物の衆はなんとも長大悠久な時を経験したような、そんな気分にさせられていた。

総兵衛一人がゆるゆるとした舞いを続け、右手一本に立てた短木刀を能楽師が扇を収めるように左腰の帯前に下ろすと、右足が大納屋の土間を軽く、

ぽん

と叩き、舞い納められた。

大納屋の時が止まり、無言の空間にひっそりと総兵衛が立っていた。

「お見事」

と見所から柘植宗部が呻《うめ》き声を洩《も》らすと、立ち上がった。四人の長老が従った。

宗部ら柘植衆幹部が自らの意思で大納屋の土間に下りると総兵衛の前に膝《ひざ》を屈して頭を下げた。するとその場にあった柘植衆も長老に見習い、総兵衛の前で臣下の礼をとった。

「総兵衛様、加太越奈良道にこの二百年余逼塞《ひっそく》して参ったわれら柘植衆、そなた様の足下に加えられんことを願い奉《たてまつ》る」

柘植宗部の声が響いて、一統が、

「願い奉る」

と和した。

しばし沈黙があった。

桜子が総兵衛を見た。するとその顔に微笑が浮かび、

「神君家康様との約定により、江戸富沢町に拝領地を頂戴《ちょうだい》して古着商いを続けつつ、武と商に生きた初代鳶沢成元以来十代目となる鳶沢総兵衛勝臣にござる。そなたらの願い、聞き届ける」

武家言葉に変えた総兵衛の凛然《りんぜん》とした声が大納屋に響いた。

「神酒《みき》を持て」

宗部が叫び、大納屋の外に待機していた十二、三歳の柘植衆の子どもが酒と杯を運び込んできた。

白木の大きな酒器に神酒が注がれ、見所に座を変えた総兵衛がまず一口つけて傍らの柘植宗部に渡し、宗部も飲んだ。

大納屋に円い輪を描いた柘植衆の間を神酒が周り、再び総兵衛のもとに戻ってきてそれを頭領総兵衛が飲み納めた。

「鳶沢総兵衛勝臣、目出度《めでた》くも柘植衆を鳶沢一族に迎えるにあたり言いおく、

心して聞かれよ。この契《ちぎ》り、われらが死の刻《とき》まで変わることなし。異論ある者はこの場で申せ。総兵衛、聞き届ける、その者の望むままにさせよう」

総兵衛の言葉に一座がざわめいたが異論を言い立てる者はいなかった。

宗部が一統を見渡し、

「我らの命と力、鳶沢一族の頭領鳶沢総兵衛勝臣様に預けまする」

「承った」

主従の儀式が短くも厳かに終わった。だが、真の誓いは未《いま》だなされていないことを総兵衛は知っていた。だが、柘植衆のだれ一人としてそれに気付いていなかった。

一同が総兵衛の言葉を待っていた。

「宗部、鳶沢一族が神君家康様の許しを得て、武と商に生きるという使命を一統に告げたな」

「その結果の臣下の誓いにございます」

「宗部、柘植衆は住み慣れたこの地を一族郎党引き連れ、離れるや」

「そのことにございます。年寄と若い衆では考えも異なり、なかなか衆議が纏《まと》まりませぬ」

宗部の返答は正直であった。

「この年寄、双方の気持ちが分らぬではございませぬ。ともあれ、われらの身柄、鳶沢総兵衛様にお預けした以上、総兵衛様のお言葉に服します」

宗部が一統を代表して言った。

「それがし、中納言家《ちゅうなごんけ》坊城桜子様を案内方に京に上がる途上にある。京の逗《とう》留《りゅう》はどれほどになるかこの場では言い切れぬ。じゃが、帰路、この陣屋に立ち寄ろう。それまでに宗部、そなたらの気持ちを得心行くまで談議を重ね、答えを出しておけ」

はっ、と畏《かしこ》まった宗部が、

「われら柘植衆が動く先は江戸にございますか」

と尋ねた。

柘植衆を率いる者として当然の問いだった。

「われら鳶沢一族は家康様との約定により武と商に生きる途《みち》を選んだ折、鳶沢一族だけの結束にして交わりであった。じゃが、時代が下るにつれ、われらが立場も使命も変わってきた。まずだいいちに六代目総兵衛様が一族と大黒屋を率いられたとき、異国交易を目指され、琉球に拠点を設けられた。その関わりにおいて琉球の海人、池城一族が鳶沢一族に加わり、さらにそれがしが異郷に残った今坂一族を引き連れて三橋の大型帆船に乗船し、江戸を訪ねたのは昨年のことであった。その時のことじゃ、大黒屋では九代目勝典《かつのり》様が亡《な》くなられ、嫡子なく跡継ぎを決めかねておられた。そこで六代目総兵衛様の血筋のそれがしが奇《く》しくも十代目の大黒屋総兵衛にして鳶沢勝臣を襲名する巡り合わせになったのだ。それがしが鳶沢一族の頭領になったことで一族は、池城一族、今坂一族と三族が集合した組織となった。今また柘植衆が加わり、四族融和を目指す。江戸富沢町、琉球出店の他に、相州深浦《ふかうら》に大型帆船を停泊させる船隠しが、さらには鳶沢一族の領地が家康様の最初の墓所久能山《くのうざん》裏にある。そなたら、柘植衆が鳶沢一族に融合するためには、まず鳶沢村にてしばらくわれらの生き方を学び、慣れる要があろう」

一統に不安の声が思わず洩れた。

「そなたらに言うておこう。われら今坂一族の末裔《まつえい》は異郷交趾にて生まれ育った者である。その者たちが鳶沢一族に同和しようとする苦労に比べれば、和国の事情と言葉に通じた柘植衆が鳶沢一族に融和するほうが容易《たやす》くはないか」

さらに総兵衛はイマサカ号と大黒丸の二隻《せき》が異国交易の途上にあることを説明したが鳶沢一族の隠された使命には一切触れなかった。こればかりは総兵衛の独断で話せることではなかった。その上で、

「なんぞ聞きたいことがあるか」

と一同を見渡した。

「ございます」

と長刀で総兵衛に立ち向かった若者がまず願った。

「そなたの名はなんと申す」

「柘植七郎平にございます」

「聞きたきことをなんなりと申せ」

「われら、鳶沢一族に加わりし時、イマサカ号なる大船に乗って異国交易に出かけることもございますので」

「七郎平、イマサカ号は全長二百余尺、三本帆柱の主檣は海面から二百数十尺

の高さにある。そのような大船を操船するには熟練した技を身に付けねばならぬ。来年の交易にそなたらを乗せられるほど海を制するのは簡単なことではない。山に野伏せりがおるように異国の海には大船に大砲を何十門も積んだ海賊がおって交易船を襲いくることもある」

「えっ、異国の海賊は大砲を積んでおりますか」

満宗が驚き、さらに聞いた。

「総兵衛様、大砲とは大きなものにございましょうな」

「イマサカ号の主力砲は二十四ポンド砲でな、およそ三貫目（約一一キロ）の砲弾を軽々と半里（約二キロ）先まで飛ばすこともできる。そんな大砲が左右両舷《りょうげん》に二十数門あって、帆走しながら立て続けに砲撃するのだ。波はうねり、風が吹き荒《すさ》ぶ中での砲撃戦ともなれば、双方が決死の戦いになる。交易船は荷を守り、海賊はそれを奪おうとする。海戦は時に半日一日と続くこともある。舷側と舷側を合わせて互いが斬《き》り込む肉弾戦になることもある。海は巨万の富を与えるが、同時にそのような海を甘くみてはならぬ。海に慣れ、操船と砲術を覚え、異国交易のためには言葉に通じねばならぬ。七郎平、多大な危険を伴うそのような船に乗りたいか」

「乗りとうございます」

「ならば駿府の鳶沢一族の村で海と商いの初歩を習い、江戸店に出るか、相州の船隠しで船造りや操船を学ぶところから始めねばならぬ。その理《ことわり》が分るな」

「分ります」

と七郎平が総兵衛の話に高揚した顔で応じた。

「総兵衛様、満宗、お願いがございます」

「なんじゃ、申せ」

「総兵衛様方の京への出立、本日でなくてはいけませぬか。あと二、三日、栢植陣屋に逗留下さり、われらに鳶沢一族の使命と大黒屋の商いを少しでも教えて下されれ。われら、もはや加太峠の野伏せりの口銭をかすめて生きることはできませぬ。いつの日か、いえ一日も早く、総兵衛様の船に乗って異郷に出かけとうございます。そのために本日より学びとうございます」

と満宗が平伏した。

満宗は父の宗部の跡継ぎとして栢植衆を率いる人物だった。

「総兵衛様、この爺《じい》からもお願い申し上げます」

と宗部が願い、総兵衛は迷った。

思わぬことで鳶沢一族にとって貴重な人材を加太峠で得ることが出来た。その者たちに夢を持たせただけで、京に去るのは忍びなかった。

総兵衛は桜子を振り見た。

「総兵衛様、京は千年の昔から山城国にございますんや、逃げしまへん」

「坊城桜子様、よう言うて下さった。二、三日の遅れならば取り戻せます。わが配下の者を道案内に立てて京への近道をお教えいたしますでな」

と宗部に言われ、

「田之助、以上の仔細《しさい》じゃ、そなたも大黒屋の商いについて語れ。私といっしょに少しでも柘植衆にわれらのことを伝えよ」

「はっ」

と畏まった田之助が、

「まずなにからお話しすればようございましょう」

と糺《ただ》すと、

「田之助さん、願いがある」

と年老いた柘植衆が言い出した。

「わしは柘植衆で猟師を長年務めてきた。弓や槍《やり》で猪《いのしし》や鹿を仕留め、熊《くま》と戦うたこともある。猟師の伍作じゃがな、薩摩衆を仕留めた奇妙な飛び道具は見たこともない、教えて下され」

と願った。

どうやら藪蔭《やぶかげ》から田之助が弩《ど》を使うところを密《ひそ》かに見張っていた柘植衆がいたらしい。それが猟師の伍作だった。

「弩でございますか」

田之助が総兵衛に許しを請《こ》うように見た。

「伍作、そなたが得意な弓を持参せよ、田之助の弩との違いを見せようぞ」

総兵衛らの予定は急遽《きゅうきょ》変えられ、神君伊賀越えの柘植の郷での指導が始まった。

その様子を北郷陰吉が面白げに眺めていた。

三

伊賀加太峠越えの不動滝付近の柘植衆の陣屋で、総兵衛と田之助を師にしての異国事情、西洋式帆船術、砲術、幕府が特別に許しを与える八品商売人の一つ、古着商の妙味、大黒屋の商いの範囲、交易に使う所蔵帆船の実態、あるいは富沢町に何百軒もの古着商が集まっている経緯《いきさつ》、節季ごとに賑《にぎ》わう様子などがかたられた。さらには十代目総兵衛の発案で、春と秋に柳原土手の古着露天商らとの合同の古着大市が開かれるようになり、江戸じゅうから人が集まる繁盛な催しになろうとしていることなどを伝えた。

大納屋《おおなや》の土間に筵《むしろ》を敷いて行われる座は、どれも盛況で柘植衆の男ばかりか女衆《おなごし》も混じっていた。

そこで総兵衛らも話し合い、桜子を新たに師に加えて、坊城家が江戸に出て、大黒屋の助けで始めた古着商の話から、今では江戸の大名家、大身旗本、豪商、数寄《すき》者相手にした南蛮商人と呼ばれるようになった母親麻子の商いなどを語った。

桜子の愛らしさと相俟《あいま》って雅《みやび》な話しぶりと内容は、加太峠の山中でひっそりと暮らしてきた女衆をうっとりさせた。とくに南蛮渡来の白粉《おしろい》や紅や刷毛《はけ》など、桜子が持参していた化粧品を遣い、柘植の娘を相手にした催しは大好評で、四、五歳の幼子から八十の嫗《おうな》まで老若の女をうっとりさせて、

「山猿のおねいが江戸のお嬢様か、京の公卿《くげ》のお姫《ひい》様に変わったよ。まるで狐《きつね》に騙《だま》されたようだよ」

「私も若返りたいよ」

などと大騒ぎになった。

一方、柘植衆の男たちの胆《きも》をまず潰《つぶ》したのは、弩から射ち出される矢の初速と射程と命中率だった。さらには弩で発射された矢は、一寸五分（約七・五センチ）板を貫くほどの破壊力があったが、それを示されたときには柘植衆は言葉をなくした。

「わしはこの加太峠で四十年も弓矢を使うてきたが、弩に比べたらわしの弓はまるで子供の玩具《おもちゃ》弓じゃな。異国にはかような飛び道具があるか」

猟師でもある伍作が嘆息した。

「伍作、異国の進んだ国々ではすでに銃の筒口から弾丸を入れる前装式ながら、点火方式が改良されて射撃間隔が短縮された銃が主流の飛び道具だ。また兵一人ひとりが先に銃剣付きの銃を携帯して、射撃手から銃剣を使っての戦士に早変わりする時代を迎えている。ただし、命中精度は決してよくない。ゆえに二列から三列横隊になった銃手の一列目が一斉に射撃し、二列目、三列目が交代射撃する間に一列目が銃弾《たま》込めを行なう。すると交代で間断のない射撃ができるゆえ、命中精度が悪くとも敵方に多大な損害を与える。むろん帆船にも銃手は乗り組んでいる。イギリス、フランス、オランダの大型帆船には、陸戦隊なる兵士が乗船し、射撃戦をまず交代で行ない、続いて船と船が舷側を接しての白兵戦になったとき、銃剣を使い、相手を突き倒すことを日頃から鍛錬しておる」

総兵衛の話は柘植衆の大半の男たちの理解を得られなかった。

「宗部、この陣屋には火縄銃はないか」

「総兵衛様、猟師鉄砲が十挺《ちょう》ほど隠匿《いんとく》してございます」

と宗部が柘植衆の秘密を一つ明かした。

「一挺貸して下され」

火縄銃を使い、異国の最新式銃との違いの説明を加えると、柘植衆ばかりか北郷陰吉まで、

「うんうん」

と頷《うなず》いて関心を示した。

「異国のイギリス、フランスなどでは早晩銃尾から何発もの弾丸を装塡《そうてん》する時代が到来すると聞かされておる。そのような時代にわれらが弩を使うには理由があるのか、との疑いはあろう。江戸では鉄砲の持ち込みは厳しく取り締まられる上に、よしんば持ち込んで使おうにも銃声が響くゆえ、すぐに鉄砲が使われた事実がお上に伝わる。鉄砲は弩などより殺傷力もあり、陸戦隊のように鉄砲を組織的に使う折は、圧倒的な力を発揮する。じゃが、大黒屋の持ち船は交易に使う帆船である。イマサカ号にはまず荷を積む船倉を確保せねばならぬ、船倉が階段を挟んで互い違いに船底まで何層もあるのじゃ。ゆえに白兵戦をなす陸戦隊を積み込む余裕などない。うちでは、帆方が時に砲術方になり、白兵戦をなす戦士ともなって、商人として交易の品を守るのじゃ」

と話す総兵衛の説明に、

「総兵衛様よ、そのイマサカ号には異人の持つ鉄砲も積んであるかね」

「マスケット銃が数百挺積んである」

「数百挺もか、撃ってみたいもんだな」

伍作が総兵衛の話にうっとりした。

「伍作、神君家康様は異国との交易を認められ、御朱印船を出されて異郷の品々を持ち帰ることを許されたそうな。だが、その後、幕府は鎖国策をとられ、和人が異人と付き合うことも交易も肥前長崎以外では認めておらぬな。その間に異国の諸々は大砲一つ鉄砲一つをとっても使いやすいように改良が進んだ。そのことをわれらはまず知らねばならぬ」

伍作にとって倅《せがれ》に等しい年齢の総兵衛の話に柘植衆の若い衆たちが目を輝かせて聞き入っていた。

そんな講座が盛況のうちに三日目を終え、そろそろ総兵衛たちは柘植陣屋を立ち、京に向おうかと考えていた矢先、柘植宗部と満宗の父子が血相を変えて、総兵衛らの寝泊まりする座敷に姿を見せた。

総兵衛が田之助の用意した桶《おけ》の湯で洗顔をなそうとした夜明けのことだ。

「総兵衛様、迂闊《うかつ》にございました」

と父子が総兵衛の傍らに平伏した。

「なにが出来致《しゅったい》したか」

総兵衛の声音はいつもと変わらず平静だった。

「昨夜のうちに柘植分家の一、柘植義宗《よしむね》、新之助父子ら五人が柘植衆を抜けて郷を出ましてございます」

「長のそなたに断りもなくじゃな」

「この地に残った柘植衆は一人の離脱者もこれまで出したことはございませなんだ。それを叔父は四人を引き連れ、猟師鉄砲三挺と鉄砲玉、玉薬を盗み、郷を離れたのです」

「理由はなんじゃ」

「義宗はふだんから不満屋にございまして、自らが柘植衆の長に推薦されなかったことを未《いま》だ不満に思うていた男でございますよ。それがこたび柘植衆が鳶沢一族の支配下に入ることでさらに不満を募らせ、柘植陣屋を抜けたと思われます」

「どのような一族一派にも不満の者、決め事に異を唱える者はいるものじゃ。鳶沢一族に加わることが不満なれば、数日前の談議の場で言えばよいことではなかったのか」

「わしが許さぬと思うたのでしょうかな。この郷に残した女たちには異人まがいの商人の家来になれるものかと不満を漏らしておりましたそうな」

「総兵衛様、叔父は気持のせまい男にございます。親父《おやじ》が決めた鳶沢一族の支配下に入り、総兵衛様の臣下になることを嫌ったこともございましょう。それは言い訳の一つに過ぎませぬ、新しいことに挑戦する勇気がなかっただけにございます」

　倅の満宗も言い切った。

「柘植陣屋で起ったことじゃ。まず頭領の宗部の判断を聞こうか」

「義宗らは柘植衆が大事にしてきた猟師鉄砲を強奪しようとした折、伍作を痛めつけて鉄砲小屋の鍵《かぎ》を奪っております。その折、伍作にわれらといっしょに京に出ぬかと誘いましたそうな」

「京には柘植義宗の知り合いがおるのか」

「いえ、そのような人間は一切」

「おらぬのじゃな。ならばなぜ鉄砲を盗んで京に向ったか」

「推測に過ぎませぬ」

　と満宗が言った。

「申せ」

「総兵衛様、叔父めは大黒屋の宿敵薩摩に恩を売らんとしておるのではないかと考えます」

「大黒屋と柘植衆の結びつきを京の薩摩屋敷に知らせようというのか」

「どうやらそのような節が見受けられます。総兵衛様、すでに義宗ら五人の討伐隊を出してございます。京に入る前に必ずや五人を摑《つか》まえ、考えを問い質《ただ》した上に処罰致します」

　と宗部が言い切った。

「さあて、うまく行ったとしたら薩摩はどう反応しようか」

　と総兵衛がしばし考えた。

「恐れながら申し上げます。それが事実とするなれば、義宗ら五人が薩摩に接触する前に摑まえたほうが宜《よろ》しかろうと存じます」

田之助が言った。

「いかにもさよう」

と満宗も賛成した。

「陣屋から抜けた五人を宗部、満宗、そなたらが捉《とら》える捉えないに拘《かか》わらず、われら、そろそろ柘植陣屋に暇を告げる時がきたように思う。すべてこの数か月の内に柘植衆は覚悟を決めよ」

「もはやわれらの肚《はら》は固まってございます」

倅の満宗が言い、父の宗部が大きく頷いた。

「京での総兵衛様方の連絡先はどこに致せばようございましょうか」

満宗が問うた。

「差し当たりうちの実家にしてはいかがにございましょうか、総兵衛様」

と桜子が隣座敷で話を聞いていた様子で中納言《ちゅうなごん》坊城家の朱雀大路《すざくおおじ》の場所を示した紙片を手に姿を見せた。

「坊城様に迷惑がかかるまいか」

「京では薩摩様もそう無茶は出来まへん」

と大胆に笑った桜子が、

「もし坊城家に差し支えがあるようなれば、呉服屋のじゅらく屋様か、茶屋四郎次郎様のお店でも総兵衛様に伝わるようにしておきますえ」

「茶屋四郎次郎様を大黒屋様は承知ですか」

「うちが懇意に出入りさせてもろうておりますんや」

「われらも茶屋様のお店なればよう承知です」

と宗部が言い、満宗が、

「父者、叔父らがまさか総兵衛様方を待ち伏せしておるということはあるまいか」

と言い出した。

「義宗は野心が強い気質の男じゃ、それにいつまでもつまらぬことまで根に持つ痴《し》れ者よ。薩摩の手土産にと総兵衛様方を狙《ねら》うことは十分考えられる」

と宗部が腹立たしげに呟《つぶや》いた。

「宗部、満宗、海であれ、山であれ、危なきことは常にあるものよ。覚悟もあれば備えもある」

「総兵衛様、このこと、柘植の起こした不始末にございます。総兵衛様方に跡始末をさせては柘植の長として面目が立ちませぬ」

宗部が満宗を見た。

「父者、わしが数人を率いて総兵衛様方を京の坊城家まで送り届ける、それでよいか」

宗部が頷くと、

「総兵衛様、是非にも満宗らを同道させて下され、お願い申します」

と白髪頭を下げられて総兵衛も頷かざるを得なかった。

その日の内に柘植陣屋を出た総兵衛の一行は、津から同道してきた馬方の一兵衛に十分な賃料と酒手を渡して別れ、こんどは柘植衆の柘植満宗を頭にした若者の新羅《しらぎ》次郎、三郎の兄弟、信楽《しがらき》助太郎、なぜか、だいなごんという名の少年の五人が護衛として同道することになった。

柘植満宗は、宗部が三十二歳で授かった嫡子《ちゃくし》とか、二十七歳で柘植衆の若い衆の頭分格だった。新羅次郎は二十歳、三郎が十八歳、信楽助太郎が十七歳で、だいなごんは十三、四歳と推定された。

だいなごんは生まれたばかりで加太峠に放置されていた赤子だ。大方、両親は峠で野盗に襲われ、赤子だけが捨てられたと思われた。それを柘植衆の一人が見つけて、陣屋に連れ帰り、後家のまきねが、

「私の子として育てる」

と柘植宗部に申し出て許されたのだ。捨て子の首にかけたお守りにはへその緒と、

「だいなごん」

と書かれた名札とも判じ文字ともつかぬ五文字が記されていた。ゆえにだいなごん、と柘植陣屋で呼ばれてきた。

そのだいなごん、桜子のための馬の手綱を引いていた。

「叔父一行は京への近道を辿《たど》っておりましょう。総兵衛様、神君伊賀越えの道筋を辿られますか」

満宗が出立に際して総兵衛に質《ただ》した。

「神君家康様のお考えを知りとうての加太峠越えじゃ、最後まで歩き通そうぞ」

「ならば伊賀の里を抜けて音羽を目指します」

と旅の道筋が決まった。

「お姫《ひい》様、馬に乗らねえか」

だいなごんが桜子の顔を見ないようにして恥ずかしげに願った。

「わが坊城家は中納言にございます、だいなごん様のお引きになる馬にうちが乗ったらえらいことと違いますやろか」

桜子の返事に総兵衛が笑い、

「位が違いまするな。ならばしばし徒歩《かち》で行きなされますか」

桜子が柘植陣屋であまり体を動かせなかったことを察し、徒歩でいくことに賛意を示したのだ。

先頭を新羅次郎、三郎の兄弟が行き、手に手作りの弓矢を持ち、腰に山刀を一本差し落としていた。

総兵衛は新羅兄弟と大納屋で手合せし、二人の剣の腕を承知していた。

荒削りで勢いにまかせた太刀筋だったが、いかにも剣術の基礎がなっていなかった。鳶沢一族に加わるには初歩からの稽古《けいこ》が要った。

一方、弓の腕前のほうが格段に筋はよかった。そこで弩《ど》を持たせて田之助が手ほどきをすると、たちまち弩の扱いになれ、なかなかの射手であることを示した。

北郷陰吉が兄弟の後を進み、なんとなく柘植衆の中でその存在が薄くなったようで寂しげな表情をしていた。陰吉のあとを総兵衛と桜子が肩を並べて、しげが続き、その背後に空馬を引いただいなごんが従って、空馬の左右に柘植満宗と田之助がいた。そして、最後に信楽助太郎が控えていた。

「音羽までおよそ三里半（約一四キロ）、諏訪《すわ》を経て、二千尺余（六三〇メートル）の御斎峠《おときとうげ》を越えることになります。伊賀と近江の国境、加太峠より何倍も難儀な峠にございます。本日は日和《ひより》もよいゆえ、御斎峠を越えて多羅尾《たらお》辺りまで進めればよいのですがな」

「満宗、私どもの旅は一刻一日を争う道中ではない。神君家康公の難儀を体験しとうて選んだ道である。陰吉のおかげで柘植衆に出会うて、やはり家康様の功徳《くどく》があった」

と総兵衛が答えると、北郷陰吉が嬉《うれ》しそうに破顔した。

「陰吉さんが陣屋に飛び込んできて江戸の古着屋の主《あるじ》を野伏せりから守ってくれぬかと金袋を差し出されたときには、この親父、冗談を言うておるかと疑いましたがな、わが親父様が、江戸の古着問屋大黒屋総兵衛様なれば、こりゃ、ただの商人ではない、と言いますのでな、まあ、騙《だま》されたつもりでしばらくぶりに総軍出陣をしたのでございますよ」

「お蔭《かげ》で助かった」

「われら、一矢《いっし》も放っておりませぬ。じゃが、総兵衛様と出会うて、柘植衆に運が向いてきたように思います。親父様の勘は大したものでございますよ」

満宗が父親のことを褒めた。

「お互いによき出会いであった」

「そのお言葉、われらが幾十倍も思うことにございます。親父様は柘植衆の長として若い衆に夢を与えられぬことを苦悩しておりました。五十路《いそじ》を越え、還暦を前に総兵衛様と出会うたのです。親父様は、一族が表舞台に立つことを半ば諦《あきら》めかけておったのです、ほっとしておると思います」

「私と田之助が語った大黒屋の商いはほんの一部にしか過ぎませぬ。私とて十代目に就いたばかり、家康様のお許しを得て、古着商いを始めて二百年のごくごく一部しか知らぬのです。ゆえにかように桜子様の案内で京に向うところです。江戸は開闢《かいびゃく》二百年の若い都、京はその何倍も古い歳月を重ねた都、今も朝廷がおわします王城の地です。江戸を出立以来、ようやく京へと眼が向くようになっての、思いがけない伊賀越え、大層おもしろうなりました」

総兵衛がなりどおりに町人言葉で満宗に応じた。

「満宗、一族郎党を率いて柘植衆が一気に駿府に移り住むことは至難のことではありませんか」

「親父様とも話し合いました。親父様は私が若い衆を率いて総兵衛様の支配下に入り、柘植衆が鳶沢一族に溶け込んだ時分に女衆を駿府に移せぬかと考えておるようです」

「宗部自身はどうする気だ」

「親父様はわれらの道筋をつけたところで、わが命は尽きようというておりました」

「柘植陣屋から離れぬ考えかな」

「叔父の例をみても年寄はなかなか新しい地に馴染《なじ》もうとは致しますまい。親父様はその連中と柘植陣屋で生を果てる気なのでございましょう」

総兵衛はしばし沈思した。そして傍らを歩く桜子を見た。

「桜子様はどう考えなされますな」

「うちに柘植衆の大事を問われますのんか」

「女子《おなご》の考えは男衆とは違いましょうでな」

「女子はんも齢《とし》を経た方々と若いお方では違いましょうな。加太山中にて長い時を過ごしてこられた柘植衆に、総兵衛様は夢を与えられたんどす。その夢には厳しい試練が伴います。年寄の方々には直ぐには従えぬ試練やも知れまへん、直ぐには得心できぬ夢にございましょうな」

「いかにもさようです」

「かようなときはゆるゆると流れる京の時の流れと同じどす、時をかけて答えを見付けることどす。満宗様方、若い柘植衆が鳶沢一族に溶け込むのに時はかかりますまい、とうちは思います。続いて女衆も男衆が溶け込み、馴染んだ事実を見られて、きっと鳶沢村かて、江戸かて慣れていかれます。思い悩まれるんは、やはり三十路四十路を過ぎた女衆と男衆かと存じます。まず若い柘植衆が慣れることで最初の一歩、そのあとのことは順ぐりに考えることどす」

「そうでございましたな、桜子様が申されるように差し障《さわ》りが生じれば一つひとつ、乗り越えていくことでございますな」

と総兵衛も得心した。

「満宗様」

と先頭を行く新羅三郎が後ろを振り返り、名を呼んだ。

「なんぞ、異変か」

加太峠から音羽へのちょうど半ばの山道に差し掛かっていた。

脇《わき》街道でもない山道だ。行き交う人とてなく、杣人《そまびと》にすら出会うことはなかった。

柘植衆の案内がなければいくら薩摩の密偵北郷陰吉でも辿ることのできない

道だった。

「いえ、そうではございません。総兵衛様にお尋ねしてよいかどうか、お許しを願いたいと思うたのです」

「新羅三郎、戯《たわ》けものが！」

と満宗が大喝した。

「わしと総兵衛様、桜子様が話すことはそなたら手下《てか》の者の耳に入っても聞かぬ話じゃ。そなたのただ今の役目はなにか、案内役であろうが。主様の話に耳を傾けて、役目が務まると思うてか。柘植衆はそんな理《ことわり》も分からぬ人間かと総兵衛様に蔑《さげす》まれようぞ」

満宗がさらに怒声を浴びせた。

「も、申し訳ございませぬ」

とはっと身を竦《すく》めた三郎が先導方に戻ろうとした。

「満宗、私がいささか性急に夢を若い衆に与え過ぎたのだ、もそっとわれらが一族のことを披露することをゆるゆると話せばよかったと思うておる。新羅三郎を許せ」

と満宗に願った総兵衛が、

「新羅三郎、なにが聞きたい。許す、申せ」

「よ、よいのでございますか」

「許すと申したぞ」

「総兵衛様は大黒屋が、いえ、鳶沢一族が武と商に生きるさだめと申されました。武が大事か、商が先か。この三郎、判断が付きませぬ」

新羅三郎は総兵衛の話がすべてではないことを直感しているようだった。

「武と商は車の両輪である、片方がもう一方を補い、もう一方も片方を助けて、大黒屋の商いと鳶沢一族の務めを果たす」

総兵衛の返答にしばし沈思した新羅三郎が、

「相分かりました」

と答えた。

総兵衛は、三郎が鳶沢一族の隠された使命をおぼろげに感じとっているのではないかと思った。だがそれを新羅三郎が明らかに知るときは、真の鳶沢一族の一員となったとき。

（それまで許せ）

と胸の中で呟《つぶや》いた。

四

総兵衛一行は八つ半（午後三時頃）の刻限、御斎峠に差し掛かろうとしていた。

御斎峠は神君伊賀越えの最大の難所といっていいだろう。

戦国時代から伊賀の峠越えには甲賀衆、伊賀衆を始め、忍びの者たちが、割拠して天下を狙《ねら》う武将らの一挙一動を眺め、だれに与《くみ》すればその後、己らに利があるかと虎視《こし》眈々《たんたん》と窺《うかが》っていた。また忍びの者たちと野伏せり、山賊らは時により、その姿を変えた。それゆえ伊賀越えは彼らが味方につくか敵に回るかの判断が試される難所だった。

なかでも御斎峠は海抜二千尺と険しく、切り立った崖《がけ》も待ち受ける天然の要害であった。

鎌倉時代、夢窓国師が伊賀三田の空鉢山寺を訪ねたとき、温かい斎《とき》（接待）

の持て成しを受けたことが名の由来だという。

「総兵衛様、いささか峠下まで刻限を要しましたな。この西山の郷に泊まりますか」

柘植満宗が総兵衛に伺いを立てた。

総兵衛や桜子が山道のあちらこちらに関心を示し、その度に満宗が説明方を務め、都度、足を止めたり、歩みを緩めたりしたために刻《とき》がかかったのだ。

御斎峠の伊賀側の最後の郷が西山という。見るかぎり粗末な家が数軒見えるだけの集落とも呼べない郷だった。屋根には雪がうっすらと積もっていた。

総兵衛ら十人にもおよぶ人数が一夜の宿りを求めるのは明らかに迷惑であろうと思われた。

「御斎峠の頂き付近には万が一の場合の宿となる杣小屋もないか」

「夜露をしのぐ岩棚や洞がなくはございません」

「家康公の伊賀越えでは夜通しで伊勢へと駆け抜けられたのではないか」

「明智光秀の追っ手や落ち武者狩りの手勢を気になされての道中、いかにも夜を徹して旅を続けられたと思われます」

総兵衛の視線が桜子に行った。

「うちは心配おへん、途中だいなごんはんの馬に乗ってきたさかい、夜通しでも歩けます」

「ならば家康様のご苦難を偲《しの》んで夜旅としようか」

一行が西山の郷の一軒で持参の握り飯を食していこうとすると、里人が茸汁《きのこじる》を料理して持て成してくれた。これで元気を付けた一行は、新羅次郎ら若い衆の先導で御斎峠への登り坂に差し掛かった。

馬がようやく抜けられるほどの山道で、馬に積んだ荷が左右から覆《おお》いかぶさる木々の枝葉と触れ合いながら進んでいくことになる。雪道だ、難儀を極めた。

だが、総兵衛は二百年以上も前の家康の気持ちを偲んで一歩一歩踏みしめて進んだ。

「総兵衛様、桜子様、御斎峠を夜越える不都合は峠上から伊賀、大和、近江と広がる見事な眺望が見られぬことにございましょうな」

総兵衛の前を歩く満宗が言った。

「満宗様、それほどの眺望にございますか」

と総兵衛の背後から従う桜子が尋ね返した。

「桜子様、御斎峠は、春にはおぼろに大和路や伊賀の郷に山桜の海が広がるのが眺められますので」

「おや、うちの名の海が御斎峠から眺められますか。ただ今の季節ならば大和路の雪景色が見られましょうに、いささか残念ですね」

桜子が思わず嘆息した。

「桜子様、峠上で朝を待つのも一興にございましょう。折角の神君伊賀越えをなすのです、家康様のご苦労を偲びながらゆるゆると参りましょうか」

「と、申されながら総兵衛様は夜旅を選ばれました。西山の郷に迷惑をかけとうないと配慮なされたのではおへんか」

と桜子が総兵衛の心中を察して言った。

「いえいえ、総兵衛の気まぐれとお許し下され」

柘植満宗らにも大黒屋の若き主《あるじ》、鳶沢一族の総帥《そうすい》と京の中納言坊城家の血筋の娘がゆくゆく夫婦《めおと》になるのではと推量がついた。それほど若い二人は互いを労《いた》わり合い、敬愛しているのが傍目《はため》にも分った。

「満宗、家康様方は御斎峠を柘植衆の案内で越えたのですか」

「いえ、家康様の御斎峠越えの案内役を務めたのは、近江国多羅尾氏の当主、光俊様にございましたそうな」

「多羅尾氏とな」

「信楽《しがらき》小川城の主にて峠向こうの豪族の一族にございます。家康様の案内方を務めて無事に伊賀のわれらに繋《つな》いだゆえ、多羅尾氏の末裔《まつえい》はただ今、畿内の天領代官を務めておられます。家康様が天下をとられて後、寛永十五年（一六三八）以来のことでございましてな、むろん家康様の伊賀越えを助けた功績によっての抜擢《ばってき》にございますよ」

冬の日没はあっという間だ。

新羅次郎、三郎らが持参の松明《たいまつ》を灯《とも》しての峠越えになった。荷籠《にかご》を柘植陣屋から馬に積んだ田之助も兄弟の後に従っていた。

「お姫様、道が険しくなったぞ、馬にのらねえか」

とだいなごんが勧めた。桜子が、

「礼を申します。けどうちは総兵衛様といっしょに歩けます」

と素直な答えにだいなごんも思わず、

「お姫様よ、総兵衛様が好きか」

と尋ねて、

「こ、これ、だいなごん。おまえは口の利《き》き方も知らぬか。われら、柘植衆が蔑まれようぞ」

と満宗が慌《あわ》てた。

「満宗様、うち、だいなごんはんの正直が好きどす、気にせんといて下さい」

と応じた桜子が、

「だいなごんはん、お察しのように桜子は総兵衛様が大好きどす」

と言い切ったものだ。

「ふっふっふ、お姫《ひい》様は正直じゃぞ、若頭領」

「だいなごん、われら鳶沢一族に加わることになったゆえ、もはやわしは若頭領ではないわ」

「なんと呼べばよい」

だいなごんは、捨て子の身ゆえ柘植衆の主従関係とはいささか異なる扱いと育ち方をしてきたのであろう。言葉遣いに表われていた。

「だいなごん、名を呼べ。おまえがわれらといっしょに鳶沢一族に加わるというならわしが総兵衛様に願ってやろう」

「大納屋《おおなや》の外で総兵衛様の話をしっかりと聞いたぞ。お頭の宗部様や満宗様が反対しても、おれは南蛮船に乗る、乗って異国に行ってみたい」

「ならばこたびの役目をしっかりと務めよ。差し当たり、だいなごんの名は差し障りがあるな。桜子様の出が中納言家、柘植衆の厩番《うまやばん》がだいなごんではな」

「名を変えねばならねえか」

「満宗様、だいなごん、よい名ではおへんか、変えることとあらへん」

と桜子が一蹴《いっしゅう》したとき、前方で田之助の足が止まり、同時に総兵衛の背後から馬の横をすり抜けて北郷陰吉が総兵衛のもとに姿を見せた。

「待ち人か」

「はい」

と陰吉が言い、先導の田之助もやってきた。

「峠の向こうに不穏な空気が見えまする」

と田之助が言った。

「新羅次郎、そなた、気付かなかったか」

「田之助さんに後れをとりました」

と新羅次郎が正直に答えた。

「さすがは鳶沢一族の方々かな」

「柘植のお方、わしは薩摩の密偵から転んだ外来者《よそもん》じゃ」

「なに、そなたもわれら同様に総兵衛様に惚《ほ》れた新参者か」

「いかにも薩摩の転び者《もん》じゃっど」

「総兵衛様の下には、お姫様から薩摩の転び者まであれこれと多彩な人がおられますな」

と次郎が呆《あき》れた。

「満宗、峠の待ち人は私どもが狙いですか」

「御斎峠を夜中に越える変わり者はそうありませんでな」

「さてだれか」

「総兵衛様の宿敵薩摩か、この陰吉さんもおられますでな」

「満宗さん、柘植衆を抜けた義宗一派が薩摩への手土産にと待ち伏せしておることも考えられぬか」

　と陰吉が問い返した。

「義宗叔父は柘植陣屋からいきなり京へと走ったと思いましたがな」

「京の薩摩屋敷にご注進に及び、またこの地に戻ってくるには日数が足りまい」

「いかにも」

「どうするな」

　総兵衛が柘植衆の若頭領の満宗に尋ねた。

「わしに手配りせよと申されますか。ならば、松明を灯した新羅次郎、三郎と信楽助太郎の三人に峠の向こうまで行かせ、何者か調べさせましょう。総兵衛様、この一丁ばかり先に穂陀落《ほだおち》の岩棚がございます、その間、われらはその場で待機致しませぬか」

　と手配りを案じた。

「相手が何者か調べるだけなれば新羅次郎と田之助の二人でよかろう」

と総兵衛が役どころを変えた。

「われら本隊との伝令は要りませぬか」

「夜道でも歩ける者がよいな」

「だいなごん、岩棚まで馬を引いた後、田之助さんと次郎に従え」

「若頭領、分った」

「もう若頭領ではないというたぞ」

「満宗、われら鳶沢一族といっしょになるまで柘植衆の若頭領を務めよ」

と総兵衛が言い、一行は再び進み始めた。

穂陀落の岩棚は御斎峠の山道に突き出た巨岩の背後に回り込んだところにあった。

「田之助、弩《ど》を二挺《ちょう》持参せよ」

総兵衛の言葉に新羅次郎の眼がきらきらと輝いた。田之助が持参した弩二挺と矢筒を籠から出して一組を次郎に渡した。

「お借りします」

二人が弩を背に負い松明を手に、真ん中には新羅三郎に馬の手綱を託しただいなごんを挟んで、あたかも総兵衛ら一行が進んでいるように松明の間を離して峠の頂きに向った。

総兵衛ら七人は岩棚に入った。

天井が八尺（約二・四メートル）ほどの高さで八畳ほどの広さであり、杣人《そまびと》や猟師が使うこともあるのか、真ん中に石で囲んだ炉も出来ていた。

助太郎と陰吉が岩棚に蓄えてあった杉の枯れ枝を炉に積んで、持参した火縄で火を点《つ》け、薪《たきぎ》をくべて暖をとることにした。

だいなごんの引いてきた馬も岩棚の入口につながれ、人参《にんじん》を加えた麩《ふ》を与えられた。

「しげさん、わしの背負子《しょいこ》に綿入れが二枚入っておる、総兵衛様と桜子様にお渡しなされ」

陰吉が津で買い求めた峠越えの品を出すように命じた。

「陰吉さん、綿入ればかりか干し柿も購《あがな》われましたか」

「酒も気付けに少々用意した。干し柿は皆に配ってくれ」

陰吉のおかげで桜子は綿入れの一枚を膝《ひざ》にかけ、暖を取ることができた。干し柿が配られ、総兵衛らは陰吉の気配りの干し柿の甘味をじっくりと味わった。疲れた体に甘さが行き渡り、疲れが薄れていった。

干し柿を食し終えたしげが残りの一枚の綿入れを総兵衛に差し出すと、

「そなたが使え、少しでも体を休めておくことも旅の務めじゃぞ」

と自らは受け取らなかった。

「総兵衛様のお気持ちや、素直に受けとることです」

桜子がしげに使うように命じた。

岩棚の中が温まったころ、馬が嘶《いなな》き、その足元からだいなごんが顔を出した。

「若頭領、待ち伏せの面々が分ったぞ」

「叔父一派か薩摩か」

「両方じゃ」

「なに、両方じゃと。いつ叔父貴は薩摩と知り合うた」

「田之助さんからの言い付けじゃ。薩摩は加太峠で総兵衛様方を襲おうとした強脛《こわすね》のなんとかという爺様《じいさま》と薩摩屋敷の侍が数人加わっているそうな。田之助さんはうちの連中より身軽じゃぞ」

余計なことまでだいなごんが報告した。

「総兵衛様、柘植陣屋を抜けた叔父ら五人は京への山道で薩摩の連中と出会い、手を結んだように思えますな」

と満宗が推測した。

「まずそのようなあたりか」

「叔父め、三挺の猟師鉄砲を持っております。峠は見通しがよいので、奴《やつ》らが岩場に鉄砲方を配置しておると厄介でございます」

「だいなごん、田之助の伝言はそれだけか」

「あちらの鉄砲方は、弩二挺が引き受けるそうな」

「田之助と新羅次郎は峠で徹夜ですか、気の毒な」

「総兵衛様、次郎は峠付近のことはなんでも承知でございます、伍作親父といっしょに猪《しし》狩りで御斎峠も歩いておりますでな、寒さに凍える真似《まね》を田之助さんにさせませんよ」

と満宗が笑った。

「ならばわれらも明日に備えて体を少しでも休めようか」

と火の番を男衆が交代で務めることにして、総兵衛も桜子と満宗の間で横になった。

「寒うはありませんか」

綿入れを体にかけた桜子が案じた。

「桜子様、交趾《こうち》は南の国ゆえ四季を通じて寒くはございません。それに比べて和国の冬は厳しゅうございますな。ですが、一冬で慣れました。また大海原を行く帆船は、嵐《あらし》に遭えば骨まで凍るような寒さの中で舵《かじ》を操り、帆を拡《ひろ》げ、畳まねばなりません。この峠の寒さなどなんでもありません、それにかように薪が燃えております、なにが寒うございましょう」

桜子の手が綿入れから伸びてきて総兵衛の手を握った。じんわりとした桜子の温みが総兵衛に伝わってきた。

「総兵衛様、改めて礼を申しますぞ」

と満宗の声がした。

「われら柘植衆、二百年の孤独に生き甲斐《がい》を失おうとしていたのです。親父はわしが死んだら一族を引き連れて郷に移り住めと何度も洩《も》らしておりました。

われら、柘植衆は、戦国の世から武に生きてきた人間、今更郷でなにをしたらよいのか、答えを見付けられませんでした。そんな折、大黒屋総兵衛様、いえ、鳶沢総兵衛勝臣様に会うて、柘植衆が生きるよすがを見付けることができたのです。必ずや柘植衆、鳶沢一族のお役に立てるようご奉公致します」

「満宗、孤独の二百年がこれからの百年を作りあげるのじゃ、ともに手を取り合うて進もうぞ」

「はっ、はい」

桜子には満宗の声が感激に震えていることが分った。

御斎峠には雪が五寸（約一五センチ）余つもり、濃い靄《もや》が覆《おお》っていた。

総兵衛ら一行は二千余尺の峠の頂きに差し掛かろうとしていた。

この日、先頭には総兵衛と満宗が立ち、新羅三郎と信楽助太郎が続き、陰吉と馬を引いただいなごんの間に桜子としげの女衆が囲まれて歩いていた。

総兵衛の腰には三池典太光世の一剣があった。

柘植満宗は長刀《なぎなた》を携えていた。新羅三郎と助太郎は弓を手に腰には山刀が差し落とされていた。

北郷陰吉とだいなごんは一見素手に見えた。だが、陰吉は懐《ふところ》に小刀を隠し、だいなごんは腰に礫《つぶて》を入れた袋を下げていた。十間（約一八メートル）ほどに近寄ることが出来れば山鳥などの獲物に命中させる腕があった。

「陰吉の父《とっ》つぁん、火縄のくすぶる臭《にお》いがしねえか。総兵衛様に教えようか」

「要らぬお世話じゃ、たれもが気付いておられる」

「えっ、おれが最後か」

「それよりこれから起ることを見ておけ。鳶沢一族の空恐ろしさをな」

北郷陰吉が優しさの顔に隠れた鳶沢一族の非情を教えた。

冷たい風が峠の向こう、近江国から吹き上げてきてたちまち靄が晴れた。すると峠の片側の岩場辺りから三挺の火縄銃が総兵衛と満宗を狙《ねら》っているのが分った。岩場から総兵衛らまで二十数間か。雪景色だ、見通しはよい。風は吹いていたが、火縄鉄砲を扱い慣れた者が外す距離ではない。

「叔父御、栢植衆を裏切った者のさだめは承知であろう」

と栢植満宗が叫んだ。

「抜かせ」

峠の頂きの反対側に柘植義宗が抜身を構えた姿を見せた。

薩摩衆の姿はどこにもない。だが、どこからか戦いを見ている気配が総兵衛にはひしひしと感じられた。

「新之助、大黒屋総兵衛を撃ち殺せ！」

と命じると片膝をついて狙いをつけた柘植衆裏切り者の三人の姿が見えた。

「撃て、撃つのじゃ！」

義宗の声が再び響いたとき、峠の頂きを挟んで反対側の杉木立の間に硬質な弦音《つるおと》が響き、二つの黒い光りが疾《はし》って峠を越えると新之助ともう一人の鉄砲方の首筋と胸を貫いた。

凄《すさ》まじい破壊力と飛翔《ひしょう》力だった。

三人の鉄砲方の残り一人は岩場に短矢で縫い付けられるように押し潰《つぶ》された仲間二人の光景に恐怖に襲われたか、鉄砲を片手に提げて岩場に立ち上がった。

「由五郎、撃て、撃たぬか！」

義宗が絶叫すると抜身を構えて走り出し、由五郎と呼ばれた若者が岩場で火縄鉄砲を構え直した。

その直後、再び弦音が御斎峠に響いて、由五郎の胸を射抜き、岩場から後方へと吹き飛ばした。

田之助が二本目の矢を番《つが》えて放ったのだ。

総兵衛の傍らから、柘植満宗が鞘《さや》を外した長刀を小脇《こわき》に抱えて、走り寄る叔父の柘植義宗に向ってゆっくりと進んでいった。

間合いが詰まった。

「総兵衛様、ご検分あれ！」

満宗の口からこの言葉が峠に響きわたり、

「転び者《もん》、覚悟いたせ」

とさらに宣告した。

叔父の振り下ろす刃と甥《おい》の掬《すく》い上げる反り刃が交錯した。

総兵衛は倅《せがれ》の死に動揺した父の斬《き》り下ろしより、満宗が掬い上げた反り刃が緩やかな円弧を描いて伸び、叔父の腰を捉《とら》えて斬り割り、横手に飛ばしたのをしっかりと見た。

「見事なり、満宗」

腰の据わった一撃を称賛した総兵衛が峠の空に向って叫んだ。

「強脛の冠造、次は正面から来よ、いつなりとも待っておるでな」

総兵衛の叫び声に薩摩衆の気配が御斎峠から消えた。

そして、峠下から錯乱した泣き声が峠に伝わってきた。柘植義宗に唆《そその》かされた五人目の最後の一人であろう。

「桜子様、峠を越えますぞ」

と総兵衛は満宗が叔父を斬った哀しみを見るのを耐え切れず桜子に呼びかけ、御斎峠の頂きの端に立った。その後に北郷陰吉としげが従い、陰吉が呟《つぶや》く声が総兵衛の耳に届いた。

「あいが転び者《もん》の行く末じゃっど」

その言葉は薩摩から転んだ己に言い聞かせているのだ。

白一面の近江、伊賀、そして大和の国々が浮かび上がった。

一行は御斎峠で柘植衆が相争った悲劇を一瞬忘れ、美《うま》し国の雪景色に見惚《みと》れていた。

第四章　峠からの文

一

江戸の富沢町《とみざわちょう》では柳原土手の露天商の古着屋と合同の古着大市の仕度に追われていた。春に富沢町で催された大市は盛況裡《り》に終わり、師走《しわす》の開催が場所を柳原土手に変えて三日間行われることが決まっていた。それも刻限は五つ（午前八時頃）から仕度を始めて五つ半（午前九時頃）に店開きし、暮れ六つ（午後六時頃）の店仕舞いと長時間の営業が許されていた。

だが、開催までに紆余《うよ》曲折がなかったわけではない。

南町奉行所市中取締諸色掛与力土井《どい》権之丞《ごんのじょう》の横槍《よこやり》で開催が危機に晒《さら》されたのだ。むろん町奉行所の一与力の判断でできることではない。

江戸町奉行職は旗本から抜擢《ばってき》され、三千石高、位は従五位下朝散大夫《ちょうさんたいふ》、詰めの間は芙蓉《ふよう》の間であった。幕府では寺社奉行、町奉行、勘定奉行の順位で三奉行と称された。

旗本から選ばれる町奉行職は宝暦五年（一七五五）から役料二千両、要職であった。だが、老中支配下の南北二人の町奉行は幕閣の恣意《しい》で交代させられた。それに比して、その支配下の与力二十五騎、同心百二十人は一代抱席《かかえせき》で一年かぎりの職階でありながら、仕来《しきた》りとしてよほどの失態がないかぎり、嫡男《ちゃくなん》養子が跡を継いだ。それだけに数年交代の奉行より役務に通暁《つうぎょう》していた。

一介の与力土井権之丞の越権横暴の背後には、

「奉行職は一時《いっとき》、なにも知らずに首を据え変えられ、新たな奉行が補職されてきおるわ」

という傲慢《ごうまん》な考えの他に今一つ、古着商を束ねる惣代《そうだい》格である大黒屋の力を減じようとする江戸の薩摩屋敷の密《ひそ》やかな企《たくら》みが背後にあってのことだった。

寛政十年（一七九八）に南町奉行職に補職された根岸鎮衛《やすもり》は十八年にわたり、奉行職を務め上げる人物であり、強《したた》かな相手だった。

大黒屋にとって当初根岸奉行の考えの見当がつかず、どう間合いをとってよいか苦労した。

根岸の内与力田之内泰蔵《たいぞう》と大黒屋の大番頭光蔵《みつぞう》らのお膳立《ぜんだ》てで、根岸奉行と総兵衛自らが山谷の料理茶屋八百善で密かに会談し、お互いの考えを腹蔵なく開陳した末に、阿吽《あうん》の呼吸で職権を大きく逸脱した土井の抹殺《まっさつ》が決まったのだ。

かくて邪魔者は除かれ、土井の骸《むくろ》は江戸湾の海底に沈められていた。そこで秋の開催中止を余儀なくされていた古着大市が師走に時期を移して開催されることになった。

このことは南町奉行の根岸にとっても悦《よろこ》ばしいことであった。

なぜならば、町奉行職は江戸の治安と同時に物価安定を始め、江戸の景気を活性化させることが大きな責務であったからだ。

春の古着大市は江戸じゅうの評判を呼び、数えきれない客が押しかけ、何万両と推定される売り上げがあった。

江戸の町方の暮らしが活気づくのは町奉行職の功績となるのだった。

南町奉行の根岸が大黒屋と手を組んだことで、長期町奉行根岸時代が始まったといえた。

秋の開催を予定していた古着大市は、時期を師走に移しての開催と、改めて奉行所との合意が定《きま》った。だが、師走は正月を控えてあれこれと行事があった。そこで十一月末から師走始めの三日間開催と日取りが決まり、連日富沢町と柳原土手の集いが行われていた。

今日も今日とて大黒屋の大番頭の光蔵が小僧から手代見習いに昇格した天松《てんまつ》を船頭にして富沢町から柳原土手に向おうとしていた。

天松が小僧から手代見習いに昇格した経緯はこうだ。

旅先の総兵衛が伊勢に向う道中の事情を書き記した最後に天松の手代見習い昇格が大黒屋の光蔵に命じられてあったのだ。

その夜、光蔵は店仕舞いしたあと、奉公人一同を集め、総兵衛一行が六代目総兵衛の遺徳を偲《しの》び、伊勢詣《もう》でに向ったことを告げた。当初、伊勢詣では予定になかった企てであった。ゆえに奉公人一同が頷《うなず》いたり、驚いたりした。

奉公人の驚きが静まったとき、光蔵は総兵衛から天松の小僧卒業の命があったことを告げ、こう言い足した。

「天松だけが小僧から手代見習いを命じられたわけはな、お仕着せの裾《すそ》から長い脛《すね》を出して働くのはお客様の目障《めざわ》りと思われてのことです、この光蔵は総兵衛様のお気持ちをそう察します」

旅先から格別の出世の報に一瞬驚かされていた奉公人たちが、

「いかにもさようです、大番頭さん」

とか、

「総兵衛様はすべて見通しじゃ、天松の脛毛は見っともない」

などと大うけで笑いが起った。

「大番頭さん、私はこの脛のせいで小僧から手代見習いになったのですか」

天松が悩ましげに長い脛を見た。

「不満ですか、天松」

「いえ、けっしてそのようなことはございません。ともあれ脛が隠れるお仕着せを頂けるのならば嬉《うれ》しいです」

天松が光蔵からおりんに視線を移して訴えた。このところ急に背丈が伸びて、とても小僧のお仕着せでは脛の隠しようもなかった、そのことを天松も恥ずかしく思っていたのだ。

「天松さん、おめでとう。一人だけお仕着せの新調はできません。古着の中からよきものを見繕い、天松さんの身丈に合わせて私が仕立てます。一日二日待って下さいね」

「おりんさん、有り難う。もうこれで、甲斐《かい》も信玄もさくらも私を馬鹿《ばか》にしないと思います。なにしろあやつら、私を小僧だと小馬鹿にして、私の短い裾に食らいついて言うことなど聞かないんですから。猫の九輔《きゅうすけ》さん、あいつらによう言い聞かせて下さいよ、もう天松は小僧じゃないってね」

「天松、それはそなたが甲斐たちに自ら認めさせることです」

先輩手代の九輔があっさりと突っ放した。

「ともあれ、天松が手代に相応《ふさわ》しいかどうかはこれからの奉公ぶりで決まります。よいな、天松、一日も早く見習いの三文字がとれるように務めに励み、総兵衛様のお気遣いに応《こた》えるのですぞ」

光蔵の訓示を天松が感激の体で受けたのはつい数日前のことだった。

猪牙舟《ちょきぶね》を漕《こ》ぐ天松の脛は、おりんが仕立て直してくれた縦縞《たてじま》の木綿地のお仕着せに隠れていた。さらに髷《まげ》も結い直されて急に大人に変じたようだった。

櫓《ろ》を漕ぐ天松を眼に止めた光蔵が、

「天松、そなた、また背丈が伸びたのではございませんか」

「はい、今朝方、台所の柱で測りましたところ五尺九寸はこえました」

「その分ならば早晩六尺（約一八二センチ）を越えそうですな。手代になっても脛を見せて歩き回りますか」

「大番頭さん、止《や》めて下さい。もうそろそろ伸びは止まります」

と応じた天松が大川を新大橋から両国橋へと漕ぎ上がりながら、

「総兵衛様方はもはや伊勢詣では済まされましたよね」

「いくらなんでも伊勢に長逗留《ながとうりゅう》はなさるまい。それにしても道中あれこれあることです」

「えっ、総兵衛様の道中になんぞ差し障りがございますので」

「あったとしても天松を差し向けはしません」

「大番頭さん、そんな気持ちではございません」

話しながら漕ぐ天松の櫓さばきはなかなかのもので、大きくなった体をしならせての力技にいつしか猪牙舟は両国橋を潜《くぐ》り、神田川に入ろうとしていた。

「鳶沢《とびさわ》村を見張っていた薩摩の密偵が総兵衛様の力に屈して転んだことは承知じゃな」

「大番頭さんが鳶沢村の安左衛門《やすざえもん》様の手紙に書かれてあった出来事を話して下さいましたゆえ承知です」

「北郷陰吉《きたごうかげよし》なる老密偵じゃそうな。こやつを一行に加えられたためもあって薩摩が総兵衛様一行を付け狙《ねら》っておるそうな」

「大番頭さん、総兵衛様には手代の田之助さんしか従っておられませんよ」

と天松が心配げな声で応じた。

「桜子《さくらこ》様も同行なされ、鳶沢村からしげも従っております」

「女二人では薩摩が襲うてきたとき、足手《あしで》纏《まと》いになっても役には立ちませんよ」

「さあてどうかな」

と答えた光蔵が、

「駿府から京までせいぜい十数日もあれば着くかと思うておりましたがな、未《ま》だ旅の途中のような気がします」

「えっ、まだ旅をしておられますか」

光蔵は天松の問いに頷き、

(こたびの道中は大黒屋にとって大きな意味を持つことになりそうな)

と考えた。

「大番頭さん、聞いてようございますか」

「おまえがわざわざ断るときは碌《ろく》でもない問いですよ、なんですね」

「桜子様と総兵衛様は仲睦《むつ》まじいですよね」

「坊城家《ぼうじょうけ》とうちは百年の交わりゆえな」

「いえ、大番頭さん、両家の話ではございません。桜子様と総兵衛様の話です」

「お二人の話とはなんですね」

光蔵は天松の口調に乗せられてついつい尋ね返していた。

「桜子様が総兵衛様のお嫁さんになられるといいなと思っただけですよ」

「天松、うちの主《あるじ》様は一族の女と夫婦《めおと》になるのが仕来りです」

「六代目総兵衛様は一族ではございませんでしたよ」

「六代目の美雪様は格別です」

と答えた光蔵だが、

（桜子様と総兵衛様ならば申し分ないが）

と旅の徒然《つれづれ》が二人の間柄を近づけてくれるようにと思わず念じていた。

「やっぱり、大番頭さんもそう考えておられるのだ」

「これ、天松、そのようなことをお店で口外するのではありませんぞ」

「大番頭さん、うちの奉公人ならば全員がそう考えてますって」

「なに、皆がそう考えておるってか。うーむ、どうしたものか」

「どうしたものかって、人の恋路は他人がどうこうできませんよ」

「おまえ、そのようなことを」

と小言を言おうとしたとき、

「はい、大番頭さん、柳原土手の船着き場に着きましたよ」

と天松が光蔵の小言を封じて猪牙舟を岸に寄せた。

船着き場はごった返していた。

材木や竹を積んだ荷船で大変な混雑ぶりだ。

富沢町と違い、柳原土手は柳原通りが一本東から西へ十数丁伸びているだけだ。土手の反対側の南側は、郡代屋敷や常陸谷田部《ひたちやたべ》藩の上屋敷があったりと、町屋は少ない。そこに富沢町の古着屋何百軒が出店を出そうと押しかけていくのだ。そんな広い空地はない。鎌倉町や龍閑町《りゅうかんちょう》の代地の空き地を借りて、仮店《かりだな》を建てているのだ。

このところ光蔵は富沢町の名主らと連日のように顔合わせして、仮店の場所決めを終えたところだ。だれもが通りに面した場所を望むのは分っていたし、人通りの少ない場所には不満をいうことは容易に考えられた。

そこで光蔵の発案で限られた場所を十区画に分けて、富沢町の古着屋を割り振りし、区画をさらに細かく割って籤引《くじび》きとした。

なんとか籤引きまで漕ぎ付けていたが、たとえ籤引き抽選であっても、

「大黒屋さんよ、なんでうちが谷田部藩の裏手なんだよ。うちは大黒屋さんと長い付き合いじゃないか、どうにかしてくれよ」

と文句を言ってくる古着屋もいた。

「新八さん、そりゃ無理だ。ああたが自ら引き当てた籤ですからね。文句のいいようもないと思うがね」

「一人くらいなんとかならないか」

「なりません」

「頼むよ」

「ならばうちと場所を交換しましょうか」

「えっ、大黒屋さんはどこだえ」

「八辻原《やつじがはら》の東外れ、稲荷《いなり》社の前です」

「えっ、柳原土手からだいぶ離れてないか」

「籤運にございます、致し方ございません」

「大黒屋がそんな辺鄙《へんぴ》な場所を引き当てたか。おれ、この場所でいい」

古着屋惣代《そうだい》格の大黒屋ですら商いに不向きと思われる場所しか得られなかった公平な籤引きに得心して、新八は引き下がった。そんなこんながあっての仮店建設だ。

天松が猪牙舟を舫《もや》う間、光蔵が船着き場に立っていると、

「大黒屋の大番頭さん」

　と土手上から声がした。

　柳原土手の世話方の浩蔵《こうぞう》と砂次郎が捩《ね》じり鉢巻きで立っていた。

「なにか不都合はございませんかな」

「不都合はねえがよ、南町の内与力様が見回りにくるとよ、ちょうどよかったよ。わっしらじゃ、内与力様なんて応対できねえもの」

　と砂次郎が叫び返してきた。

「おや、田之内様がお見回りですか」

「南町の同心の旦那《だんな》が四半刻《しはんとき》（三十分）前に伝えていきましたので」

「その同心のお方のお名前はなんですね」

「名前なんて聞かなかったよ。だってよわっしら、役人とは相性悪いもの。普段からここでは商いはならぬ、早々に立ち退かぬと鑑札を取り上げるぞ、なんぞと、いたけだかのお叱《しか》りばかりだ。ありゃ、定廻り同心だったよ」

「市中取締諸色掛の池辺《いけのべ》様ではございますまいな」

「あの格別に威張り散らす横柄《おうへい》な池辺はよ、ここんとこ、なんだか元気がねえぜ。しょんぼり青菜に塩って面《つら》でさ、こそこそこの界隈《かいわい》を歩いていらあ」

と砂次郎が答えた。

市中取締諸色掛与力の土井権之丞が突然行方を絶ち、その忠実な支配下だった同心の池辺三五郎は後ろ盾を失い、急に精彩を欠いていた。

そのことを光蔵はとくと承知していた。

池辺は土井権之丞が行方を絶った当初、上役が囲っていた深川今川町の妾宅《しょうたく》を訪ねていた。だが、土井どころか妾《めかけ》のおさよも小女も見当たらず妾宅はがらんとして無住であることを示していた。そして、屋内にうっすらと血の臭《にお》いが漂い、それが土井の運命を暗示しているようで、池辺三五郎は急いで妾宅を抜け出してきた。

そんな様子は大黒屋の手代の晃三郎《こうざぶろう》らがしっかりと見届けていた。むろんおさよを立ち退かせたのも大黒屋の手筈《てはず》だ。

池辺三五郎も土井といっしょに始末することが検討されたが、田之内泰蔵は、

「今一つ、腐った蜜柑《みかん》は一つでよかろう。同心の池辺某は生かす途《みち》を考えたい。

われらの責務でもある」

と放置を命じていた。

だが、池辺三五郎の周りから大黒屋の監視の眼が消えたわけではない。

未だ市中取締諸色掛同心として古着大市の開催にはいちばん関わらなければならないはずの池辺は、これまで一度も柳原土手に姿を見せてなかった。

「お待たせしました」

と天松が光蔵に言い、船着き場から柳原土手に上がった。

いつもの柳原土手と一変していた。

元々神田川の岸辺には大水で上流から流されてきたか、何本か柳が生えていたそうな。それを見た太田道灌《どうかん》が江戸城の鬼門よけに柳を植え足した。

万治《まんじ》二年(一六五九)には神田川掘削普請《ぶしん》で出た土を両岸に盛り、河岸《かし》道に土止めのために柳が移植された。さらに八代将軍吉宗《よしむね》が柳を新たに補植して、
ただ今の、

「柳原」

が誕生したのだ。

この堤上に土手店ができたのは延享《えんきょう》年間(一七四四~四八)のことで、北町

奉行能勢《のせ》肥後守頼一《よりかず》の認可があってのことだった。

店は、間口九尺（約二・七メートル）奥行三尺の畳床で、商いをしないときは畳んでおくことが義務づけられていた。ゆえに床店《とこみせ》といった。

なぜか土手店の大半は古着商で、床店の間にはむしろ敷きの天道干しが商いをしていた。

富沢町の古着屋町が武家、分限者《ぶげんしゃ》、在所の古着屋を始めとする裕福な階層や商売人を相手にする小売店兼問屋としたら、こちらは裏長屋のかみさんや職人相手の小売商いだ。

ともかく柳原土手の古着は安いのが特徴だ。その代わり、

「引っ張れば糸の乱れる柳原」

とか、

「柳原敷居も鴨居《かもい》もいらぬ見世」

とか古川柳に揶揄《やゆ》されてきた。ともあれ富沢町と柳原土手は客層の違いもあって、仲良く古着商いを棲《す》み分けていた。

土手の床店は商いをしていたが、古着大市の前とあって客は少なかった。そ

の分、目立つのは富沢町の番頭や手代たちで自分たちの仮店の開店準備に大忙しの景色であった。

「おや、大黒屋の大番頭さん、見回りでございますかな」

「備後屋さん、なんぞ不都合はございませんか」

「あと二日に迫った師走《しわす》の大市、この狭い仮店にどう品を置こうかと頭を悩ますくらいです」

「そこがああた、備後屋さんの工夫にございますよ」

富沢町の実質上の惣代《そうだい》の総兵衛がいない以上、大番頭の光蔵が大黒屋の出店ばかりか、師走の大市の仕度具合を見まわるしかない。むろん古着商いの表裏にかけては若い総兵衛より光蔵のほうが何十倍も承知していた。

だから、処々方々から光蔵に声がかかった。それらに一々相談に乗り、なにかと知恵を絞って見回りを続け、最後に大黒屋の出店にやってきた。

筋違橋御門《すじかいばしごもん》のある火除《ひよ》け地を兼ねた広場をこの界隈の人間は、八辻原と呼んだ。町屋と武家地の境目で広場に八つの通りが合流していたからだ。

そんな小柳町三丁目の一角に稲荷社があった。

この境内を使わせてもらうのが大黒屋の出店の割り分だった。

実は、これは籤引きの結果ではない。富沢町の何百軒もが柳原土手に仮店を出すには最初から場所が不足していた。

あれこれと工夫してなんとか最後まで区割りしたが、飛び離れた稲荷社の境内に手を上げる者は、富沢町の名主ですらだれ一人としていなかった。

そこで光蔵がおりんと二番番頭の参次郎とに相談し、

「まあ致し方ありません。うちが飛び地で柳原土手の古着大市の呼び込みを務めましょうかな」

と決めた。

光蔵はこたびの師走大市で大黒屋自身が儲《もう》けるという考えは捨てた。

だが、二番番頭の参次郎は、飛び地であれ、

「商いは商いでございます、諦《あきら》めたらおしまいです」

とばかり狭い稲荷社の石の塀を跨《また》いで仮店を工夫して、大黒屋の特徴を出そうと知恵を絞っていた。

「大番頭さん、ちょうどよいところにお出《い》でになりました」

と手薬煉《てぐすね》引いていた感じの参次郎が迎えた。

「どうしなさった、二番番頭さん」

「品ぞろえをちと考えました。ひょろびりの柳原土手の師走大市でございます。安古着は柳原土手に任せて、京の新古物の一点ものを主に扱うてはなりませぬか。数は売れぬかもしれませんが値が張りますので売り上げはそこそこに出るかもしれません」

「ほう、考えなさったな。この八辻原の南側は大名屋敷や大身旗本のお屋敷が並びます。それは面白い手立てかもしれませんな」

「お許し頂けますか。ならば早速店に立ち返り品選びを始めます」

「許しましょう。その代わりです、うちの役目は柳原土手の宣伝にあい務めることも兼ねております、そのことを忘れぬようにな、参次郎」

「はっ、はい」

「うちだけの商いに走っては総兵衛様の沽券《こけん》に関わります。この稲荷社から一人でも向こうの大市の賑《にぎ》わいへ足を運んでもらうような工夫を考えて、なんぞ仕込みなされ」

と課題を与えた上で許しを下した。

二

光蔵が天松を従え、柳原土手に戻ると、ちょうど南町奉行の懐刀《ふところがたな》、内与力田之内泰蔵が同心らを引き連れて、師走古着大市の下見に訪れていた。柳原土手の世話人らが固い表情で畏《かしこ》まって案内方《あないがた》を務めていたが、光蔵の顔を見付けて、ほっと安堵《あんど》した。

田之内は折しも仮店《かりだな》と仮店の間の通りの幅を検分しているのか、光蔵に気が付いていなかった。

光蔵のほうは、田之内の同行の同心の一人が土井権之丞の腹心であった市中取締諸色掛の池辺三五郎と気付いた。

先方も光蔵を見て、びくり、と不安の表情を顔に疾《はし》らせた。

「これはこれは、田之内様、お見回りご苦労に存じます」

光蔵の声に田之内が振り向き、

「おお、大黒屋の大番頭どのか」

と敬称までつけて呼びかけに応じたものだ。それは南町奉行所と富沢町惣代格の大黒屋の大番頭が親しい交わりであることをその場にある人々に改めて知らしめる言葉となった。柳原土手の世話方たちは、

（これで師走古着大市がうまくいく）

と安堵した。

「仮店と仮店の間は本来ならば一間（約一・八メートル）は欲しかったのですが、なにしろこの界隈《かいわい》には余り空地がございませんでな、富沢町の仮店もあちらこちらに点在する有様でございますよ。このあたりは鎌倉町の代地で空地が細長い短冊《たんざく》型ですが、二百数十坪まとまってとれました。ここに百軒近くの仮店が櫛比《しっぴ》致しますのでな、通りが四尺五寸（約一・四メートル）ほどしか取れませなんだ。大勢が混雑しますと、大事になりかねません。出入り口に人を配して込み合う折には客の出入りを制限しようと考えております」

「四尺五寸な、人が二、三人ようやくすれ違える幅か」

「まあ、古着屋巡りの醍醐味《だいごみ》は、客と客が肩を接したり、同じ縞物《しまもの》の袷《あわせ》を取り合ったりするところでございますでな、これはこれで楽しいものかと存じま

す」

「そうか、通りの出入り口に人を配するか」

「こたびは秋から師走に時期が思わず延びましたでな、その間を利用して出店商人とは別に世話方の法被《はっぴ》も模様替わりで作らせました。揃《そろ》いの法被をきて、客を誘導する心づもりでおります」

「さすがは大黒屋、手慣れたものよのう。柳原土手の連中に聞いても、なにを言うておるのか、よう分からん」

と田之内がぼやき、

「池辺三五郎、そのほう、大黒屋の大番頭は承知であろうな」

とわざと声をかけた。

「はっ、はあ、それがし、市中取締諸色掛ゆえ光蔵とは面識がございます」

「大市が始まれば大勢の客が詰めかけ、騒ぎになる。そのほうらの役割は古着大市が混乱に陥ることなく、また大過なく終わることじゃ。そのことをとくと心得て、富沢町や柳原土手の世話方と連携を密にして働け」

はっ、と池辺も畏まるしかない。

むろん田之内は池辺の上役であった土井権之丞が大黒屋の手によって密《ひそ》かに始末されたことを承知していた。なにしろ土井始末を最終決断したのは根岸奉行なのだから知っていて当然だった。

永年の役職をよいことに江戸じゅうの店から賄賂《わいろ》を強要し、土井が得た不正の金子は数百両、あるいは千両近くにも上ると推定されていた。それが証拠に深川今川町の妾宅《しょうたく》と八丁堀の屋敷から、四百七十余両もの金子と真新しい櫛《くし》、笄《こうがい》、絹布の反物、小間物、珊瑚玉《さんごだま》など多数の贅沢品《ぜいたくひん》が見付かった。

とても一与力の蓄財ではない。

南町奉行所では、根岸の判断で土井権之丞の嫡子《ちゃくし》の秀之助を与力見習いとして出仕させることにした。大黒屋としては、二番番頭の参次郎らが見つけた金品は南町奉行所にそっくり渡していた。

「おお、そうじゃ、池辺を残しておこう。光蔵、役人というもの、他人に命ずるばかりで自らは動こうとはせぬ連中だ。池辺三五郎を奉公人と思うて存分に汗を掻《か》かせよ」

「まさか古着屋風情《ふぜい》が南町奉行所の敏腕の同心様に汗を掻かせる真似《まね》は出来か

ねます。ともあれ、大市開催の三日間は神田川に船を止め、そこを臨時の番所として池辺様方に待機していただく所存にございます。なんぞ騒ぎが起った折には、ご出動のほどお願い申します」

「神田川に船を浮かべての番所な、考えたな」

「船で大市に乗り込む客が銘々勝手に神田川に船を舫《もや》われては水運に支障をきたしましょうでな、番所があれば取り締まることもできます。田之内様、私どもの世話方の詰所代わりの船を含めて四隻《せき》ほど神田川右岸に会期中舫うことをお許し下さいまし」

「よかろう、池辺、心得ておれ」

と上機嫌で田之内が承諾し、池辺に命じた。

「光蔵」

と田之内が光蔵一人を土手上に連れていった。

「お奉行も師走古着大市が盛況裡《り》に終ることを願っておられる。というのも幕閣には、なぜ古着屋風情の催しにそれほど町奉行所が力を貸さねばならぬかと不満を洩《も》らされるお方もおられるそうな。だがこのご時世、町方の商いが潤《うるお》わんと江戸そのものから活気が失われる。引いては不景気の到来などという事態を招くわけにはいかぬ。ともかくうちのお奉行としては、年に二度の古着大市の催しを江戸名物として定着させ、活気を取り戻したいと考えておられるのだ。頼んだぞ、光蔵」

「お任せ下され」

光蔵には春の古着大市が成功裡に終わったこともあって、自信があったし、古着大市の開催を待ち望む人々の期待をひしひしと肌で感じていた。

頼もしいかぎりよ、と満足げに首肯した田之内が、

「土井から押収《おうしゅう》した金子な、南町奉行の探索費用に繰り入れた。それでよいな」

「むろんなんの異論もございません」

「そこで相談じゃ、金子はよいが、品物のほうをなんとか換金できぬか。奉行所の蔵に押収しておくだけでは生きた使い方とはいえまい。また腹黒い鼠《ねずみ》がこっそりと掠《かす》めていかんともかぎらぬ」

「土井様は、おさよなる妾《めかけ》に高価な櫛、笄など数々の奢侈《しゃし》品を贈っておられま

したでな、あれはどれも値が張る品でございますよ。さよう、考えがないでは
ございません」

「奉行所が売り出したなどと世間に知れぬ策があるか」

「うちの仮店がどちらか、田之内様はご存じですか」

「その方ら、えらく端っこじゃそうな」

「小柳町の稲荷社にうちだけがぽつんと離れております」

「考えがあってのことか」

「いえ、こたびの催しでうちは損して得とれ、縁の下の力持ちに徹することにしました。そこで人の集まらぬあそこを自ら引き当てたという格好をとりましたのでございますよ」

「なに、策を弄《ろう》してわざわざ最低の場を選んだか」

「生来奉公人の私は一文でも儲《もう》けの場所を引き当てるのが務めにございますがな、総兵衛様がお戻りになられた節にはお詫《わ》び申します」

「それでものう、一店だけまま子扱いは辛《つら》かろう」

「ともかくぽつんと離れていますゆえ古着では客は集りますまい。そこで二番

番頭が知恵を絞りましてな」

と参次郎の考えを披露し、

「京下りの新中古の反物やら、小物など値の張る品だけを集めて売ろうかと考えております。お目こぼし願えませぬか」

「古着大市の趣旨とはいささか異なるのう」

「その代り、その稲荷店で土井様の妾の品々を値安く売りに出せば、催しの間に換金できますよ」

「おお、考えおったな、その手があったか。おさよの品、どれほどになるかのう」

町奉行所も諸事倹約の時代、探索費に事欠くこともあった。ゆえに土井与力から押収した金品は探索費に使われるのだ。

「ともあれ、田之内様、うちにお持ち下され」

よし、決めたと古狸《ふるだぬき》二人の盟約がなった。土手を下りかけた内与力が、

「総兵衛はどうしておる」

「京への途中、伊勢詣《もう》でに立ち寄られたそうでございましてな。今頃ようやく

京入りをしておられるのではございませんか」

「まさか異郷に戻ったのではないな」

「十代目総兵衛様は六代目に劣らず聡明《そうめい》なお方です。大黒屋の百年の計を考え、徳川様のお国を知るために伊勢に詣で、京にて商いの諸々《もろもろ》を学ばれて来られるおつもりでございます。また京の案内方は中納言《ちゅうなごん》坊城様のお血筋のお嬢様ゆえ、うってつけのお役と申しております」

「さようか、総兵衛のおらぬ江戸はいささか淋《さび》しいの」

と言い残した田之内が土手を下りながら、

「池辺三五郎、この場に残れ」

と命じて柳原土手から去っていった。

しばし土手上に立って沈思していた光蔵が所在なく残された池辺三五郎を手招きした。池辺は抵抗するように光蔵の誘いに応じようとしなかった。だが、傍らに寄った天松が、

「池辺様、うちの大番頭が呼んでおりますよ」

とわざと催促した。

舌打ちした池辺が渋々という顔で土手に上がった。

「池辺様、ご機嫌いかがですかな」

「よいわけがなかろう」

「おや、どうしたことで」

「惚《とぼ》けおって」

「なにを惚けておると申されますな」

　光蔵の視線が古着大市の仕度を忙しくなす柳原通りの光景をちらりと見て、再び池辺の顔を正面から険しくも捉《とら》え、返答を催促した。

「分っておろう。土井権之丞様の行方じゃ、わしは生死を案じておる」

「妾のおさよの姿もないとのことを承っております。二人して手に手を取り合って、おさよの在所にでも参られたのではございませんか」

「江戸者がどうして在所で暮らしが立つ」

「池辺様ならご存じにございましょう。土井様もおまえ様もお店泣かせのお役人でございましたからな。この光蔵、お二人がかなりの蓄財をしておられると睨《にら》んでおりました」

抜かせ、と池辺が呟《つぶや》いた。

「どういうことにございますかな、その言葉」

「奉行所内で奇妙な噂《うわさ》が流れておる。土井様が行方を絶たれた後、早々に嫡子が与力見習いでの出仕が決まった。ということは、もはや土井与力はこの世におらぬということではないか。そのような早技ができるのは大黒屋、おまえらだけだ。なにを土井様になした」

池辺三五郎の視線を光蔵は正視すると、

「そのような詮索《せんさく》は池辺様のおためになりますまい」

「脅す気か、おれにも考えがある」

「ほう、土井様という上役の後ろ盾を失い、幸橋御門内の薩摩屋敷にでも駈《か》け込まれますかな」

「肚《はら》を括《くく》れば出来ぬわけではない」

「池辺様、南町でも土井様の不正に加担した同心がおることを重々承知でございますよ。土井様が行方を絶たれた後、その方《かた》の処分が検討された」

「なぜそのようなことを」

「承知と申されますか、それは聞かぬが花。ともかくです、おまえ様が土井様の尻《しり》にくっつき、甘い汁を吸ってこられたことを、この光蔵、とくと承知しております。おまえ様が不正で得た金子をなにに使われておるかもな」

「な、なんだ、言いがかりをつけおって」

「おまえ様の道楽は釣りでございましたな」

光蔵の両眼がぎらりと光った。

「弓町の竿勘《さおかん》のつなぎ竿は、一本が何両も、物によっては何十両もするそうな。池辺様、おまえ様、何本竿勘の釣竿をお持ちですかな」

光蔵の言葉に池辺三五郎がぶるっと体を震わせた。

「三十俵二人扶持《ぶち》の同心風情で購《あがな》える竿ではございますまい」

「町方の与力同心にはそれなりの実入りがある」

「いかにもさようです。されど一本二本なれば購うこともできましょう。十五本ともなるとなかなかの値にございましたでしょうな」

ふうっ、と池辺が大きな息を吐いた。

「負けた」

「土井様に義理を立てなくてようございますか」

「そなたと話して土井様はもはやこの世の人ではないと分った。ゆえに大黒屋につく」

「当分、おまえ様の動きを見張り、働きを観察させて頂きます」

「転び者《もん》には選ぶ道などないわ、それが宿命《さだめ》であろう」

「根岸様の下で市中取締諸色掛を手抜きなく務められることです。まずはこの古着大市が無事に済むように警備方をな、しっかり務めなされ」

光蔵が南町奉行所同心に言い放った。

光蔵が天松の漕《こ》ぐ猪牙舟《ちょきぶね》で大黒屋の船着き場に戻ったとき、河岸《かし》道に手代の九輔が立っており、

「大番頭さん、お帰りなさいまし。女性《にょしょう》がお一人大番頭さんのお帰りを持っておられます」

「女性な、その言葉を聞いて胸がときめいたのはいつのことやら」

と呟き、

「おや、もはや大番頭さんは見目麗《うるわ》しい女の待ち人にも胸がときめきませんか」

と手代見習いの天松が思わず言った。

「九輔が見目麗しい女と言いましたかな」

「だって九輔さんが女性だなんてわざわざ言うんですよ。格別な人に決まってますよ」

「そうか、そうかもしれん」

と猪牙舟からいそいそと下りると、いつもより早足で河岸道への石段を上がった。

大黒屋の離れ座敷で光蔵を待っていたのは、坊城麻子《あさこ》であった。麻子の相手をおりんが務めて光蔵の帰りを待ち受けていたと思える。

「麻子様、お待たせ申しました。柳原土手に大市の下見に行っておりまして失礼をば致しました」

光蔵が女二人の前に座りながら言い訳した。

「うちが勝手に大黒屋さんを訪ねたんどす、考えたら江戸中が待ち望む師走大市の直前、光蔵はんが多忙なんは当たり前のことどしたから、そんなことも考えもせんと、訪ねてきたうちが悪いんどす。おりんさんから総兵衛様方がお伊勢参りに行かれた経緯を聞かされておりましたんや」

「うちでも六代目と因縁のある伊勢詣でをよう思い付かれたものだと話しておりましたところです。駿府の長老安左衛門さんの発案かなどと、おりんとも話しておりました。それはそれとしてあちらこちら、うちの主《あるじ》が桜子様を引き回して迷惑ではございませんか」

「迷惑ではございますまいかな」

　事実は光蔵が田之助に伊勢詣でに誘うよう発案したものだった。だが、古狸の大番頭は麻子に空とぼけて応じていた。

「迷惑ならば最初から京案内など申し出る娘やおへん。よほど道中が楽しいゆえ、道草を食うておるのんと違いますやろか」

　と麻子が謎《なぞ》めいた笑みを見せ、

「伊勢の前に総兵衛様と桜子が一行と分れて二人だけの旅をなしたことをお二人は御承知やろか」

　と問うた。

「えっ、総兵衛様と桜子様だけで旅にございますか、知りませんぞ」

光蔵が激しく顔を横に振った。

「なんぞ格別な事情が生じたのでしょうか」

おりんも案じた。

なぜか麻子の顔には微笑があった。

「さすがの大番頭はんもお分かりになりませぬか」

「見当もつきません、麻子様」

麻子の視線がおりんに言った。

「おりんさん、桜子の父親を知っておられますやろか」

思いがけない問いにおりんは、はっとしながらも、小さく頷《うなず》いていた。このことは光蔵から信一郎といっしょに聞かされていたからだ。

「亡《な》くなられたご老中松平乗完《のりさだ》様が麻子様の想《おも》い人、つまりは桜子様の父御にございますな」

「いかにもさようです。大給《おぎゅう》松平家は明和元年（一七六四）以来、東海道筋西尾を主に越前国南条、坂井、丹生《にゅう》三郡、河内国石川、渋川、若江三郡を足して六万石の領地を幕府から安堵《あんど》されております」

「そうでしたな」

光蔵は麻子がなにを告げんとするのか推測が付かず、ただこう相槌《あいづち》を打った。

「総兵衛様と桜子は二人だけで乗完様のお墓参りに行ったんどす」

光蔵もおりんも予想だにしない麻子の言葉に返答を詰まらせ、しばし沈黙した。

「麻子様、主の総兵衛は桜子様の父親がどなたかなど承知しておりません」

「光蔵さん、確かにご存じありませんでした」

と麻子が言い切り、

「旅の徒然《つれづれ》どっしゃろか、桜子が総兵衛様に自らの出生の秘密を語ったんどす。それで思い付かれた総兵衛様が桜子を誘い、西尾城下の大給松平家の菩提寺《ぼだいじ》盛巌寺《せいがんじ》を訪ねられ、さらにはその寺の和尚《おしょう》から岡崎城下外れの、足助《あすけ》街道雑谷下《ぞうやげ》の奥殿陣屋《おくとのじんや》が殿様の墓所と知らされ、そちらに回って乗完様の供養《くよう》を二人だけでなしたんどす」

光蔵もおりんもその景色を思い浮かべようとしたが、どうしても像が直ぐには結ばなかった。

「麻子様、失礼ながら麻子様と乗完様のことは江戸でも極秘のこと、麻子様は四十二の若さで乗完様が亡《な》くなられた時も二人だけの秘密を守り通されました。そのことを桜子様もまた隠し果《おお》せてこられたと思いますがな」

「光蔵はん、桜子自ら父がだれかを総兵衛様に告げたんどす、それを知らされた総兵衛様は桜子にお墓参りを提案なされたんどす。ゆえに二人だけが一行と分れて、松平乗完様の供養をしたんどす。お連れの方々にも知られてはならぬ内緒ごとでおます」

麻子が説明を繰り返した。

「麻子様、総兵衛様と桜子様は二人だけの秘密を持たれたということでございましょうか」

おりんが念を押した。

「おりんはん、そういうことどす。大黒屋さんには悪《あ》しきことどすか」

麻子の言葉に光蔵がにんまりと笑った。

「いえ、どうしてどうして、若い二人が内緒ごとを共有することがどんなことか、この老いぼれにもよう分かります」

光蔵の言葉におりんも頷き、

「松平の殿様のお墓参りの後に伊勢路に回られ、伊勢詣《もう》でをなされたのですね。お墓参りと伊勢詣ではなんぞ関わりがございましょうか」

とどちらに問いかけるともなく聞いた。

「さあてな」

と光蔵が首を傾《かし》げ、

「うちに想像できることがおます」

「なんでございましょうな」

「総兵衛様と桜子の書状から察して、京入りはまだまだのことではおへんか。一行はまたどこぞに立ち寄られているのんと違いますやろか」

「麻子様、言えますすぞ」

「道中が長くなればなるほど総兵衛様と桜子様の間が縮まりまへんやろか」

「時に喧嘩《けんか》をしたり、仲直りをしたりな。悪い話ではございませんな、麻子様」

「そういうことどす」

麻子の返答に二人も笑みの顔で応じた。

三

御斎峠のひと騒動のあと、総兵衛らは二手に分かれることになった。柘植《つげ》満《みつ》宗《むね》、新羅《しらぎ》三郎、信楽《しがらき》助太郎は、急ぎ峠から柘植陣屋へと引き返すことになった。

その経緯はこうだ。

身内同士、叔父と甥《おい》の立ち合いの哀しみを振り切り、総兵衛の旅に同道しようという満宗に、

「満宗、この峠よりそなたら柘植陣屋に戻れ」

と総兵衛が命じたのだ。その言葉に驚いた満宗が悲痛な表情で問い返した。

「総兵衛様、われらの道案内では頼りになりませぬか」

「満宗、そうではない。最前から白一色の雪景色に眼を奪われていたがな、胸の奥でなにやら不安を生じてな、私に訴えているのだ。義宗らが薩摩に頼った経緯が気にかかる、そうではないか。われらが柘植陣屋に立ち寄り、柘植衆が鳶沢一族に身を寄せる結果に立ち至った。ために義宗ら五人が柘植衆を抜けて転び者《もん》になったと思うたな」

「普段より不満を持つ義宗叔父にございます、総兵衛様方の立ち寄りとその後の話し合いは偶《たま》さかのことにございます」

「あるいはこうも考えられぬか。京の薩摩屋敷と柘植義宗らは前々から盟約を結んでいたとしたらどうなるな。薩摩と義宗らが手を結んでいたからこそ、われらの後を迅速に尾行してきたのではないか」

「叔父は以前から薩摩の下にいたと申されますか」

「たしかな話ではない。だがそう考えたほうが御斎峠の待ち伏せが得心できる」

「ですが、叔父ら五人のうち、四人までは始末し終えました」

「薩摩に試されたのか、使い捨てにされたか。義宗ら四人は御斎峠で果てた、もはや残る一人がなんぞ仕掛けることはあるまい」

「転び者で生き残ったは叔父の家の小者にございます、総兵衛様が申されるように龍吉がなんぞ仕掛けることは万々ございますまい」

満宗の返答に首肯した総兵衛が、

「私が気にかけるのは鳶沢一族に与《くみ》することになった柘植衆のことだ。京の薩摩屋敷が別の手を出すか、あるいは最前御斎峠から消えた面々が柘植陣屋を襲いはせぬかという憂《うれ》いじゃ」

「ああ」

満宗が悲鳴を洩《も》らした。

「柘植衆と鳶沢一族は未《ま》だ仮祝言《かりしゅうげん》の夫婦のような間柄じゃ、なれど薩摩は鳶沢一族が勢力を増すことをよしとしまい。満宗、そなたらは早々に柘植陣屋に立ち戻り、宗部《そうぶ》に御斎峠の出来事を報告し、急ぎ対応をなせ。柘植陣屋で薩摩衆を支えきれずば、前もって郷に下りることも考えよ。あるいは分散し、駿府鳶沢村に移ることも考えよ。鳶沢村の長老鳶沢安左衛門に宛《あ》てて、そなたらと盟約を取り決めた経緯をいまこの峠にて記す。その書状をもって御斎峠を下れ」

「相分かりました」

と満宗がようやく得心し、

「総兵衛様、われら、神君伊賀越えの道案内を務める約定にてこの峠まで同道致しました。柘植陣屋に馳《は》せ戻るのはそれがし、新羅三郎、信楽助太郎の三人と致し、次郎とだいなごんは奈良街道まで同道させて道案内を務めさせて下され」

と願った。

三郎らは義宗が柘植陣屋から持ち出した三挺《ちょう》の猟師鉄砲を回収して手にしていた。

総兵衛は満宗の願いを聞き届けた。だが、書状を認《したた》めるのに刻《とき》を要した。鳶沢一族の十代目の総兵衛勝臣だが、新たに柘植衆を加えるのは総兵衛の独断だ。ために安左衛門に縷々《るる》経緯を説明し、交易船団に割かれた一族の補強を考えてのことだ、また柘植衆はそれに値する戦闘集団だとも記した。そして、最後に江戸の光蔵には京より早飛脚を立てて事情を説明すると書き加えた。

総兵衛の傍らでも桜子がまた母親の麻子に宛てた文を認めていた。

その後、総兵衛の一行は御斎峠から書状を懐《ふところ》にした柘植満宗らと総兵衛らとの二手に分かれることになった。

御斎峠で刻を費消したこともあり、多羅尾《たらお》の郷を経て小川城跡の集落で柘植衆の知り合いの家に一泊することになった。さらに翌朝、小川を七つ半（午前五時頃）に出立し、朝宮、宇治田原を経て飯盛山から奈良街道に出たのは、柘植陣屋を出て、四日目のことであった。

御斎峠の後も総兵衛らは、一行を見張る眼を何度か意識した。だが、薩摩衆が姿を見せることはなかった。

「次郎、だいなごん、もはや人の往来の頻繁な奈良街道である。いくら薩摩とて天下の往来で悪さは仕掛けまい。ここから柘植陣屋に引き返さぬか」

「総兵衛様、われら、京まで同道せよとの満宗の命を得ています。ここから引き返すより京に入ったほうが柘植陣屋への帰り道は近く、半日早く柘植陣屋に帰ることができます」

新羅次郎の返答にこれまでどおりの陣容で奈良街道を北にとり、宇治川に架かる観月橋を渡って伏見を経て、羅城門《らしょうもん》跡から朱雀大路《すざくおおじ》に入った。

江戸を出たとき、晩秋の候であった。だが、今や冬が到来し、総兵衛らは気付かなかったが明日から師走《しわす》の入りだった。

「総兵衛様、ようよう京に着きましたえ」

「桜子様、江戸から長い旅路をさせましたな。すべて総兵衛の気まぐれにございます、お許し下され」

総兵衛が桜子に詫《わ》びて頭を下げた。

「総兵衛様が詫びることとおへん。うちが望んだことどす」

「旅は海路のイマサカ号から始まりましたな」

「イマサカ号はどこまで行ったんやろか」

「琉球《りゅうきゅう》にて最後の荷を積み、こたびの交易の頭取鳶沢仲蔵《なかぞう》ら十数人が最後に乗り込み、さらに南を目指しておりましょうな」

「二隻《せき》の船に大勢の人が乗り組んでおられますんやな」

「われらが乗船した折は百三十余人にございましたがな、駿府の江尻沖で鳶沢村の大工方の梅五郎らすでに異国交易を承知の十五人が加わり、私ども三人が下りましたな。琉球で仲蔵らが乗り組んで、百六十余人を数えましょう。それでも今後、薩摩との抗争や海賊の襲来を考えますと、この倍は要ります。柘植衆が海に慣れ、船を覚えてくれれば大きな助けになりましょう」

総兵衛様、と遠慮げな声がした。馬を引くだいなごんだ。

「なんですな、だいなごん様」

「様は要りませんよ」

「京に入ればだいなごんは高官にございますな、桜子様」

「うちの実家より位は上どす、右大臣に次ぐ高官どす」

「柘植のだいなごん様と、やはり様が要りますな」

と珍しく総兵衛が軽口を叩《たた》き、

「なにか尋ねたいのか、だいなごん様」

「総兵衛様、おれも船に乗りたい」

「だいなごんもな。山と違い、海は厄介じゃぞ。まずは船酔いをなんとか克服せねばならぬからな」

「船酔いとはなんですか」

「イマサカ号は船長二百余尺の大船じゃ。だが、大海原では一粒の砂ほどの大きさしかない。海が荒れると高さ七、八丈（二十数メートル）の波が襲いくる。船は木の葉のように縦揺れ横揺れと揺さぶられる。初めて船に乗る人はこのうねりにやられる」

「どうすれば船酔いは直りますか」

新羅次郎が思わず会話に入ってきた。

「海に慣れ、船に慣れるしかない」

「慣れるものですか」

「次郎、異国への航海は百日以上もかかる、時として何年がかりのこともある。船酔いに慣れねば苦しみ悶《もだ》えて死ぬことになる。ゆえに必死でだれもが船に慣れようとする。慣れるしか方策はないのだ、次郎、だいなごん」

「次郎はん、だいなごん様、慣れますえ。うちも江戸湾口から駿府の江尻沖まで乗せてもろうたんや。うちは船酔いしませんどしたえ」

「えっ、桜子様は船酔いされなかったか」

「もっとも海は穏やかでしたんや、それに脇《わき》に総兵衛様がおられましたしな」

「桜子様が乗れるんなら、おれも乗れる」

「だいなごん、山と海との違いはな、海にはもっと恐ろしいことがあることだ」

「船酔いよりもか」

「船酔いなど大したことではない。一時の苦しみに過ぎぬ。じゃが、大海原を行く帆船にとって無風に陥ったときは、もはやどのような老練な船長《ふねおさ》も手のうちようがない。ただ風が吹くことを祈るだけです」

「風がないと船は動かぬか」

だいなごんがぽつんと呟《つぶや》いた。どう頭で考えてもその光景が浮かばぬらしい。

「総兵衛様、いくら京に入ったというて、羅城門跡で立ち往生していたら、うちに着かしまへんえ」

桜子が促し一行は朱雀大路を北へと歩き出した。

桜子の実家、中納言《ちゅうなごん》坊城家は今上天皇の近習を務め、たびたび幕府に対する外交官たる朝廷勅使を命じられてきた大納言柳原家と縁戚《えんせき》の間柄だ。

坊城家の当主は公望《きんもち》、柳原家は資親《すけちか》の代を迎え、今上天皇の覚え目出度《めでた》き両家であった。

だが、徳川幕府開闢《かいびゃく》以来、朝廷はあらゆる権力を剝《は》ぎ取られ、とくに金銭面で常に不自由していた。そこで京の公卿《くげ》は、

「気位ばかり高く、貧乏公卿《すかんぴん》」

と京じゅうで陰口が叩かれていた。

だが、南蛮商人麻子と桜子の実家の坊城家は、朱雀大路に面して間口は広くはないが奥行きがたっぷりして千余坪の敷地を朝廷より下しおかれ、門前を流れる疏水《そすい》も清々《すがすが》しげに瀬音を響かせて、門前から風雅を漂わせて手入れが行き届いていることを示していた。京雀《すずめ》によれば、

「中納言はんのところは江戸からたびたび仕送りがありますんや。なにせ坊城麻子はんは南蛮女商人として、江戸の分限者《ぶげんしゃ》の間に知られた女子はんや。その上、古着問屋惣代格の大黒屋の後ろ盾がおます、鬼に金棒とはこのこっちゃ」

などと噂《うわさ》されていた。この噂は当たらずとも遠からず、貧乏公卿の中では坊城家は内所が豊かであるのは確かだった。

「ここがうちの実家どす」

桜子が疏水に架かる石橋の前で総兵衛に告げた。

師走の朔日《ついたち》の夕刻前のことだ。

「敷地の左手の森は大学寮どす、この朱雀大路の北に朱雀門が見えておりますやろ、その向こうが今上陛下のお住まいの内裏どす」

桜子が説明していると門内から人の気配がして、

「おお、だれかと思うたら桜子やないか、江戸の麻子から手紙はきたんやけど、待てど暮らせど姿を見せへん、どないになっとるんかと麻子に文を出したところや」

散策にでも出る風の初老の人物が桜子に声をかけた。

坊城公望だろう、と総兵衛も笑みの顔を向けた。

坊城家も柳原家も朝廷を代表して長年にわたり、幕府と交渉してきた家系である。外交官だけに江戸の事情にも通暁《つうぎょう》していた。公望の視線がしなやかな体付きの総兵衛に向けられた。

麻子が、

「十代目大黒屋総兵衛様は六代目以来の逸材」

との感想を知らせてきたが、公望は一瞬の裡《うち》に十代目の聡明《そうめい》明晰《めいせき》な光を湛《たた》えた双眸《そうぼう》と大らかな気性を、伸びやかな長身とたおやかな笑みの中に見てとっていた。

「大爺様《おおじいさま》、大黒屋の十代目総兵衛様にございます」

桜子が坊城公望を大爺様と呼んで紹介した。総兵衛には桜子が公望とどのような呼名の縁戚になるのか言葉が浮かばなかった。

「よう京に参られましたな。日頃から江戸の坊城が世話になりながら九代目総兵衛はんの弔いにも行かんと欠礼しました。お悔み申します」

「有り難うございます」

公望はこの一語にただ今の江戸人にはない雅《みやび》な言い回しを感じた。

（さもあらん）

と独り思った公望は、

「貧乏公卿やが敷地は広うおす。ささっ、従者の人々ともどもお入りやすな」

総兵衛一行を気さくに屋敷に招いた。すると新羅次郎が、

「総兵衛様、おれたちはここにてお別れ致します」

柘植陣屋から京まで一行を見送る役目を果たしたことを告げた。

「なに、お供は別に宿をとらはりますのんか」

「大爺様、いささか事情がありましたんや」

桜子は柘植衆が一行の神君伊賀越えの大半を道案内してきた経緯を手短かに語った。

「桜子、そなたら、加太越《かぶとごえ》奈良道を辿《たど》ってきやはったんどすか。そりゃ、この季節にえらい難儀な道中しやはったやおへんか。この刻限から柘植に戻るんはいくら柘植衆やて無理なこっちゃ。今夜はうちに泊まってな、明日の朝に柘植に戻ったらええんと違いますか。寝泊まりするところがないことはおへん」

公望の言葉に桜子も勧め、総兵衛も、

「次郎、だいなごん、そうしなされ」

と命じた。

この言葉に驚いたのが公望だ。

「えっ、どちらはんが大納言はんや」

「大爺様、この小僧さんがだいなごんはんどす」

桜子が事情を話すと、

「総兵衛はんの周りには摩訶《まか》不思議な人が集まってこられますな。うちは中納言やけど、だいなごんはんにもお泊り頂きましょ」

公望の言葉で二人の坊城家宿泊が決まった。

四半刻《しはんとき》（三十分）後、総兵衛は、高床の書院造りの一室で改めて公望に対面をなし、京逗留《とうりゅう》の間、世話をかけることを詫《わ》びた。同座していたのは桜子だけだ。

田之助ら五人は別棟に部屋が与えられていた。

坊城家の女衆《おなごし》は予期していたものの、不意の訪れに夕餉《ゆうげ》の仕度を忙《せわ》しげに務めていた。

「気難しい桜子が大黒屋の主《あるじ》はんの京の案内役《あないやく》を自ら務めると望んだと麻子の手紙に知らされてからな、あれこれと考えておりましたんや。桜子としたことがどないな気持ちの変化やろと思うとりましたが、総兵衛はんを見て得心が行きました」

公望が首肯した。

「坊城公望様、九代目の急逝《きゅうせい》により俄《にわ》かに駿府鳶沢村の在所育ちの田舎者が十代目を継ぐことになりました。未《いま》だ江戸のことも京のことも知らぬ若輩者にございます。以後宜《よろ》しくお引き回し下さいまし」

と商人言葉で総兵衛が願った。

総兵衛の言葉にじいっと耳を傾けていた公望が、にっこりと笑い、

「さすがは安南《アンナン》政庁の高官を務めてこられた今坂一族の末裔《まつえい》や、グェン・ヴァン・キ公子どしたな、旧名は」

と言ったものだ。

総兵衛も桜子も不意の公望の逆襲に驚かされた。

「大爺様、またそのようなことを」

「桜子、京の爺が大黒屋総兵衛はんの身許《みもと》を承知していてはおかしいやろか」

「そやおへんけど、うちもよう知らんことどす」

「まあ、おいおいな、この坊城公望が総兵衛はんの出自を承知なんはわかります。大黒屋さんと江戸の坊城家は百年の親密な付き合いや、京の朝廷と江戸の幕府より親しいこっちゃ、なにがおころうと驚くことはおへん」

「大爺様、桜子が総兵衛様の嫁になっても驚かはらへんやろか」

「ふっふっふ、麻子はそれを承知で京への道案内方を許したんと違いますやろか」

と公望がにんまりと笑った。

「なんや大爺様は驚かれへんのか。母上も承知で京行を許されましたんか。つまりは総兵衛様の出自のことも母上の仕業どっしゃろ、種を明かせば大した手品やおへん、なんやら拍子抜けや」

「桜子にはあれこれとこれまで驚かされてきましたんや、総兵衛はん。この娘を嫁にしたら退屈はしまへんやろ」

「大爺様、それが反対なんや。総兵衛様といっしょに旅したら、うちが退屈する暇があらへんのどす」

「ふーん、似た者同士なんやろか」

と感心した公望がぽんぽんと手を叩き、江戸からの客人をもてなす膳《ぜん》が女衆に運ばれてきて、坊城家の七人の家族も同席し、和やかな宴がいつ果てるともなく始まった。

総兵衛は坊城家の離れ家で眼を覚ました。

まず水のせせらぎの音が総兵衛の耳に届き、江戸の富沢町とは違うことを教えてくれた。それは二年前、難を逃れた古都ツロンを思い出させる響きだった。

（これが和国の古都京か）

総兵衛は二刻半（五時間）ほど熟睡し、眼を覚ましていた。早起きは旅の習性だ。

寝床を出るとじりじりと灯心が燃えてかぼそい灯かりを放つ行灯《あんどん》を頼りに寝巻から普段着へと着替えを済ませた。そして、中納言坊城家にすでに薩摩の監視の眼があることも察していた。

（京にてどのような接待を薩摩は考えておるか）

楽しみなことよ、と総兵衛は声もなく笑った。

枕元《まくらもと》の三池典太光世《みいけでんたみつよ》を手に取り、襖《ふすま》を開いて廻り廊下に出ると、一枚だけ雨戸を引き開けた。するとそこに新羅次郎、だいなごんと田之助が待ち受けていた。

「柘植に戻るか」

「はい」

と次郎が畏《かしこ》まり、

「気をつけていくのじゃ。次に会う折は、わが国許《くにもと》の鳶沢村であろうな」

「京の帰路、柘植陣屋に立ち寄られませぬか」

「立ち寄ったところでそなたらはすでにいなかろう」

薩摩に柘植衆が鳶沢一族の傘下《さんか》に入ったことを知られたのだ。出来るだけ早く柘植陣屋から立ち退《の》き、鳶沢一族の下に合同することが大事と思われた。残ったとしても柘植陣屋には宗部ら年寄女子供しか残るまい。満宗ら血気盛んな柘植衆は一日も早く鳶沢一族と融和するために柘植を去ることだ。

だが、総兵衛は柘植衆の去就まで具体的には指図しなかった。柘植宗部、満宗父子が的確に判断すると考えたからだ。

「ならば、鳶沢村にて総兵衛様の帰りをお待ちします」

と次郎が言い残し、だいなごんといっしょに馬を引いて京から近江と伊賀境の柘植陣屋へと戻っていった。

「田之助、相手せよ」

と総兵衛が命じ、はっ、と畏まった田之助が稽古《けいこ》用の木刀をと考えたとき、

「これを」

庭の一角から現われた北郷陰吉が、どこで見つけたか、鍬《くわ》の柄とも思える三

尺五、六寸（約一メートル）の棒を二本総兵衛と田之助に差し出した。

「気が利《き》いたことよ」

「転び者《もん》はこの程度の気を使わんと信用してもらえませんからな」

陰吉がしゃあしゃあと答えたものだ。

「陰吉、京のことはそなた、とくと承知であろう。よいか、当分独り歩きは許さぬ。田之助と同じように総兵衛に従え」

「薩摩衆にはわしも会いとうはございませんでな」

「生きて京を出さぬ考えであろうゆえ、総兵衛ともどもせいぜい薩摩様を刺激せぬように動こうぞ」

「分り申《も》した」

陰吉が薩摩弁で返答した。

総兵衛は田之助に向き合い、棒を構え合った。旅をしていればどうしても稽古の刻が限られる。どれほどの滞在になるか分らなかったが、総兵衛は朝稽古を欠かさぬように努めようと決めていた。

「ご指導願います」

田之助が声を張り上げて、総兵衛に打ちかかっていった。それから一刻半（三時間）、総兵衛と田之助は鳶沢一族伝来の祖伝夢想流の基本たる、ゆるゆるとした動きを繰り返しなぞり、汗みどろになって稽古を終えた。

四

朝餉を終えた刻限、総兵衛の離れ家に桜子と坊城公望が姿を見せた。

「朝早うから剣術の稽古に精を出しておいやしたな。さすがは薩摩様が気にしはる筈《はず》や、一介《ただ》の商人はんと違います」

公望が笑みの顔で言った。

「ふだん静かな朱雀界隈《かいわい》、迷惑をかけたのではございますまいか」

「いえ、それがだれも気付きしまへんのや。桜子に総兵衛様が供の方を相手に剣術を一刻半も稽古しやはったと聞かされて驚いたくらいどす。桜子がいうには総兵衛はんの剣術の動きいうたら、能の舞いのように静けさに満ち満ちて優雅な動きやそうな。剣術ゆうたら、えい、おお、と肚《はら》から絞り出す気合声を軍鶏《しゃも》のように叫び合いながら打ち合う稽古やと思うたらえらい違いや。明日にも稽古を見物させてもらいましょ」

公望が興味津々《しんしん》に言ったものだ。

「公望様、一年余前のことにございます。この祖伝夢想流の技と動きを継承しているただ一人の一番番頭の信一郎に見せられたとき、余りの動きの緩やかさに生死をかけた勝敗を決する剣術の技をこのような稽古で習得できるものかどうか、疑いました。ちょうど九代目の総兵衛様が身罷《みまか》ったばかりの頃のこと、その折、信一郎は九代目に扮《ふん》して私に祖伝夢想流を披露してくれたのでございます。今考えれば正体も知れぬ私の願いをようも聞いてくれたと感心しております。ともあれ代々の総兵衛様の秘技と動きが、あの折の信一郎に乗り移ったようで、私はその緩やかな動きと寂然とした静けさに驚かされました。なにしろ私が交趾《こうち》で学んだ剣は速さと巧妙と駆け引きの技にございました。ところが祖伝夢想流の動きは攻めるをよしとする異人の剣術にございました。ところが、これで勝負になるわけがないと緩急の緩ばかりで急は見えませぬ。ところが、これで勝負になるわけがないと偽《にせ》の総兵衛様、その実、信一郎に立ち合うてみると、緩やかな間合いに幻惑されたか、手も足も出ませせぬ。緩急自在の動きに隠されたのがこの流儀の奥深さでございました。もっとも未だ祖伝夢想流の奥義《おうぎ》を会得《えとく》したなどとは努々《ゆめゆめ》思うておりません。今もただひたすら信一郎がわれ独りに授けた動きをなぞってなんとか十代目として恥ずかしくない継承者になろうと努めておるのでございます。ゆるゆるとした稽古の動きは、かつての私のように力まかせに速さや巧妙と技を競い合い、勝ち負けだけに拘《こだわ》る者には理解することが難しかろうと存じます。まず剣術とはなにか、人はなぜ動くのか、時の流れがどう人の動きを左右するかなどを考えねば、祖伝夢想流の本義に迫れません」

「数多《あまた》ある剣術の奥義とは違うようどすな、話を聞くだに能楽の動きと似ておりまへんか」

「いかにもさようかと存じます」

「そないに能の動きに似ておるんやったら、京にいる間に能楽の見物にお誘いしましょ。観世《かんぜ》流も宝生《ほうしょう》流も金春《こんぱる》流も金剛流、喜多流もうちの知り合いでおます」

「それは上々のお話、ぜひお願い申します」

総兵衛は素直に頭を下げ、願った。

「総兵衛様、本日から京のじゅらく屋さんを始め、京入りの挨拶《あいさつ》回りをしはられますか」

桜子が話題を変えた。

「桜子様も承知のように道中にだいぶ日数を使いました。ゆえに京逗留《とうりゅう》は限られたものになろうかと存じます。出来れば本日からそうしたいと思います」

「ならばうちがお約束通り案内方《あないかた》を務めさせてもらいます」

と桜子が応じ、公望が、

「桜子、その前にや、総兵衛はんの京での大雑把な予定を確かめんでよいのやろか」

公望の心配に総兵衛が、

「京の知り合いは坊城家とじゅらく屋さんだけでございます。旅の道々、桜子様に茶屋家の本家は今も京にあると聞かされて、手蔓《てづる》があるなれば茶屋様もお訪ねしとうございます」

「茶屋四郎次郎はんな、ただ今は十三代清方様がご当主、うちともお付き合いがございます。こちらも桜子がよう知っとります。うちから使いを茶屋町に出してな、総兵衛様の訪《おとな》いの日を伺うておきましょうかな」

「お願い申します」

桜子に会釈を返した総兵衛に公望が、

「総兵衛様、大黒屋はんが薩摩と宿敵の間柄ちゅうのんは予《かね》てより承知のことどしたが、それにしても総兵衛様方の道中をなぜかくも邪魔しはるのか、この公望にはその経緯が分らしまへん」

「公望様、六代目以来の因縁と聞いております。私は降りかかった薩摩の憎しみを払うだけにございます」

とだけ総兵衛が答え、

「薩摩にはそれほど大黒屋はんに憎悪《ぞうお》を抱く謂《いわ》れがあるんやろか」

と公望が呟《つぶや》いた。

「異国相手の交易で利害がぶつかると考えられたのではありませんか。薩摩様が抜け荷で財政を補うておられるのは周知の事実ですから」

総兵衛はそうとだけ公望に応《こた》えていた。

大黒屋に裏の貌《かお》があることは坊城公望もむろん承知のことだった。だが、ただ漠然として、徳川家に陰ながら仕える一族程度の認識しかなかった。

徳川家康と初代鳶沢成元《とびさわなるもと》の約定により、鳶沢一族が影様と連動して徳川家を危機に陥らせる企てを潰《つぶ》す秘命に携わる武力集団などとは夢想もしていなかった。剰《あまつさ》え、日光東照宮の奥宮で薩摩と組んだ影様を抹殺《まっさつ》したなど、桜子さえも知らなかった。

影様との関わりを絶たれた薩摩には鳶沢一族への憎悪と反感が一層増したことも事実だ。

一方時をおかず、新たなる影様が出現し、総兵衛との面会を命じた。

その面会の折、先の影様を抹殺した理由を総兵衛は懇々《こんこん》と説明し、新たなる影様になんとか得心してもらえた。

鳶沢一族にとって影様暗殺は初めてのことではない。

六代目総兵衛の代にも一度あった。

その折、大黒屋と鳶沢一族は危機に陥ったが、その時も新しき影様に鳶沢一族のとった行動の正当性を認められ、良好な関係が続いた。このようなことを総兵衛は『鳶沢一族戦記』によって知ることになった。

だが、かつて影様が女だった例《ため》しは一度としてない。総兵衛は将軍家斉《いえなり》の正室寔子《ただこ》を養女として受け入れた右大臣近衛《このえ》家が、引いては京の朝廷が、このことに深く関わりを持っているのではないかとひそかに考えていた。

桜子を案内方とする京訪問には、

「女性《にょしょう》の影様が朝廷とどのようなつながりを持つか」

を探る目的があった。

だが、このようなことはいくら百年の親交がある坊城家にもなかなか言えないことであった。

そこで総兵衛は公望に、

「家斉様の正室は薩摩の島津重豪《しげひで》様の三女、茂姫様だそうでございますね。茂姫様は右大臣近衛経熙《つねひろ》様の養女寔子様として家斉様との婚儀が整ったと聞いております。近衛家はどのような家系にございますか」

と尋ねてみた。

「わてら公卿《くげ》の中でも近衛はんは藤原北家、五摂家の筆頭におます。祖先は平安の末、関白藤原忠通《ただみち》様の長男基実《もとざね》様に始まります。代々、摂政《せっしょう》、関白、太政《だじょう》大臣など朝廷の要職に任じられ、江戸に幕府が移されて以後、尚嗣《ひさつぐ》様、基熙様、家熙様と博学にして典礼に通じ、基熙様の女《むすめ》は、六代将軍家宣《いえのぶ》様の正室に上がられましてな、わてら公卿の中でも幕府との結びつきがいちばん深い家系でおます」

と立ちどころに説明した公望が、

「そやそや、近衛家は薩摩とも深い付き合いがおますのや。総兵衛様、京の人のつながりは複雑錯綜《さくそう》しておますよってな、ここはじっくりと腰を落ち着けてから動かんとあかん」

と忠言した。

「相分かりました」

「薩摩はんが朝廷にも幕府にも親密なつながりを求めておられるのんは、なにも今に始まったことやおへん」

「重豪様の代になって、幕府に近付いたのではないのでございますか」

「違います。重豪様のな、祖母にあたる竹姫様の代からや、それ以降の薩摩様の動きの鍵《かぎ》は竹姫様や、このお方がすべて絡《から》んでおられますのや」

「竹姫様とは島津家の血筋にございますか」

「ちがいますがな、権大納言《ごんのだいなごん》清閑寺熙定様の女にございましてな、五代将軍綱吉様の養女になり、島津家二十二代の継豊《つぐとよ》様の正室になられたお方どす。一橋家保姫《やすひめ》様と重豪様の縁談も、竹姫様を通じてのことどすわ。また後妻はんの綾《あや》姫《ひめ》様の父御は、前《さきの》権大納言甘露寺《かんろじ》規長《のりなが》様でしてな、竹姫様の従弟《いとこ》にあたりますんや」

「ということは、重豪様の女の茂姫様と一橋豊千代様の縁組ももとを辿《たど》れば竹姫様の」

「遺言だす」

と公望が言い切った。

総兵衛が桜子の案内で朱雀大路の坊城家を出たのは四つ（午前十時頃）前のことだ。供には北郷陰吉《きたごうかげよし》一人が従っていた。すでに京の薩摩屋敷には、「大黒屋総兵衛の京入り」は知れ渡っていた。また薩摩の密偵だった陰吉が大黒屋方に寝返ったのも承知のことだった。ならば総兵衛の傍らにおいておいたほうが安心という思いと

同時に薩摩に、

「北郷陰吉は大黒屋支配下」

を明確に宣言するためであった。

陰吉は、旅の間、田之助が背に負っていた竹籠《たけかご》を担《かつ》いでいて、なにやら京見物に出てきた在所者の体であり、公望が、

「総兵衛はん、いくらなんでも供がその恰好《なり》ではじゅらく屋さんも驚かれるのんと違いますか。桜子かて恥ずかしいのではないやろか」

と案じたが桜子は、

「大爺様《おおじいさま》、うちはかまいまへん。籠の中にはじゅらく屋さんへの異国土産が入っておりますんや。大事な品やさかい、陰吉さんが背に負うていた方が安心どす」

「おお、それで思い出したがな。総兵衛はん、ぎょうさんの異国の貴重な薬種の他に逗留費というてからに大金まで頂戴《ちょうだい》し、恐縮でございました。うちらは貧乏《すかんぴん》公卿が売りもんの京者どす。有難う頂戴します。その代わりな、うちで出来ることならばなんでもします、遠慮のう言うて下されよ」

公望が総兵衛の持参した土産の礼を言った。

土産の品はイマサカ号が積んできた品だが、なにしろ駿府から京へと徒歩の旅を予定していた。ゆえに大きなものは運べない、それだけに長命の秘薬やら貴石など小さいものに限られた。だが、今坂一族が交趾で長年かけて収集してきた貴石は金剛石を始め、貴重なものばかりだった。

陰吉が背負う籠にはじゅらく屋への手土産も入っていたが、薩摩方の動きを考え、布に包んだ三池典太光世も隠されていた。

三人は朱雀大路を南に下り、四条大路との辻で左へ曲った。すると急に京の人々の暮らしが見えてきた。師走《しわす》に入り、路上では季節の野菜売りやら新年の暦をあれこれと並べて売る男やら研ぎ屋やらが仕事をしていて、すす払いの竹を担いだ男が往来する光景などに総兵衛は、

「京は江戸とは違う」

ことを一瞬にして嗅《か》ぎ取った。

長年の仕来《しきた》りや風習が古都独特の空気を醸《かも》し出し、グェン・ヴァン・キが生まれ育った交趾の都ツロンやホイアンを思い出させた。

眼を輝かした総兵衛に気付いた桜子が、

「京はどないどす」

「気に入りました」

「総兵衛様、京は平安京以来、いくつもの災禍を蒙《こうむ》り、内裏も百年の間に十八回も火が入り、焼けてしもうた都どす。そのたびに強《したた》かに立ち上がった京人どす、総兵衛様を一瞬にして魅了した雅《みやび》な雰囲気が漂うておるのんもたしかどすけど、翻《ひるがえ》って雅な背後には、あれこれと持って回った言いかたやら駆け引きやらがあって一筋縄ではいかしまへん、底意地の悪いところもおます。総兵衛様には京のええところも嫌なところも見てもろうた上で、判断されても遅うはありまへんえ」

と桜子が注意した。

「分りました」

総兵衛が応じたとき、三人は四条と大宮大路の辻にある呉服店じゅらく屋栄《えい》左衛門《ざえもん》方の店前に到着していた。

間口は十数間もありそうな老舗《しにせ》の呉服屋であり、長崎口や琉球口の異国の品々も扱う商売人であった。

四つ刻《どき》を大きく過ぎてじゅらく屋は大勢の客で賑《にぎ》わいを見せていた。

十八代目を数える栄左衛門とは、若狭《わかさ》国小浜《おばま》でイマサカ号に二日ほど寝泊まりして話し合っていた。

「ご免やす」

桜子が声をかけると帳場格子《ごうし》の筆頭番頭加蔵が女客の声に気付いて視線を上げ、

「おや、坊城桜子様やおへんか、いつ京に来はりましたん。ちぃとも知りまへんでしたがな」

と立ち上がって迎えた。そして、桜子の背後に立つ総兵衛に気付いて、

「桜子様、お連れ様はどなたはんでおまっしゃろ」

「加蔵はん、江戸の大黒屋総兵衛様どす、うちが京まで案内《あない》してきましたんや」

「な、なんやて、そりゃ、えらいこっちゃ。だれか奥に、旦那《だんな》様に江戸の大黒屋さんが見えたとお知らせしなはれ」

と命じると三和土《たたき》に下りて、

「大黒屋の旦那はんが京に参られたんは百年ぶりでおます。ささっ、こっちが内玄関でおます。なに、お連れはんはえらい荷やな、はいはい、そなたはんもこっちにおいでやすな」

加蔵が総兵衛ら三人を内玄関へと自ら招き、総兵衛と桜子がじゅらく屋の奥へと通された。

師走のじゅらく屋の店先は大勢の客で賑わいを見せていた。だが、奥は町屋風の静かな佇《たたず》まいだった。

風情《ふぜい》よく葉を一枚散り残した紅葉の老木の幹と苔《こけ》むした庭石がなんとも風雅な庭に面した奥座敷に、満面の笑みで栄左衛門が待ち受けていた。

「栄左衛門様、お言葉に従い、京に参りました。突然の訪《おとな》い、ご迷惑ではございませんか」

と挨拶《あいさつ》する総兵衛に、

「うちと大黒屋はんは百年来の付き合いでおます、迷惑などではありゃしまへん。その上、案内人が坊城桜子はんやなんてどういう取り合わせやろか。そうそう、桜子はんのお母様麻子様は大黒屋はんと付き合いが深《ふこ》おしたな、それに小浜で桜子はんに土産を選んだことがありましたわ。よう参られました、総兵衛はん、桜子はん」

栄左衛門が心からの持て成しの言葉で迎えた。

「逗留先は朱雀大路の中納言様のお屋敷でおすな。いつ着かれましたんや」

「昨日のことでございます」

総兵衛は、小浜で預った荷を積んだイマサカ号に乗船して駿府の江尻沖まで来たこと、また鳶沢村に滞在した後、東海道をゆるゆると下り、伊勢詣《もう》でしたり、さらには神君家康公が越えた加太越奈良道を辿って京入りしたことなどを告げた。

「なにっ、この冬の季節に加太峠越えをしはった、こりゃ、まあ、大変難儀なことでしたやろうに。桜子はんは大丈夫どしたか」

「うちは京にいたときから足腰は丈夫どす、加太越えも御斎峠も馬にも乗らんと自分の足で歩いて越えました」

「魂消《たまげ》たこっちゃ、ふんふん、総兵衛はんと桜子はんはえろう気が合うたようどすな」

「うち、総兵衛様に初めて富沢町で会《お》うたときから、このお方のお嫁はんになると決めたんどす」

「坊城のお姫はんはえらい正直や。大黒屋はんはどないおすな」

「はい。有難くそのお気持ちを受け止めたいと思います」

「こりゃ、江戸の分限者《ぶげんしゃ》と京の中納言坊城家とえらい縁組が出来上がりそうやな」

「じゅらく屋の旦那はん、うちらの祝言《しゅうげん》に江戸に来ておくれやす」

「花嫁はん自ら掛け合いだすか、断れまへんな」

栄左衛門が破顔した。

総兵衛は、古渡り更紗《さらさ》に包まれた土産を解きながら、

「京で長年商いを続けてこられたじゅらく屋さんへの土産、江戸では見つかりません。ゆえにイマサカ号に積んできたわが今坂家の所蔵品の一つにございます。手土産代わりにお納め願えませぬか」

と出したのは景徳鎮《けいとくちん》の古窯《こよう》で焼かれた唐代の青白磁の壺《つぼ》だった。

栄左衛門の眼が驚きに輝き、体の動きが固まった。長い沈黙のあと、

「かような青白磁の壺、京でも見たこともおへん」

とおずおずと手を差し伸べた。総兵衛は、

「小さい物でございますが、わが父が大事にしていたものにございます。お受け取り下され」

と渡した。

高さ六寸余（約一八センチ）の壺に傷一つない。その青白磁を栄左衛門は愛《め》でたり摩《さす》ったり無言で長い時間耽溺《たんでき》していたが、

「かように大事なもの、ほんまに頂戴してもうてええのんですやろか」

とだれに言うとなく呟《つぶや》いたものだ。

「気持ちにございます、お納め頂ければ幸甚でございます」

「正直もうしましてな、わたし、一目ぼれしました。だれにも手渡しとうございまへん」

膝《ひざ》の上に両手で抱えて大事そうに置いた。

「栄左衛門様、私どもがゆるゆると旅をしておる間にイマサカ号と大黒丸の二

隻《せき》は早琉球を経て南へと走っておりましょう。そう、あと数日後にはわが故郷の交趾ツロンに碇《いかり》を下ろす筈《はず》にございます」

「楽しみやが、薩摩様のご自慢の大砲船と行き合うことはございませせなんだんやろか」

「大隅海峡にて待ち伏せした薩摩の船団と行き合うたはず、ですが、わがイマサカ号の二十四ポンド砲に大打撃を受けておりましょうな」

「えっ、総兵衛はん、見んと分りますんか」

「造船技術、操船術、火力、なにをとってもイマサカ号に叶《かな》う和船はおりませんよ。必ずや薩摩船団を蹴《け》散《ち》らかして一度たりとも船足を緩めることなく琉球へと向かいました」

総兵衛の自信たっぷりの言い方に思わず栄左衛門も得心せざるを得なかった。というのも若狭の小浜で二日間イマサカ号に寝泊まりして、その帆船の大きさと技術の高さに驚嘆していたからだ。

「あちらはなんの心配もあらしまへんとなると、総兵衛様、わたしがな、京じゅうを桜子はんといっしょに案内しますでな、いつまでも京に逗留《とうりゅう》しておくなはれませ。まずどこを見物しましょ」

と栄左衛門が総兵衛を見た。

第五章　雪の山茶花《さざんか》

一

江戸の柳原土手一帯を中心にした江戸新名物の、

「師走《しわす》古着大市」

は、春の富沢町《とみざわちょう》での催しに肩を並べるほどの人出があった。

好天に恵まれたこともあった。

江戸の二大古着屋町が合同した催しは、安くて品がよい、と評判を呼んで、長屋のかみさん連ばかりか、武家屋敷のお内儀、奥方までもが楽しみに待っていたのだ。

二日目は月が変わって正真正銘の師走朔日《ついたち》。

古着大市にふさわしい大盛況で徒歩や駕籠《かご》で乗り付ける女衆《おなごし》の他に神田川に船で乗り入れる人もいて、南町奉行所の与力同心が動員されて、人混みや神田川の船の整理にあたった。

「いけませんよ、柳原土手には両岸、舟を舫《もや》うことは禁止でございますぞ」

法被《はっぴ》を着た世話方が声を嗄《か》らす。

「おい、そんな無茶はいいねえな。ちょっとの間だ、いいじゃねえか」

「それがいけません、女衆を下ろされたら大川に出て下さいな」

「ちょっとの間と言っているだろ、なんならおれの腕の瘤《こぶ》を見るか」

「私どもが大人しく言うているうちにそうなさったほうがお為《ため》ですよ」

「なんだ、その口の利《き》き方は」

「はい、出る人が出られるんですよ」

「こっちは深川富岡八幡《とみおかはちまん》前のお兄いさんだ、出すものを出しやがれ」

ならば、と柳原土手の世話方の法被を着た連中が脇《わき》に引くと、町方同心の池《いけ》辺《のべ》三五郎が厳《いか》めしい顔で睨《にら》んでいた。

「な、なんだ、お役人がいるならいるって言えばいいじゃねえか。はいはい、大川に舫いますよ。おとめ、女連にいいな。集まる場所は神田川から大川に出た浅草下平右衛門町の河岸《かし》だ」

落合う場所を叫びながら舟が下っていった。

柳原土手一帯は、体を接しないと歩けないほどの込みようだ。ここでも台の上に立った世話方が必死で叫んでいた。

「押さないで下さいな、品はいくらもありますからね。一年二度の大市だ、こっちは出血覚悟の商いです！」

とか、

「かような時は掏摸《すり》かっぱらいが横行しますでな。怪しい人間がいたら、手をとってさ、掏摸だと叫んで下さいよ。南町奉行所のお役人がお出張りだ、たちまち牢屋《ろうや》にぶちこまれる寸法ですよ」

とか叫んでいた。

「あっ、ここに手を取られた野郎がいるぞ」

「なにっ、掏摸か」

「ばか野郎、七つの娘の手を引いた掏摸がいるか、おりゃ、父親《ておや》だ」

となんとも騒がしくも活気のある風景があちらでもこちらでも展開されていた。

さて、小柳町の稲荷《いなり》社の境内にぽつんと離れた大黒屋の仮店には初日の朝から人出はなく閑散としていた。だが、二番番頭の参次郎が、

「九輔《きゅうすけ》さん、こちらに迷い込んだお客様を柳原土手まで案内して下さいな。いえね、そちらですといきなり人混みにぶつかります。こちらの道のほうが比較的すいておりますでな」

と道案内方に徹していた。

ところが昼過ぎ、武家方の内儀が大黒屋稲荷店の小物に眼を止め、

「おや、その珊瑚《さんご》玉《だま》の簪《かんざし》は本物ですか」

と尋ね、

「奥方様、お目が高うございますな。うちは大黒屋の出店にございます、かように一軒だけぽつんと離れておりますで、贅沢《ぜいたく》な友禅やら櫛《くし》、笄《こうがい》などに限らせて商いをしております。南町奉行所が関わっての商い、偽物《にせもの》など売る気遣いはございません。新品同様の本物がこの値段、いかがにございますな、奥方様の

お髪《ぐし》にようお似合いでございますよ」

「富沢町惣代《そうだい》の大黒屋ですね」

客の奥方が念を押した。

「いかにもさようです」

「ならば信用がおけます、二両ですね。頂戴《ちょうだい》しましょう」

初老の婦人が買い求めたのがきっかけになり、次々に新たな客が増えて、初日でなんと売り上げが百五十八両を越えた。

その夜、売り上げの報告を受けた光蔵《みつぞう》が、

「参次郎、売れ筋はなんですか」

「強いて申せば土井《どい》権之丞《ごんのじょう》様の妾《めかけ》の遺《のこ》した飾り物が半分ほどすでに捌《さば》けております。新品同様の上に値が半値以下ですからね。ですが、京友禅の仕立てものも帯もそれなりの売れ行きでございます」

「ほう、海の底にお眠りのお方が妾に上げた品々がな、さすがは市中取締諸色掛は伊達《だて》に務めておりませんでしたか。品を見抜く眼力は持っていたとみゆる。さあて、困った」

と最後は嘆息した。

「えっ、これだけの売り上げでまだご不満ですか」

「そうではありませんよ、二番番頭さん。初日がその売れ行きならば二日目、三日目と倍々で売り上げは伸びます。となれば着物はいくらでもありますがな、客寄せの袋物やら飾り物が足りませんよ」

「南蛮渡来の品を出すわけには参りませんか」

「売れましょうな。ですが、城中で必ずや、古着ゆえ大市を許したのに、なんじゃ、大黒屋は抜け荷を扱うて儲《もう》けておるではないかとあれこれと文句をつける御仁がおられます。となれば南町の根岸様がお困りになる」

「さようでした」

しばし沈思していた光蔵が、

「明朝根岸に相談に参ります」

と言い出した。

「えっ、お奉行様に直談判ですか」

「いや、根岸違いですよ。根岸の里の坊城麻子《ぼうじょうあさこ》様にいくらか品を出してもらえぬか、願うてみるのです」

「おお、南蛮女商人の麻子様がおられました。麻子様の扱う品は渡来物ばかりではありませんし、品ぞろえがようございます。麻子様がうん、と申されれば必ず売ってみせます」

と二番番頭が張り切った。


そんなわけで翌朝、手代見習いの天松を従えた光蔵が根岸の里に麻子を訪ねて訪問の理由を述べようとすると麻子が、

「大黒屋の大番頭はんの朝いちばんのご訪問、旅先になにかあったと違いますやろか」

と総兵衛ら一行の旅を気にかけた。

「そうではございません。麻子様、ただ今柳原土手で古着大市を催しておること、ご存じにございますな。そこで少しばかり願いの筋がございまして」

と前置きした光蔵が説明すると、

「なんと商いのお話にございましたんか。ほなら町方の女衆や武家方のお内儀

が喜びそうなものをお出ししましょか」

と異国渡りの袋物や飾り物を取り混ぜて、三十数点選び出してくれた。

「麻子様、正札値でようございますな」

「古着大市です。一割ほどは駆け引きしてお負けしてもかまいまへん」

との返答に光蔵は、

「いや、安堵《あんど》しました」

「大黒屋はんの取り分は一割五分でどうでっしゃろ」

「えっ、品を出して頂いた上に割り前もいただけますか」

「商いでございます。当然のことどす。うちは手も汚さんと儲けさせて頂きます、宜《よろ》しゅうお願いもうします」

と麻子が笑みの顔を下げ、天松が一つひとつ値を確かめながら暗算し、

「大番頭さん、札値で三百二両三分です」

「さすがに南蛮女商人さんの扱う品はうちらと値が違います」

と驚きの顔で応じたものだ。

「大番頭はん、もう一つ驚く話がありますんや。今、茶を淹《い》れますさかい、し

ばらく待っておくれやす」

「えっ、驚く話でございますか、茶などようございます」

「ほなら、お話し申しましょう。総兵衛様一行は京に今ごろ着かれたことだっしゃろ」

「便りがございましたか」

はい、と返事をした麻子が、

「最後に通った道をご存じどすか」

「そりゃ、もう伊勢詣《もう》でを為《な》さったのです。津辺りから伊勢別街道を通って東海道関宿に出られ、鈴鹿《すずか》峠を越えて、逢《あ》うも逢わぬも逢坂《おうさか》の関から京入りなされたのと違いますので」

麻子が外れたという表情で笑った。

「さあて、それではどこを抜けて京入りなされたんでしょうかな」

「桜子《さくらこ》が御斎《おとき》峠からなぜか柘植《つげ》衆に託したという手紙で取り急ぎ一筆と知らせてきましたんや」

「御斎峠なんて、どこにございますんで」

「大黒屋の大番頭はんもご存じありまへんか、だれが発案したんやろな。この季節にご一行は神君伊賀越えを逆に辿《たど》って、加太《かぶと》峠から御斎峠を越えられ近江《おうみ》に入られたそうや。その峠で柘植衆に預けられた手紙が東海道の関宿からうちに届いたんどす。びっくりしやはらへんか、大番頭はん」

「私は伊賀越えなどしたことはございません。本能寺の変の後、家康様がわずかな供を従えて越えられた伊賀から伊勢への難所を抜けられたとは、どういうことにございましょうな」

「仔細《しさい》は京より総兵衛様がと桜子は書いておりましたんや。最後にな、もはや奈良路は目前、往路の道中はほぼ終わりやそうな」

「麻子様、魂消《たまげ》ました。いくらなんでも女連れ、冬の伊賀越えをなさろうとは。家康様のご苦難を体験したかったんでしょうかな」

「ともあれ奈良路は目前と記してありましたさかい、総兵衛様方はまず間違いのう京に入っておられます」

「なんとも大変な道中に桜子様をお連れ致しましたな。いえ、桜子様がこたびは道案内方でしたな」

「大番頭はん、旅が難儀であればあるほど男と女の仲は近くなるのと違います
やろか」
「いかにもさようどした、麻子様」
　上機嫌の時の光蔵の癖で京に修業に行かされていたころの京言葉で応じたも
のだ。
「少々田之助さんが羨《うらや》ましゅうございます」
　両腕に大事そうに風呂敷《ふろしき》の荷を抱えた天松が呟《つぶや》いた、根岸からの戻り道のこ
とだ。だが、その口調には未練たらしさは感じられなかった。
「総兵衛様と桜子様の京上りの道中、なかなかの旅やったな。ふっふっふふ、
終わりよければすべてよしと」
「大番頭さん、旅は未《いま》だ半ばです」
「そうどしたそうどした」
　と応じつつも光蔵の機嫌は変わりない。
「神君伊賀越えとはどのような謂《いわ》れがございますので」

「天松は神君伊賀越えの大難儀を知りませんか。織田信長様が家臣の明智光秀に京の本能寺で不意を突かれて自害された本能寺の変を承知やろうな」

「それは知っております」

「その折や、家康様は茶屋四郎次郎清延さんの招きで泉州堺《さかい》におられましたそうな。家康様を京に迎えるために一日早く京に戻っていた茶屋清延さんは信長様死すの報を受け、家康様の身を案じられた。戦国時代のことです。謀反《むほん》をなした光秀は一気に信長様と親交のある家康様の首《しるし》をとり、強敵の秀吉軍と対峙《たいじ》せねばなりません。清延さんは自ら馬に乗り、堺へと走った。運よく途中で家康様一行と出会った清延さんの道案内で険しい伊賀越えして落ち武者狩りに怯《おび》えながらも伊勢に逃れ、船を仕立てて領地の三州岡崎に無事戻りつかれた。この逃避行を神君伊賀越えというのです」

「一つ勉強になりました」

「なにやら天松、手代見習いになって如才ないことですな」

「そのうち、地がでます」

と正直に答えた天松が、

「総兵衛様は家康様の遺徳を偲《しの》ぶために伊賀越えを為されたのですか」

「としか考えられませんな。明智光秀の謀反にて信長様の天下統一は夢まぼろしと消えた。ですが、それがなければ秀吉様の一時の栄華も家康様の二百年の徳川盤石《ばんじゃく》もなかったと言えます。ゆえに総兵衛様はわざわざ冬の季節に伊賀越えを企てられたのでしょうな」

と答えた光蔵は考え込んだ。

「なにか懸念《けねん》が」

「桜子様の手紙を柘植衆が関宿まで届けたことがな、気にかかります」

「柘植衆は伊賀衆の一派ではございませんか」

「その通り、神君伊賀越えにも柘植衆の援《たす》けがあったと聞いております。総兵衛様はいずこで柘植衆と知り合われたか」

「大番頭さん、総兵衛様のことです、柘植衆と知り合いになったことは私どもにとって凶事ではありませんよ、きっと吉事です」

「そう思いたいが」

光蔵と天松は話し合いながらいつの間にか下谷御成街道から神田川に架かる

筋違橋《すじかいばし》が見える辺りまで来ていた。すると川向こうからなんとも表現のしようのない熱気と人のざわめきが押し寄せてきた。

「大番頭さん、昨日より断然人出が多いですよ。こりゃ、大変だ。明日の朝、また麻子様のところにお願いにいくことになりそうだぞ」

「天松、古着を売るようなわけにはいきませんよ。麻子様のお品は高いのですからな」

と応じたとき、二人は筋違橋の袂《たもと》の火除地《ひよけち》に辿り着いた。すると神田川のこちら岸にも古着を買った人々が大勢いて、買った品を改めて見合ったり、品を包み直したりしていた。

「わあっ」

と天松が悲鳴を上げた。

向こう岸は立錐《りっすい》の余地もないほどの混雑ぶりだ。神田川の水上にも荷を積んだ船が行き交い、大変な騒ぎになっていた。

「大黒屋の大番頭さん」

と声がかかった。

橋の向こうに柳原土手の世話方の一人、床店《とこみせ》のふるぎ屋伊助が法被《はっぴ》を着て、師走《しわす》だというのに額に汗を光らせてこちらを見ていた。

「大賑《にぎ》わいにございますな」

「大番頭さん、人出もここまでくると怖いですよ。南町でも格別な見回りがあるそうです」

「ならば私も番所船に顔を出します」

「やっぱり奉行所のお役人の扱いは大黒屋さんでのうては手に負えません」

「富沢町から問屋組合の山崎屋さんやら武蔵屋《むさしや》さんやら秋葉屋さん方が半数ほど出ておられます。私がおらんでも十分な応対は出来ます。ともあれ、あとで顔出しします」

光蔵は応《こた》えると、

「伊助さん、売れ行きはどうでございますな」

「どこもが競い合いで品を奪い合い、銭勘定なんぞしている暇がありません。いくらの売り上げか店仕舞いせんことには分かりません」

伊助が嬉《うれ》しさを通り越して困惑の顔を見せた。

光蔵と天松は筋違橋御門の八辻原の人混みを抜けて、小柳町の稲荷社の前に行った。するとそこも大勢の客で賑わいを見せていたが柳原土手と違い、武家方の奥方やら大店《おおだな》の内儀など供の女衆をつれた客たちだった。

「毎度ありがとう存じます」

光蔵が腰を屈《かが》めて挨拶《あいさつ》すると、

「おや、大黒屋の大番頭さんもお出ましですか」

と顔見知りの料理茶屋の女将《おかみ》が声をかけた。

「おはつさん、ご一統様、ようこそ師走古着大市にお出《い》でなされました」

「光蔵さん、古着大市だなんて、大黒屋さんだけが甘い汁を吸ったんじゃないの、商い上手よね」

「いえ、うちはいちばんの貧乏籤《くじ》でございましたがな、いささかわけあって、かような品揃《ぞろ》えにしたんです。そしたらお目の高いお客様方がお出でになられて、驚いております」

「どういう手を使ったの、こんな美味《うま》い商い」

「皆様方ゆえ申し上げます。古着屋はお奉行所のお支配下にございます、それはご存じでございますな。町奉行所にはお店《たな》お取潰《とりつぶ》しなどで押収《おうしゅう》したあれこれの品がございます。それをな、密《ひそ》かにさばいて換金し幕府《おかみ》の財政に組み入れてくれとのお達しがございましてな、かようなことを思い付きましたのでございますよ。むろん京友禅やら唐桟《とうざん》男物の袷《あわせ》、更紗《さらさ》小袖《こそで》、オランダ木綿の単衣《ひとえ》羽織、赤羅紗《らしゃ》地火事装束などはうちの品にございます」

「そんな手があったの。お上から出たんじゃ、変な品はないわね」

「ございません、おはつさん」

「ならば真剣に品選びするわ」

おはつが長崎口と思えるぎやまんの酒盃を手にした。

天松が二番番頭の参次郎に耳打ちし、麻子の品を渡した。

風呂敷包の中から厳重な包装をなされた染付オランダ風景図長円形大皿がまず姿を見せて、女たちが思わず歓声を上げた。さらに色絵絵替り皿五枚組、鼈《べっ》甲《こう》の櫛《くし》・笄《こうがい》、髪飾り十一組揃い、花模様金唐革《きんからかわ》札入れ、蓋物《ふたもの》ぎやまん切子、金唐革かぶせ付き煙草《たばこ》入れ、漆塗携帯用薬箱、小花文様イギリス捺染《なっせん》反物、インド更紗掛物などが続々と出てきて、客たちが嘆声を洩《も》らした。

「お客様、江戸じゅうを捜してもこれだけの品々はございません。この機会を逃すと生涯出会えませんよ」

「大番頭さんたら、口が上手なんだから。このぎやまんの酒盃五組揃い、いくらか負からないの」

「おはつさん、お上の上前を撥《は》ねようという魂胆ですか。驚きましたな、二番番頭さん、正札はいくらですね」

「このオランダから渡来したぎやまん揃いはまずお目にかかれません。正札十七両二分でございます」

参次郎の言葉にうう一んと光蔵が呻《うめ》いて、

「おはつさん、二分は引かせてもらいましょう」

「だめ、一両負けて。即金で頂くわ」

「清水《きよみず》の舞台から飛び降りたつもりでお負けします。その代わり大事に使うて下されよ」

光蔵が即座に応じておはつが懐《ふところ》の財布を出した。それがきっかけで四半刻《しはんとき》(三十分)のうちに麻子から預かった三割方が捌《さば》けた。驚くべき商いもあったものだ。富沢町の古狸《ふるだぬき》も内心驚きを隠しきれないでいた。

　客足が途切れたとき、参次郎が、

「本日、昼前ですでに二百両以上の売り上げがございます。うちも古着屋から骨董屋《こっとうや》に鞍替《くらが》えしませんか」

「あるところにはお金はあるものですね。お上が奢侈《しゃし》禁止令を日替わりのように出したり引込めたりしなさるものですから、分限者《ぶげんしゃ》の女衆に不満がたまっておるのでしょうかな。ですが、うちは利が一枚二、三文の古着商いです、本日は特別ですぞ」

　と最後には念押しした光蔵が、

「柳原土手ではあまりにも人出が多いものですから、格別に南町の巡察がありそうな。田之内様から預かった品の売れ行きを教えてくれませんか。田之内様に、途中の具合を報告しておきますでな」

「およそ七割方がすでに売れて百三十両二分にございます」

「分りました。天松をこちらに残します、よそ様からお預かりの高値の品々ゆえ決して粗相のないようにな」

と光蔵が命じて、小柳町の稲荷社の境内を借り受けた仮店を出た。

二

京に到着して三日目の昼下がり、総兵衛は桜子の案内で北白川の瓜生山《うりゅうやま》の茶屋家の別邸を訪ねようとしていた。瓜生山とは東山三十六峰にあって海抜九百九十余尺（約三〇〇メートル）の小高い山だ。この別邸一帯は、京の人には、

「茶山」

で通じる場所でもあった。また、茶屋清延の普請《ふしん》した別邸故《ゆえ》、

「清延山」

としても知られていた。

総兵衛と桜子には今日も北郷陰吉《きたごうかげよし》が従っていた。

朱雀大路《すざくおおじ》の坊城邸を出ると北に向い、内裏の東側の大宮大路を一条通まで上がり、一行は鴨川《かもがわ》に向い、東進した。

一条院、京都御所の辻でさらに北へ進み、今出川通《いまでがわ》をゆったりとした歩調で進んでいく。

茶屋家訪問の刻限は、八つ半（午後三時頃）ゆえ桜子は総兵衛に少しでも京を知ってもらおうと、

「この今出川通は平安の昔には北小路と呼ばれた通りどした。この先で鴨川を渡りますのや」

「今出川通ですか」

総兵衛は富沢町の留守の長を務める大番頭の光蔵より坊城家に宛《あ》てて出された書状を何通か受け取っていた。

その中で薩摩藩江戸屋敷の江戸留守居役東郷清唯《きよただ》と接触した人物が今出川季《すえ》継《つぎ》なる人物と記されていたことをふと思い出していた。すでに今出川は江戸を去っているとか。光蔵の推測ではおそらく京に戻ったのであろうという。

また麻子の調べとして今出川季継が今は亡《な》き近衛《このえ》経熙《つねひろ》の継嗣基前《もとさき》の後見役と江戸で自称し、跡継ぎの基前の委任状を持参して江戸留守居役東郷某と面談したという。また薩摩と近衛家は昔から、

「擬制《えせ》親族」

と京で噂《うわさ》されるほど親しい交わりという。

総兵衛は坊城公望《きんもち》から聞いて、薩摩藩島津家は外様大名としての地位を高めんと朝廷に接触を図り、その鍵《かぎ》になった人物こそ重豪《しげひで》の祖母にあたる竹姫ということをすでに承知していた。

薩摩の朝廷と幕府への、婚姻を通じての接近は総兵衛らが考えていた以上に昔からだったのだ。

近衛家の当主基前の後見役今出川季継がどのような狙《ねら》いで江戸に下り、薩摩藩の留守居役と面談をなしたか。

このようなことをだれに尋ねればよいのか、総兵衛は京という土地柄は江戸とは比較にならないほど錯綜《さくそう》していて難しいと実感していた。しかし、その難しさは京に限らず古い都ならば、そして朝廷や王族が住んだ土地ならば必ずつきまとうものだったと思い直した。

「総兵衛様、最前から黙っておいやすな、京疲れしたんと違いますのん」

「京の都は初めての訪問者を疲れさせますか」

総兵衛が桜子に反問した。

「江戸とは異なり、京人種はそう易々《やすやす》と内心を見せはらしません。あたりがようございますがなかなか本音を出しはらしまへん。口と肚《はら》は違います」

「ならば公望様もじゅらく屋の栄左衛門《えいざえもん》様も総兵衛を受けいれてくれたのではないのですね」

「坊城の大爺様《おおじいさま》もじゅらく屋の旦那《だんな》はんも大黒屋とは百年の付き合いがおます、一見《いちげん》の方とは違います。このお二人は総兵衛様をすべて受け入れておられます、なんぞ困ったことが生じた折には本心を打ち明けられてかましまへん」

「安心しました。京訪問は初めての総兵衛です、どこも受け入れて頂けないかと案じました」

「本日の茶屋家は坊城家ともじゅらく屋さんとも本心の付き合いの間柄でおます。聞きたいことがあればなんでもお尋ねになってもかましまへん。きっとそのほうがあんじょう行きます」

　桜子が請け合ってくれた。

「ただ今の茶屋家の当主はどなた様にございますか」

「たしか神君伊賀越えに案内役を務められた初代の四郎次郎清延から数えて十三代目の清方様にございまして、お齢《とし》は三十七、八のお方どす。そう気難しいお人ではおへん。総兵衛様のお人柄ならば必ずや打ち解けてなんでも話してくれはります」

桜子はいつもより緊張している総兵衛の気持ちをときほぐそうとした。

一行は鴨川に架かる橋に出た。

二つの流れが橋の上流で合流していた。

「総兵衛様、右から流れてくるのんが高野川どす、左の流れは賀茂川、二つの流れが合わさったあとは、鴨川と字が変わります。橋を渡ると大原口どす」

総兵衛は橋の中ほどに立ち、流れの上流と下流を眺めた。

「ここからは見えしまへんけどな、京の町並みの西にはもう一本桂川《かつらがわ》が流れておりますんや。京が京たるゆえんは二つの流れが醸《かも》し出す水辺の景色やと、うちは思うてます」

「桜子様、総兵衛が育った町も水辺の町にございました。そのせいか川のある町が大好きです」

「総兵衛様の生まれ故郷にも川はおましたんどすか」

「最後にわが一族が拠点にしていたホイアンもツゥボン河の流れの縁に開けて

おりました。鴨川のように早い流れではございませんし、清く澄んだ水面ではございませんでした。満月の夜には毎月水辺に灯かりを灯《とも》してランタン祭りが催されます。水に映る満月とランタンの色とりどりの灯かりはなんとも美しいことです」

「お話を聞いただけで訪ねてみとうなりました」

「桜子様、いつの日か」

「約束どす」

二人から少し離れて立つ陰吉は、若い男女がこれほどまでに互いを信頼し、敬愛する光景を知らないと思った。和人にはなかなか見ることができない二人だった。まして薩摩では男女の仲は出自によって付き合う相手が決められた。

総兵衛が異郷生まれの若者ゆえ桜子も素直に心の中をさらけ出すのか、陰吉は微笑《ほほえ》ましく眺めていた。

ふと総兵衛の表情が変わった。それは一瞬だった。

陰吉は体の向きを変え、背後を見た。

橋の西詰めに強脛《こわすね》の冠造《かんぞう》の蔓《つる》で編んだ野暮ったい笠《かさ》を被《かぶ》った姿があった。

一瞬、陰吉と冠造は視線を混じらせた。

冠造の発する眼光には陰吉への嫌悪《けんお》が込められていた。それに対して陰吉は笑みで応《こた》えた。

「そろそろ刻限どす、参りましょ」

桜子の言葉に三人は橋を渡り終えた。すると鴨川の対岸に紅葉を終えた冬枯れの山並みが迫ってきた。

「右手に見えるんが山焼きの大文字山どす。京の東側に連なる山並みが東山三十六峰どす」

鄙《ひな》びた道に老婆《ろうば》が背に竹籠《たけかご》を負い、籠の上から水仙や蕾《つぼみ》をつけた梅の枝が見えている光景に総兵衛は気持が和んだ。

「この道を真っ直ぐに行くと田《た》ノ谷《たに》峠にいたりますんや、そこから琵琶《びわ》湖《こ》が一望できます」

そんな野道を山へと少し入ったところ、瓜生山の斜面に茶屋家別邸はあった。

藁葺《わらぶ》きの屋根を持つ門を潜《くぐ》る前に陰吉はちらりと背後を見た。だが、冠造の姿は見えなかった。

「陰吉、一々気にしていては疲れますぞ」

と総兵衛が言った。

「気付いておられましたか」

「京に薩摩屋敷がある以上、私どもは敵地に入ったも同然です。強脛の冠造の監視は予想されたことです」

総兵衛が平然と言い切った。

そんな会話を笑みの顔で聞いていた桜子が門番の老爺《ろうや》に訪《おとな》いを告げると、直ぐに奥へと知らせが走り、

「桜子様、お久しぶりでんな」

茶屋家の番頭か、初老の男が姿を見せて歓迎してくれた。

「茶屋の取締方の恒左衛門《こうざえもん》さんどす、総兵衛様」

と総兵衛に引き合わせた桜子が、

「江戸の大黒屋十代目の総兵衛様にございます」

と恒左衛門へ、反対に総兵衛を紹介した。

「九代目がな、急にお亡くなりになったと聞きましたが、しっかりとされた十

代目がおられてなによりでございましたな。ささっ、離れ家でな、主《あるじ》が待って
おります」

恒左衛門は、茶山の広大な庭を案内がてら総兵衛と桜子の二人を茶屋家の当主が待つ離れ家の茶室蒼光庵《そうこうあん》に案内していった。その道々も、

「桜子様、麻子様はお元気でっしゃろな」

と恒左衛門が尋ね、江戸の坊城家とも茶屋家が親しいことが総兵衛にも分った。

「母にはもはや公卿《くげ》の血は流れてまへん。江戸にて南蛮女商人を楽しんでおります」

「麻子様はご先祖が始められた商いを継がれたんどす。それも京の坊城家の援《たす》けにな。商い、大いに結構でおます」

蒼光庵は、草庵風の素朴な造りであった。

茶屋家十三代当主清方は、深山幽谷の趣を漂わした景色に溶け込んである庵《いおり》で二人を待ち受けていた。

この日の総兵衛は身に寸鉄も帯びていなかった。にじり口の前に立った総兵

衛は、

「桜子様」

と桜子に草庵に先に入るように願った。

「遠慮のう」

と言い残して会釈《えしゃく》した桜子が庵に姿を消し、数拍の間をとった総兵衛が、

「失礼致します」

と声をかけて長身を屈して頭から茶室に入った。

うす暗い茶室の粗壁はくすみ、土に練り込まれた藁が見えた。

一礼した総兵衛が釜前《かままえ》の主に顔を上げ、会釈すると、

「大黒屋総兵衛にございます。お招きに預り、有難うございます」

「よう参られました」

清方の言葉を受けて総兵衛の視線が茶掛けを見た。

一幅の絵は、茶屋家の先祖の異国交易を示した、

「茶屋新六郎交趾《こうち》渡航図」

であった。

総兵衛がにっこりとほほ笑んだ。茶屋清方はすでに総兵衛の出自を承知していた。

「十代目総兵衛様は、交趾の今坂家の血筋とお見受けした」

清方がぽつんと呟《つぶや》いた。

「いかにも交趾国ダナン、紅毛人がツロンと呼ぶあの地に根を張って来ました今坂一族の末裔《まつえい》にございます。交趾での名は、グェン・ヴァン・キにございました」

総兵衛が茶掛けの絵に眼を止めたまま語った。

「となれば茶屋家とは親戚《しんせき》付き合いの間柄にございましたはず、遠い昔のことですがな」

「いかにもさよう、茶屋清方様」

清方の顔に笑みが浮かび、

「一服進ぜたい」

「異郷生まれの作法知らずにございます。非礼はお許し下さいまし」

清方が茶を点《た》て始めた。

桜子は男同士二人の会話に言葉が挟めなかった。

無言の裡《うち》に茶が点てられ、客に供された。

総兵衛は、二百年余前、交趾の地で出合った二つの血を確かめるように端然として一碗《わん》の茶を喫した。

清方の口から異国の言葉が洩《も》れて、総兵衛も同じように異国の言葉で応じた。

主人と客が微笑を交わした。

「なんや、うちが案内方を務めることなど無駄どしたな」

「いいえ、茶屋と今坂の間に桜子様ありてこそ二百年の時を埋められたんどす」

と清方が言い切った。

「桜子様に茶を差し上げましたらな、場を離れに移しましょう。総兵衛様、わが先祖が渡航した交趾の話を聞かせて下され」

と言った清方が桜子のために茶を点じた。

離れ家に席を移した主と客二人は昼下りの陽射《ひざ》しの移ろいの庭を愛《め》でながら

酒食を供にした。

清方が尋ね、総兵衛が答え、桜子が時に口を挟んで、師走の一刻、なんとも和やかな時間が流れていく。

「総兵衛様、話すほどに大黒屋と茶屋の先祖は大御所時代の駿府を通して縁がありましたんやな。朱印船貿易の根拠地が隠居なされた家康様の駿府でおましたんやからな」

と言った清方が、

「総兵衛様の船にわてを乗せてな、先祖の新六郎様が渡ったツロンやそなた様の故郷のホイアンに連れていってておくれやすな。一族の者でかの地に亡《な》くなり、埋められた者たちの墓参りがしとうございます」

「清方様、来秋には交易船団が戻って参ります。その折、安南《アンナン》政庁の騒ぎがどうなっておるか、詳しく知ることができます。落ち着いておるならば、茶屋新六郎様やわが先祖が和人街を建設したツロンを訪ねましょう。その折は総兵衛自身が交易船団を率いてご案内します」

「うちもごいっしょします」

「ほう、桜子様も参られますか」

「清方様、総兵衛様の帆船はなんとも大きなものでして、交趾という国から一族の方々、女子供方もいっしょに江戸表まで参られたんどす。その数、百五十人を超えておりましたそうな」

「えっ、一隻《せき》に百五十人も乗り込めますのんか」

「朱印船時代と異なり、ただ今のイギリス、オランダなどの大型帆船は二百人、三百人が乗り組んでも余裕がございます」

「なんと途方もない帆船やな」

と答えた清方の顔に先祖の冒険心が蘇《よみがえ》ったようで興奮の様子が見えた。

「総兵衛様にお願いがございます」

「なんでございましょう」

「大黒屋はんとはじゅらく屋はんが商いの取引をしてはるさかい、うちは遠慮しておりました。この次はうちの荷もお願い申します」

ふっふっふと、桜子が笑みを漏らし、

「昨日、じゅらく屋はんをお訪ねした折、本日こちらにお伺いすると申しましたら栄左衛門様が、ほなら、次からは茶屋はんの荷も預かることになりますな、と仰《おっしゃ》っておられました」

「なに、栄左衛門はんも承知のことかいな」

清方が苦笑いした。

しばし総兵衛の京訪問が話題になったあと、清方が、

「京でなんぞお困りのことはおへんか」

と聞いた。

「もっとも大黒屋はんには坊城様もじゅらく屋さんもついておられる。わてが出る幕はないやろけどな。なんなりとお言いやすな」

清方の真摯《しんし》な言葉に首肯した総兵衛はしばし沈思し、

「清方様、大黒屋の宿敵が薩摩様であることはご存じにございましょうな」

「百年前、六代目総兵衛様以来の因縁と承知してます」

「私どもが異国への交易を再開した折、いちばん神経を尖《とが》らせたのが薩摩様にございました。こたびのイマサカ号と大黒丸の二隻に薩摩の新・十文字船団が立ち塞《ふさ》がり、因縁の海戦を見《まみ》えております」

「えっ、新たな船戦《ふないくさ》がありましたんかいな。で、どないなりましたんや」

「間違いなくイマサカ号の二十四ポンド砲の前に薩摩の船団は痛手を負うたと思えます。いえ、これは薩摩様がうんぬんの問題ではございません。長い鎖国令の間に和国の造船技術も操船術も砲術も大きな差がついておるのでございます。確かに薩摩様は琉球を支配されて、この島を通じて清国から物が入ってきます。ですが、ただ今いちばん技術、科学、医学の進んだイギリス、フランスの事情に接しておられませぬ。ために薩摩様の帆船といえども和洋折衷の中途半端な造船にございまして、イマサカ号の操船術と火力、さらに実戦経験に新・十文字船団も太刀打ちできません」

「薩摩がまた破れた」

「清方様、こたびの交易船団には江戸店の一番番頭が乗り組んでおりますが、私はまた百年の恨みを残さぬような勝ち方を命じておきました」

「こたびも薩摩様が敗北したとなれば、必ず三度目の戦いを挑んで参りましょうな」

「はい」

と総兵衛が頷《うなず》いた。

「家斉《いえなり》様の正室寔子《ただこ》様は島津重豪様の三女にございますな」

と総兵衛がそこで本論に入った。

「茂姫様のことにございますな」

「大黒屋にとって将軍家の岳父重豪様の動向がいちばん気になるところでございます。過日、江戸に近衛《このえ》基前《もとさき》様の後見方と自称される今出川季継《すえつぐ》なる人物が訪れ、江戸薩摩藩邸の留守居役東郷清唯様と極秘の面談をなされたそうな。この今出川季継なる人物が何者か知りとうございます。そのようなお調べをお願いできるものでしょうか」

総兵衛が願った。

桜子が驚きの顔で見た。そのようなことは長い道中一言も洩らしたことがなかったからだ。

（ああ、そうや）

桜子は大黒屋の大番頭光蔵から何通かの書状が坊城家宛てに届いていたことを思い出した。その中で報告されたことの一環だろうと思い付いた。

「京の薩摩様と関白太政大臣など朝廷の要職を務めてこられた近衛様は、京では、もっぱら擬制親族《えせ》と噂《うわさ》されるほどの親密な間柄でおます。幕府の手前、あまりあからさまにはされておりませんのやけど、実態は互いに利用し合うている仲どす。近衛様は先年、経熙様が身罷《みまか》られて十五歳の基前様が跡を継がれました。そこまではわても承知やが、基前様の後見方の今出川季継やて、いと怪しげなる人物にございますな。ようございます、二、三日、時を貸して下されば調べあげてご覧に入れます」

清方が言い切った。

茶屋家は家康以来のつながりで京の朝廷を睨《にら》んだ細作《さいさく》、探索方とだれもが承知していた。それでいて京ではそのようなことは一切、

「知りまへんな」

と互いが強《した》かにも見て見ぬふりをしていた。

当然、清方は大黒屋が一介の古着問屋などではないことを承知していた。家康とのつながりで影の御用を勤めているのだ。となれば、茶屋家と大黒屋鳶沢家は家康が打った布石の上に生かされてきた一族同士ではないか。

「清方様、不躾《ぶしつけ》なる願いをお聞き届け頂き、総兵衛、感謝の言葉もございません」

「なんのことがありましょうな。京のことは京の人間が動くんがいちばん間違いないこっちゃ」

と清方が応じて、

「桜子様が退屈しておられます。交趾の話をわてや桜子様にもっとお聞かせ下され」

と四方山《よもやま》話に興じることを清方が願った。

三

茶屋家別邸に師走《しわす》の夕暮れが訪れていた。京の北白川のことだ、東山三十六峰から冷たい風が吹き下ろしていた。

茶屋四郎次郎清方と大黒屋総兵衛は離れ家にある囲炉裏端《いろりばた》で燃える薪《たきぎ》を見ながら、いつまでも朱印船時代の航海や交趾の話が尽きなかった。

桜子は清方の娘の三人姉妹と別室で話に興じていた。娘らに清方の内儀のお円が加わり、女だけの四方山話に花を咲かせている気配が笑い声から伝わってきた。

桜子が伴ってきた大黒屋の主《あるじ》が独り身と聞いた三姉妹は、興味津々《しんしん》で離れ家に姿を見せ、

「父はん、桜子様にご挨拶《あいさつ》に伺いました」

と姉娘が言い、桜子に会釈《えしゃく》をするのも束《つか》の間《ま》、総兵衛の顔を見て、正直に驚きを示した。おそらく江戸の大店《おおだな》の主がかようにも若いとは想像もしなかったのだろう。それと若い三姉妹は総兵衛の体内に流れる血の秘密を直感したのだ。

「挨拶に出てきたんなら、早う大黒屋総兵衛様にご挨拶しなさらんか。あとでな、桜子様といっしょの時間を作ってあげます」

清方に言われた三姉妹が総兵衛の顔を見て恥ずかしげに挨拶すると離れ家の座敷を引き下がった。

「娘らは桜子様が京に逗留《とうりゅう》なされたとき、姉妹のように付き合うておりましたんや。姉さん株の桜子様に総兵衛様のことをあれこれと詮索《せんさく》してな、尋ねてお るに相違おへん、賑《にぎ》やかなことや」

と清方が言い、しばらく沈黙して炎を見詰めていた。が、

「総兵衛はん、こたびの京訪問、どれほど滞在なさるおつもりや」

と聞いてきた。

「清方様、もはやお察しのようにこの総兵衛、負わされた荷に比して、力量が不足しております」

総兵衛は清方の問いとは違う返答をした。

「そんなことがあるかいな。わずか一年余で大所帯の大黒屋をまとめ切り、交趾から連れてきた一族をあんじょう鳶沢一族に融和されてなさるやないか。その上や、こたびの道中でも柘植衆を傘下《さんか》に引き込んだそうや。その力量たるや茶屋家、今坂家のご先祖様もかくやと思わせる手並みにおます」

「いえ、清方様、いくら交趾にて和国のことを教えられ、和語を習わされたとは申せ、この国の実際をあまりにも存じません。こたびの道中で桜子様から教わることばかりにございました」

「それは当然のことや、それればかりは総兵衛様がこの地にどっしりと身を落ち着けてこの地の空気を盛大に吸うしか、手はおへん。総兵衛様には申し分のな

い伴侶《はんりょ》になる女子はんがすでにおられます。桜子様を通して京にもつながりができました。あとはゆるゆると京の事情を身で知ることどす」

「いかにもさようでした。初めてお会いした清方様につい愚痴を洩《も》らしました、お許し下され」

と詫《わ》びた総兵衛は、

「京の逗留、春の終る時分までかと思います」

と清方の最前の問いに応《こた》えた。その返答に頷いた清方が、

「十代目に就いたばかりのそなたはんが背に負うた大所帯の重さをな、この清方とて知らぬわけではおまへん。これからは互いが手に手を取り合うてゆるゆると進みましょうな」

「はい」

総兵衛は互いに二百年も前の朱印船時代に異郷に夢を託した一族の末裔《まつえい》同士の清方に親近の情を感じていた。

「総兵衛はん」

いつしか呼び名がかた苦しい総兵衛様から総兵衛はんと変わっていた。その

ことも清方に心を許してもらったようで嬉《うれ》しかった。

「なんでございましょう」

「総兵衛はんのいちばんの悩み、この清方があててみましょうか」

「お分かりですか」

「今年の夏のこっちゃ、日光で異変が生じたそうな」

ほう、と総兵衛は視線を清方に預けた。

茶屋家は徳川の呉服御用達商人を表の顔に京の朝廷の動きを監視する、

「細作」

を務めてきた一族だ。細作とは探索方、目付である。むろんそのようなことを総兵衛は京に入るまでなにも知らなかった。だが、京での茶屋家の立場を考え、坊城公望やじゅらく屋栄左衛門と話して、その言葉の断片からなんとなく察していた。つまりは鳶沢一族が負わされている使命と同じことを茶屋家、いや、中島一族は負わされているのではないか。

となれば当然日光での異変を摑《つか》んでいて不思議はない。

「家斉様御側衆《おそばしゅう》の本郷丹後守康秀《たんごのかみやすひで》様が上様の代わりに日光詣《もう》でをなされた折、

急死なされたそうな」

「そのようなことがこの京にても」

「噂《うわさ》に上がりましたんや」

総兵衛は口を噤《つぐ》んで清方の話を聞くしかない。

「この本郷様の急死に薩摩様が絡《から》んでおられたそうな。それともう一枚、大黒屋はんが加わってのことやと、真《まこと》しやかな話が京のさる筋で流れましたんや」

「……」

「さあて、問題は本郷様と薩摩様がなんで日光くんだりで会談を持ったかでおます」

総兵衛は咄嗟《とっさ》に覚悟し、この言葉が口を突いていた。

「上様名代と称して本郷康秀が日光で対面しようとした相手は、島津重豪様の意を含んだ薩摩藩江戸藩邸用人重富文五郎《しげとみぶんごろう》でございました。本郷の後ろには重豪様三女、茂姫様、ただ今の家斉様御正室寔子様が控えておられる。この連携、大黒屋にはいささか許しがたきことにございました」

大きく首肯した清方が、

「よき判断でおました」

清方は言い切った。京の朝廷や薩摩屋敷に監視を怠らないゆえに得られた情報であり、判断であろう。むろん本郷康秀が鳶沢一族を支配する影様と清方が承知かどうか総兵衛には想像もつかなかった。このことは一族だけの秘密であった。口にすべきではないことだった。

茶屋清方は出来得るかぎりの極秘情報を総兵衛に話し、総兵衛も正直に答えていた。

なぜか？

「わては大黒屋はんが動いたには動いた理由があってのこっちゃと思うてます。それはそれでよろし、問題は薩摩の島津重豪様に大黒屋憎しの感情が燃え上がったこっちゃ。そして、今また大黒屋はんは薩摩の銭箱の抜け荷商いに手を延ばされた」

「それを承知で清方様は大黒屋に荷を預けられますか」

「わてもな、どうも薩摩はんとは肌が合いまへんのや」

清方も磊落《らいらく》に応じて、声もなく笑った。

「総兵衛、しかと承りました」

「よろしいか、総兵衛はん。京は江戸と違い、闇《やみ》の中で密かに思わぬ人が手と手を結び合うところどす。だれが心を許した味方か、敵がだれかはっきりと総兵衛はん自身が見極めて動かれるこっちゃ。それまでじいっと我慢することどす」

「清方様の忠言、総兵衛、胆《きも》に銘じます」

「ふっふっふ」

と満足げに笑った清方は、

「総兵衛はんの京での狙《ねら》いは、近衛基前様の後見方今出川季継なんやらかんやらなんぞいう小者やおへん。真の狙いがあぶり出されたとき、この清方、総兵衛はんの助っ人に名乗りをあげまひょ」

と冗談めかして言ったが、その眼は笑っていなかった。

「これを御縁に時折清方様にご指導を願うことになろうかと存じます、よしなに」

「総兵衛はんは異国交易のお師匠はんや。京のことはこの茶屋清方に任せなはれ」

と言い切ったとき、廊下に再び賑やかな笑い声が響いて、囲炉裏のある板の間に桜子ら娘衆が姿を見せた。

総兵衛一行が茶屋家の別邸、海抜九百九十余尺の瓜生山斜面にある広大な茶山を出たのは五つ半（午後九時頃）の刻限だ。

北白川界隈《かいわい》は森閑として師走の深い静寂と寒さに包まれていた。

清方は桜子のために駕籠《かご》を用意してくれた。総兵衛は素直にその好意を受けた。

供は相変わらず籠《かご》を負い、提灯《ちょうちん》を手にした北郷陰吉一人だ。

「陰吉、腹は空いておりませんか」

「総兵衛様、京の茶漬《ぶぶづ》けちゅう言葉を知ってなさるか」

「いえ、知りません」

「ならばあとで桜子様に尋ねて下され。茶屋家は京の茶漬けどころやない。供のこのわしに脚付き膳《ぜん》で立派な夕餉《ゆうげ》が出ました、びっくりしました。茶屋家と大黒屋はよほど昔から親しいのですな」

「はい、二百年も前からの付き合いです」

「総兵衛様、冗談を言われるようになりましたか。訪ねる前は初対面と言うておられましたぞ」

「そうでしたかな」

と答えた総兵衛の返答に駕籠の桜子が声もなく笑ったようだった。

「桜子様、茶屋家のお嬢様方と久しぶりのお喋《しゃべ》りが弾んだようですね」

「ふっふっふ」

と含み笑いが駕籠の中から洩れてきた。

「楽しい時を過ごされてなによりです」

「総兵衛様、うちらが何の話で時を過ごしたんやと思われます」

「さあて、若い娘御のことです。なんでございましょうな」

と首を傾《かし》げた総兵衛が、

「上の娘御、七海《ななみ》様が十六にございますか」

「はい。二番目の五海《いつみ》様が十五、末娘の郁海《いくみ》様が十三どす。うちが姉様役で京におるときは、仲よう遊びましたんや。久しぶりに会《お》うてみたら、三人して大きゅうなられて」

「愛らしい娘御たちでございます」

「立派に成人された七海さん方の関心はもっぱら総兵衛様のことどした」

「私がなぜ話のタネになるのでございますか」

「それはもう」

「なんでございましょうな、見当もつきませぬ」

と答えながら、駕籠の提灯の灯かりにわずかばかり照らされた路面の先の闇にうごめく影を総兵衛は感じとっていた。

北郷陰吉もそのことを察知していた。籠を背に負うたなりで総兵衛の傍らに歩み寄った。総兵衛が直ぐに三池典太《みいけでんた》を手に出来るようにだ。

「総兵衛様は京では見かけられん男はんやそうな」

「ほう、私のような野暮天は京にはおられませぬか」

「野暮天やなんて言葉をようも承知どすな。違います、七海さん方は総兵衛様に一目ぼれしたんどす。桜子がずるいというておられましたんや」

「驚きました」

総兵衛は籠から布に包まれた三池典太光世《みつよ》を抜き取って腰に差した。

「京でな、初めての訪問先で時分刻《じぶんどき》になり、茶漬《ぶぶづ》けでも食べていかれまへんかと言われたら、それは言葉だけのこと、真っ正直に受けとって、ならばご馳走《ちそう》になりましょうなんて応《こた》えたら、それこそ野暮天と蔑《さげす》まれますんや」

「誘われても馳走になってはなりませぬか」

「京人はかっこつけ屋なんどす。口と肚《はら》とは違うんどす」

「本日も馳走になってはなりませんでしたか」

「いえ、茶屋家は違います。総兵衛様がお断りになったら清方様はがっかりしはりましたえ」

「京は難しゅうございますな」

「はい」

駕籠かきたちもすでに異変に気付き、歩みを緩めていた。

「歩みはそのままにお進み下さい。そなた方に怪我《けが》はさせません」

客の総兵衛に言われた駕籠かきたちが再び歩みを取りもどした。さすがに徳川家の細作を務めてきた茶屋家の奉公人だ、胆《きも》が据わっていた。

「なにがありましたんや」

「桜子様、退屈しのぎの茶漬《ぶぶづ》けでございますよ」

「ほんに総兵衛様といっしょやと退屈する暇あらへん」

駕籠の桜子の声音《こわね》も平静のままだ。

総兵衛は桜子が案内してきた茶屋家別邸の往路の道と帰りの道がいっしょかどうか判断できなかった。それほど深く、濃い闇が辺りを覆《おお》っていた。吹く風が頬に冷たかった。

桜子から何度も、

「京の冬は底冷えしますえ」

と聞かされていたが、南の交趾育ちの総兵衛が初めて体験する底冷えだった。

総兵衛は、

（おや、後ろも囲まれたか）

と一瞬思ったが、

（どうやら勘違いか）

と思い直した。

陰吉が駕籠の前に出て、駕籠を止めた。

鴨川に流れ込む支流のせせらぎが耳に聞こえてきた。待ち人はどうやら橋の上にいると思えた。

「陰吉、桜子様をお守りしなされ」

と総兵衛が命じ、陰吉が、へえ、と総兵衛と交代した。

総兵衛が橋の上の人影に声をかけた。

「京の都にも夜盗が現われますか」

応答はなかった。

駕籠の棒端にぶら下げた提灯の灯かりが体付きだけをかろうじて浮かばせていた。

「おや、知り合いのお方にございましたか。薩摩藩京屋敷目付伊集院監物《けんもつ》様にございましたな」

「おのれ、大黒屋」

と押し殺した声だった。

「加太峠で申し上げましたな。わが交易船団は恙《つつが》なく大隅海峡を抜けたと。薩摩の船団の被害はどれほどにございましたな」

「大黒屋総兵衛、大口は今宵《こよい》が最後」

と宣告した伊集院が身を引いた。するとその背後に両膝《りょうひざ》を突いてしゃがんでいた影が一礼した。

「開聞《かいもん》与五郎、あやつのど頭《たま》を叩《たた》き潰《つぶ》せ。見事、果たせばそなたを上士に取り立てると上役が約定なされた」

再び一礼して立ち上がった影は裸足《はだし》ながら六尺五寸（約一九七センチ）余の巨漢であった。五尺（約一五〇センチ）余の枇杷《びわ》材と思える木刀を片手に提げていたが、それを右肩の前に立てた。

「東郷重位様創始の示現流、お見舞い申す」

と割れ鐘のような声が響き、総兵衛目がけて走り出した。どっしりと安定した腰に鍛え上げられた四肢の開聞与五郎は地を這《は》うように間合い十数間（二五、六メートル）を一気に縮めてきた。

総兵衛は三池典太の鞘《さや》を払うと、右手一本に翳《かざ》して、

すすっ
と摺《す》り足で前進し、ぴたりと止まった。

その直後、開聞与五郎が声もなく跳躍した。裸足の足裏が半ば凍《い》てついたような地面を蹴《け》り上げ、高々と宙に舞った。そして、提灯の灯かりから闇に溶け込んで消えた。

総兵衛は動かない。

陰吉は手にしていた提灯を虚空《こくう》に差し上げたが刺客の姿は見えなかった。

桜子は駕籠の中で瞑目《めいもく》し、手を合わせていた。

辺りにどこからともなく、

「ちぇーすと！」

肚に響く気合が響き、不動の総兵衛を押し潰すように枇杷の五尺余の木刀といっしょに雪崩《なだ》れ落ちてきた。巨軀《きょく》を利しての攻撃はまるで天が崩れ落ちたような圧迫感で、陰吉の体が縛りつけられたように固まったほどだ。

不動の総兵衛の腰がわずかに沈み、
つつつ

と前方へと揺れた。そのために開聞与五郎の木刀と巨体は総兵衛が今までいた場所に、

どしん

と着地した。

「逃げやったか」

両膝を屈して衝撃を和らげた開聞が立ち上がり、総兵衛が逃げた方向に姿勢を転じたとき、思いがけなくも眼前に立つ相手を見た。

「おはんな」

総兵衛の片手に翳した三池典太が、

そより

と戦《そよ》ぎ、開聞与五郎の木刀を握った手首の腱《けん》を断っていた。

わああっ

という絶叫とともに木刀が手から転げ落ちた。

「去《い》ね」

総兵衛が声をかけ、恐怖に引き攣《つ》らせた顔の開聞がその場から逃げ出した。

「伊集院監物、見世物はこれだけか」

無言のままに橋に立ち尽くしていた伊集院が、片手を上げた。橋の向こうに待機していた京薩摩屋敷の面々が動こうとした。

その瞬間、夜の闇《やみ》に硬質の弦音《つるおと》が響き、伊集院監物の足元の橋板に短矢が突き刺さった。

総兵衛の茶屋家別邸訪問に陰ながら従っていた田之助が放った、

「警告の矢」

だった。

「一矢《いっし》じゃ、おいに構わず大黒屋総兵衛を殴り殺せ！」

と伊集院が命じた。

薩摩隼人《はやと》が走り出した。

と、その前に矢が次々に飛来して橋板に突き立ち、彼らの動きを止めた。

茶屋清方は、自らの奉公人を総兵衛一行の陰護衛につけていた。北白川の地の利を生かした者たちが闇から放った矢衾《やぶすま》だ。

動きが止まった。

歯軋《はぎし》りした伊集院が退却を命じた。

総兵衛は血ぶりをして三池典太を鞘に納めると、茶屋家の面々といっしょに必ずや総兵衛の腕前を確かめるために来ているはずの茶屋四郎次郎清方に向い、一礼すると、

「足止めしたな、参ろうか」

と駕籠かきに優しく言った。

四

江戸では柳原土手を会場にした「師走《しわす》古着大市」の催しが大賑《にぎ》わいのうちに終わり、推定だが三日間に来場した客は十万人近くを数えたと思われた。そして、大勢詰めかけた客が競い合って購入した古着の売り上げは三万両を優に超えたものと推定された。

正確な売り上げを把握するには時がかかったし、柳原土手の露天商いなどは仕入れ値がいくらで売り上げがいくらだったかなど普段から考えてもいなかった。

客の到来した数も売り上げも概算でしか出せないことはわかっていた。だが、春の古着大市の規模と売り上げを越えたことははっきりとしていた。

この日、大黒屋の大番頭光蔵は手代見習いの天松を船頭にして、柳原土手を訪ねた。

神田川は師走初めのいつもの風景を取り戻していた。昨日まで大勢の客が詰め掛けていた賑わいは消えたが、その残滓《ざんし》はあちらこちらに見られた。がらんと虚脱した空気が漂う柳原土手界隈《かいわい》では富沢町からの応援も得て、露天商いたちが後片付けをしていた。ごみを拾い集め、掃除をして、水を撒《ま》いて浄《きよ》めていた。なんとか一日で元の柳原土手に戻りそうな感じだった。

光蔵はほっと安心した。

「大番頭さんや、なんとか無事に終わったな」

世話方を務めたふるぎ屋の伊助が光蔵を見て言いかけた。

「些細《ささい》な騒ぎがございましたがな、南町の働きもございまして大事にはならず幕を下ろすことができました」

「これで春と師走の二度、古着大市を盛況のうちに終えたことになる。奉行所は来春の大市も許してくれるよな」

世話方の一人、床店《とこみせ》の主《あるじ》の敬造が光蔵に尋ねた。

「このあとな、南町にお礼の挨拶《あいさつ》に参ります。おそらく一年二度の古着大市の開催は江戸の風物詩として定まると思います。うまくいけば春の日取りも話し合うてきます」

「頼んだぜ、大番頭さんよ」

「その代わり、こちらの後片づけをきちんと願います。武家屋敷から苦情が出ると、次の開催に差し障《さわ》りが出兼ねませんからな」

「片づけはまかせてくんな。それと世話方が組になってよ、大番頭さんの言われた金子を包んでさ、手分けして挨拶回りを今日の昼からすることになっているんだ。売れ残りの古着を門番に配るよ」

「願いましたよ、ご一統さん」

光蔵が応じると、世話方のいちばんの年寄、床店商い、伊勢半の熊蔵《くまぞう》が、

「それにしても大黒屋さんは商売上手だね。一軒だけここから離れた小柳町の稲荷《いなり》社なんぞを引き当てたんだか、自ら望んだんだか知らないがさ、武家の奥

方様やら分限者《ぶげんしゃ》の内儀に客筋を絞ってよ、友禅や上布、絹布の上物から小間物、飾り物を高値で売り捌《さば》いて、大儲《おおもう》けしたというじゃないか。うちらのひょろびりの単衣《ひとえ》一枚、何十文とは桁《けた》が違うよ」

「熊蔵さん、私どもが最初から策を弄《ろう》したように聞こえますな。ああたもあの籤引《くじび》きの場におられたんだ。だれもあんなところは嫌だというから、うちが仕方なく店を出すことにしたんですよ」

「損して得とれってのかね、災い転じて福となすというのかね、大利をかっさらったのは大黒屋だともっぱらの評判ですよ。光蔵さんは知恵者だぜ」

「熊蔵さん、そんな噂《うわさ》が流れて、うちだけが大儲けしたなんて話が江戸中に広がるのはよろしくない。裏を話しておきましょうかな」

「えっ、裏があるのかい」

「ございます」

と前置きした光蔵は奉行所から押収品《おうしゅうひん》を換金する手立てはないかと相談を受け、あのような店を出したと説明した。するとそこにいた世話方が、

「なんだえ、同心の旦那《だんな》方がよう動いたと思ったら自分たちの懐《ふところ》を肥やす大市

でもあったのか」

「いえね、このご時世です。奉行所では探索の費えが常に足りないそうで、このたびの売り上げも探索費に組み込むそうです。むろんうちでも新中古の反物太物や帯などその脇《わき》で売らせてもらいましたよ、だって古着大市と銘うたれた行事ですからな。ですが、始まりは奉行所から内々の相談があって浮かんだ苦肉の策でございました」

「なんにしても奉行所がさ、来春の大市を許してくれれば、それくらいの便宜を図るのは致し方ねえことだな」

「そういうことでございます。ここにおられる世話方衆、どうか奇妙な噂は止《や》めさせて下さいな。奉行所につむじを曲げられると春の大市開催に差し支えますからな」

「分ったぜ、大黒屋の大番頭さんよ」

「手代の背の風呂敷《ふろしき》包みが奉行所の上がりです、これからいって参じます」

「頼んだぜ」

と願う世話方に別れの挨拶を返した光蔵は、

「天松、呉服橋に舟を回しますよ」

と命じて神田川に舫《もや》った猪牙舟《ちょきぶね》に戻った。

猪牙舟が流れに乗り、棹《さお》から櫓《ろ》に変わったとき、天松が、

「さすがに大番頭さんだ、ものは言いようでございますね」

「なんですか、手代見習いさん。私が詐欺師《さぎし》のように聞こえますよ」

「だってそうじゃありませんか。たしかに市中取締諸色掛与力が妾《めかけ》に買い与えた飾り物などは稲荷社の仮店で売り払いましたよ。だけど、それはほんの一部でした」

「天松、私どもは商人です。元はもちろん利をとるのは商人の常識です」

と鷹揚《おうよう》に応じた光蔵が、

「土井権之丞様は死して役に立たれましたな」

と言い捨てた。

「坊城麻子様の預かり品はほとんど売れたし、うちもそれなりの売り上げがあった。奉行所、南蛮商人、うちと三方得のうまい商売でしたね」

「言わぬが花、奉行所に花を持たせないとね」

と光蔵が満足げに笑ったものだ。

半刻（一時間）後、呉服橋御門内の南町奉行所で光蔵は、根岸奉行の内与力田之内泰蔵《たいぞう》と面会していた。

「なにっ、土井の妾から押収したあの品々が、一二百両を越える小判に化けたか」

「お奉行所の探索費に組み込む金子です。一朱でも高値にと二番番頭の参次郎らが頑張りましたでな、かような金額になりました」

光蔵だけがおさよの持ち物だった飾り物の売り上げにいくらか色を付けてあることを承知していた。

「思わぬ実入りであったな」

「それだけ土井様が不正な蓄財に励まれ、妾に入れあげたということでございますよ。ほとんど使われてないのでこの値になりましたので。売り上げの書付と照合なされてお受け取り下され。恐れ入りますが受け取りは頂戴《ちょうだい》しとうございます。他の世話方から後々あれこれ言われるのもなんでございますからな」

「よし、しばし待て」

御用部屋の文机《ふづくえ》で売上げの金子と各品の売値を書いた紙片とを照合した田之内が、

「文弥、二百五両一分二朱の受け取り証文を書け」

と見習い同心を御用部屋に呼んで命ずると、

「確かに受け取った」

と満足げに笑みの顔で向き合い、

「来春の富沢町での古着大市も催すな」

と念を押した。むろん見習い同心が次の間に戻り、二人だけになったときだ。

「秋のはずが師走に延びたのに意外にも盛況にございました。ですが春先に直ぐの開催は無理でございます。富沢町も柳原土手もそれなりの仕度が要りますでな、出来ますれば三月末の春の大市を願い奉《たてまつ》ります」

光蔵は胸の中で思案してきたことを告げた。

「奉行と相談致す。まずあれだけの賑わい、江戸が活況を呈する催しを二度だけで終わらせるわけにもいくまい」

「いかにもさようでございます」

「そこでな、光蔵、内々に頼みがある。このご時世、江戸町奉行所の費えは城中からきつく抑えられておる。じゃが、土井のような不届き者はもうおらぬ」

「結構なことではございませんか、あのようなお方が南町に二人も三人もいたら、私ども商人は迷惑致します」

　と応じた光蔵が言いよどむ田之内の様子を窺《うかが》い、

「田之内様、柳の下に二匹目のドジョウはおらぬかと考えを巡らされた」

「分るか」

「奉行所のお蔵に眠っている品々に眼をつけられた。奉行所にはお店《たな》の取潰《とりつぶ》しや盗人から押収するなどした返し先が分らぬ品が眠っておる。そこでそれらの品を次の古着大市の間に処分なさりたいのではございませんか」

「そなた、ようも知恵が回るのう」

「内与力様ほどではございません」

「この一件、当然のことながら南町だけで美味《うま》い汁を吸うわけにはいかぬ。北町の小田切奉行の内与力どのとも内々に相談ということになる」

「小田切様の内与力の斉藤六左衛門様も話の分かったお方にございます。このような相談はお役所では宜《よろ》しくございませぬ。どうです、どちらか別の場所で南北の内与力様がお話しになるというのは」

「八百善はいかぬぞ、茶漬け一杯が何両とするでな」

「どうでございましょう、主は留守でございますが富沢町のうちにお見回りに参られるのは」

「来春の古着大市の打ち合わせならば御用じゃな」

「むろん御用にございます」

よし、決まったというところに見習い同心が受け取り証文を持参して、田之内泰蔵が改め、爪印を押して差し出し、

「有り難うございます」

と光蔵が受け取った。

京は二十四節気の一つ、小寒《しょうかん》を迎えていた。比叡《ひえい》おろしが吹き抜け、底冷えする寒さが一段と険しさを増した。

夜半過ぎに雪おろしの風が京の町屋の甍《いらか》を吹きわたり、総兵衛が起きてみると坊城家の庭も白い雪景色で、山茶花《さざんか》が雪をかぶって薄紅色の花びらが一層鮮やかに眼に映えた。

総兵衛一行の京逗留《とうりゅう》も十日余りがたち、京の様子も少しずつ分かってきた。

茶屋清方との面会のあと、三日後に使いを貰《もら》い、桜子と二人、こんどは小川通出水上ル、通称茶屋町の茶屋本家を訪ねた。

清方は奥座敷に二人を招じ上げると、

「分りましたえ、近衛基前様が十五歳と若いことをいいことに近衛家に食い込んだ腹黒い鼠《ねずみ》の正体どす」

「今出川季継のことにございますな」

総兵衛の念押しに清方が頷《うなず》いた。

「公卿《くげ》にございましたか」

「公卿は公家と同じ意味でございましてな、こうか、こうけとも呼ばれます。本来は公の家と書くんやから、天皇さんのことどした。ところが時代が下ってな、朝廷をさすようになりまして、太政《だじょう》大臣、左大臣右大臣の三位以上、それと堂上家《どうじょう》は三位以上と四位、五位、六位の蔵人《くろうど》のうち、昇殿を許された朝官が格別に『公家衆』と呼ばれ、範囲が広がったんどす。徳川家康様が江戸幕府を開いたあとは、幕府に仕える武家に対して、天皇の廷臣は公家と呼ばれるようになったんや。今では、五摂家《せっけ》を筆頭に、七清華家《せいが》、三大臣家、二十五ないしは二十七の羽林《うりん》家、十六名家など家格がございましてな、総勢百三十七家といわれて、うじゃうじゃ公家様が京にはおられるんどす」

「今出川はその一家にございますか」

いいえ、と清方が首を横に振り、

「今出川なんてもっともらしい名を僭称《せんしょう》しておりますがな、こやつの家は供御《くご》人《にん》でございましてな、供御人とは天皇さんに飲食物などを献ずる者にございまして、平たくいえば朝廷に出入りを許された商人にございます。あやつ、今出川筋の刃物屋の倅《せがれ》にございますよ。なぜかような供御人が五摂家筆頭の近衛家に出入りを許されてきたか、よう分かりません。確かなことは京の薩摩屋敷にも親しげに出入りしておる商人であるということどす」

「供御人なる朝廷の商人が近衛家の後見人を名乗れるものでございましょう

か」

「この京では通りまへん。けど遠く離れた江戸なれば今出川季継などと公家を思わせる名と形《なり》で、騙《だま》し果《おお》せたということやおへんか」

「近衛家の当主は十五歳とお若いゆえ、なにも知らずにこの者を朝廷と薩摩を取り結ぶ使いとして利用しておるのでございましょうか」

「あり得ます。貧乏公卿《すかんぴん》とも呼べぬ供御人がなにを企てのことか、近衛家と薩摩屋敷に出入りしていることは確かにございます」

「清方様、早々のお調べ有り難うございました」

「なんぞしゃはりますか」

清方が今出川季継の身辺をさらに調べるかと言外に問うていた。

「いえ、小鼠なれば放っておけば自滅致しましょう」

総兵衛の言葉に頷いた清方が、

「一つだけ付け加えておきましょ。こやつ、刃物屋の倅ゆえ、刃物の扱いには慣れておりますそうや。京の町屋の道場で剣術の修行して、それなりの腕前やとか、当人は禁裏御留流と称しておるそうな」

と総兵衛に注意した。

茶屋町への呼び出しから五、六日静かな時が流れ、師走が深まっていった。

「総兵衛様、稽古《けいこ》はいかがなされますか」

田之助が離れ家の縁側に立つ総兵衛に聞いた。

「雪が降り積もった野天の道場もまた一興」

と答えた総兵衛が足袋《たび》裸足《はだし》でぽんと雪の上に飛び下りた。その手には珍しく三池典太光世があった。

田之助は総兵衛が独り稽古をする気だと考え、自らは木刀の素振りを始めようとした。すると北郷陰吉が姿を見せて、

「田之助さん、わしも体を動かしとうなった。相手を願う」

と言い出した。

「薩摩示現流、拝見」

田之助も木刀を手にした。

坊城家の離れ家の庭で総兵衛と、田之助、陰吉の稽古がそれぞれ始まった。

この朝も公望が離れ家の縁側に火鉢を据えて見物していた。このところの朝

の日課だった。

総兵衛は着流しの腰に葵《あおい》典太を差し落として、素手を身体の前に広げて円いものでも抱え込むような構えで雪の原を摺《す》り足で移ろった。

その仕草はまるで能楽師の動き、それも達者の域にある演者そのものだと公望は感嘆した。

幽玄にして深遠な動きは、刀を抜いての舞に移り、いつ果てるともなく続いた。そして、四つ半（午前十一時頃）の時鐘が響いたとき、刀を鞘《さや》に納め、静かに終わった。

しばし不動の姿勢を保っていた総兵衛が虚空《こくう》の一角に向って一礼し、見物の公望を振り返った。

「新年の謡《うたい》始めと能楽を楽しみにお待ちやす。きっと総兵衛はんが得心する動きが能楽師から授かりますよってな」

「はい、私も楽しみにしております」

「ともかく湯殿に行きなはれ。いくら稽古やと言うて雪の上で足袋裸足は寒かろう」

総兵衛ら三人を湯殿に向わせた。

総兵衛らが坊城家に逗留して朝稽古を日課とすることが分って以来、朝湯が立てられた。

三人が朝湯を上がって朝餉《あさげ》と昼餉を兼ねた膳《ぜん》に着いたとき、桜子としげの姿が見られないことに総兵衛は気付いた。

「桜子様はお出かけですか」

「錦市場《にしきいちば》に買い物やて出かけましたわ。もうそろそろ戻ってきてもいい刻限や」

と公望が応じて、総兵衛は朝餉の箸《はし》をとった。

だが、桜子としげの二人は昼を過ぎても八つ半（午後三時頃）になっても戻ってこなかった。

田之助と陰吉は坊城家の女衆《おなごし》の案内で錦市場や立ち寄りそうなじゅらく屋、茶屋家を訪ねたが、どこにもその姿はなかった。

総兵衛は、坊城家の庭の一角にある御堂に籠《こも》り、毘沙門天《びしゃもんてん》に拝礼して御堂を借り受けることを詫《わ》び、改めて南の方角を拝するように座り直すと瞑想《めいそう》した。

そして、思念を南に向って送り続けた。

御堂に籠って二刻《ふたとき》（四時間）が過ぎたとき、総兵衛が立ち現れた。その相貌《そうぼう》は、わずか数刻のお籠りで疲労し、頬は削《そ》げ、両眼だけが爛々《らんらん》と光を放っていた。

「桜子様としげは薩摩の手によって、拐《かどわか》された」

「なんと」

と陰吉が呻《うめ》いた。

「薩摩屋敷に潜入します」

と田之助が即座に言った。

「いや、今は動いてはならぬ。先方から必ずや連絡《つなぎ》が入る」

「待つと申されるので」

田之助の念押しに総兵衛の表情が変わりかけた。だが、雪を被《かぶ》った山茶花の花に視線を預けた総兵衛が、

「長い戦いになる。じゃが、必ずやこの身に替えても桜子様としげの身を取り戻す」

と平静な声音で宣告した。
田之助も陰吉も薩摩との戦いが長くなることを覚悟した。
鈍色《にびいろ》の空から再び雪が舞い散り、白の景色に白を重ねていった。

あとがき

時代小説に転じて十五年、意外と長持ちしているな、と自分でも思う。とある出版人が「作家の最盛期はせいぜい十年です」と私に明言された。最盛期があったかどうか知らないが、仕事を途切れずに続けていたことは確かだ。格別に大望があるわけではなし、ひたすら書き続けてきたに過ぎない。それでも十五年余の足跡は溜《た》まる。百八十余冊の文庫が残った。職人作家と自称し、「一時《いっとき》の暇つぶし小説」ゆえコンスタントに市場に「商品」を送り出すことを心掛けてきた成果だ。

近ごろなんとなく欲が出た。きっかけは当シリーズの旧作『古着屋総兵衛影始末』に大幅加筆して手を入れたことだ。全十一巻の『決定版』見直しに一年以上の歳月がかかったと思う。

早書き量産型の小説の欠点は齟齬《そご》勘違い矛盾があることだ。ましていつ果てるとも知れぬシリーズだ。私の場合、あらかじめ構成を立てずに書き始める。

ために勢いに任せて走った結果、作品の骨格がぐらぐらしていることがある。最大の欠点と承知しているが、『ゴッホは欺《あざむ》く』（ジェフリー・アーチャー著、新潮文庫）の解説を読んで、

「わあっ」

と驚き、この大家にしてそうかと安心したり得心したりした。それは訳者の永井淳氏の文章に、

「大体この作家は、作品全体の設計図をきちんと完成させてから書きはじめるのではなく、あるアイディアが浮かぶとあとは筆の勢いに任せて一気に書き進めるタイプ」

とあったからだ。J・アーチャーにしてそうかと、「一時の暇つぶし小説」家は大いに安心した。

もとへ、本文に戻る。

ともあれ新潮社の厚意で大幅加筆の機会を得た。それが『新・古着屋総兵衛』シリーズに繋《つな》がったのは言うまでもない。

齢《よわい》七十を超えたとき、いくら「一時の暇つぶし小説」でも勢いで書いたまま

にしておくのが辛《つら》くなった。そこで今年から別の社の中断作品十四巻に加筆、見直すことにした。どこまでそのような直しが出来るか、こちらの寿命との競争となりそうだ。

新・古着屋総兵衛第六巻『転び者《もん》』は、古着問屋大黒屋のイマサカ号と大黒丸の交易船団がいよいよ異国交易に出発し、その行く手に立ち塞《ふさ》がる薩摩《さつま》の新・十文字船団との怨念《おんねん》の海戦必至の巻だ。一方十代目大黒屋総兵衛こと鳶沢《とびさわ》勝臣《かつおみ》は百年の大計を築くために京に向い、大黒屋にも鳶沢一族にも新たな展開が始まる。これまたどれほどの巻数になるか見当もつかない。作者自身がまず物語を楽しみつつ、気長に書いていこうと気持を新たにしている。

平成二十五年弥生　大島桜の咲く熱海にて

佐伯泰英

本書は新潮文庫のために書き下ろされた。

佐伯泰英著
死闘
古着屋総兵衛影始末 第一巻

表向きは古着問屋、裏の顔は徳川の危難に立ち向かう影の旗本大黒屋総兵衛。何者かが大黒屋殲滅に動き出した。傑作時代長編第一巻。

佐伯泰英著
異心
古着屋総兵衛影始末 第二巻

江戸入りする赤穂浪士を迎え撃て——。影の命に激しく苦悩する総兵衛。柳生宗秋率いる剣客軍団が大黒屋を狙う。明鏡止水の第二巻。

佐伯泰英著
抹殺
古着屋総兵衛影始末 第三巻

総兵衛最愛の千鶴が何者かに凌辱の上惨殺された。憤怒の鬼と化した総兵衛は、ついに〈影〉との直接対決へ。怨徹骨髄の第三巻。

佐伯泰英著
停止（ちょうじ）
古着屋総兵衛影始末 第四巻

総兵衛と大番頭の笠蔵は町奉行所に捕らえられ、大黒屋は商停止となった。苛烈な拷問により衰弱していく総兵衛。絶体絶命の第四巻。

佐伯泰英著
熱風
古着屋総兵衛影始末 第五巻

大黒屋から栄吉ら小僧三人が伊勢へ抜け参りに出た。栄吉は神君拝領の鈴を持ち出したのか。鳶沢一族の危機を描く驚天動地の第五巻。

佐伯泰英著
朱印
古着屋総兵衛影始末 第六巻

武田の騎馬軍団復活という怪しい動きを摑んだ総兵衛は、全面対決を覚悟して甲府に入る。柳沢吉保の野望を打ち砕く乾坤一擲の第六巻。

佐伯泰英著

雄飛

古着屋総兵衛影始末 第七巻

大目付の息女の金沢への輿入れの道中、若年寄の差し向けた刺客軍団が一行を襲う。鳶沢一族は奮戦の末、次々傷つき倒れていく……。

佐伯泰英著

知略

古着屋総兵衛影始末 第八巻

甲賀衆を召し抱えた柳沢吉保の陰謀を阻止せんがため総兵衛は京に上る。一方、江戸ではるりが消えた。策略と謀略が交差する第八巻。

佐伯泰英著

難破

古着屋総兵衛影始末 第九巻

柳沢の手の者は南蛮の巨大海賊船を使嗾し、ついに琉球沖で、大黒丸との激しい砲撃戦が始まる。シリーズ最高潮、感慨悲慟の第九巻。

佐伯泰英著

交趾（こうち）

古着屋総兵衛影始末 第十巻

大黒屋への柳沢吉保の執拗な攻撃で美雪はある決断を下す。一方、再生した大黒丸は交趾を目指す。驚愕の新展開、不撓不屈の第十巻。

佐伯泰英著

帰還

古着屋総兵衛影始末 第十一巻

薩摩との死闘を経て、勇躍江戸帰還を果たした総兵衛は、いよいよ宿敵柳沢吉保との決戦に向かう――。感涙滂沱、破邪顕正の完結編。

佐伯泰英著

血に非ず

新・古着屋総兵衛 第一巻

享和二年、九代目総兵衛は死の床にあった。後継問題に難渋する大黒屋を一人の若者が訪ね来た。満を持して放つ新シリーズ第一巻。

佐伯泰英著
百年の呪い
新・古着屋総兵衛 第二巻
長年にわたる鳶沢一族の変事の数々。総兵衛は卜師を使って柳沢吉保の仕掛けた闇祈禱を看破、幾重もの呪いの包囲に立ち向かう……。

佐伯泰英著
日光代参
新・古着屋総兵衛 第三巻
御側衆本郷康秀の不審な日光代参の後を追う総兵衛一行。おこもとかげまの決死の諜報で本郷の恐るべき野望が明らかとなるが……。

佐伯泰英著
南へ舵を
新・古着屋総兵衛 第四巻
金沢で前田家との交易を終え江戸に戻った総兵衛は町奉行と秘かに対座するが、帰途、闇祈禱の風水師李黒の妖術が襲いかかる……。

佐伯泰英著
◯に十の字
新・古着屋総兵衛 第五巻
京を目指す総兵衛一行が鳶沢村に逗留中、薩摩の密偵が捕まった。その忍びは総兵衛の特殊な縛めにより、転んだかのように見えたが。

柴田錬三郎著
眠狂四郎無頼控
（一〜六）
封建の世に、転びばてれんと武士の娘との間に生れ、不幸な運命を背負う混血児眠狂四郎。時代小説に新しいヒーローを生み出した傑作。

柴田錬三郎著
赤い影法師
寛永の御前試合の勝者に片端から勝負を挑み、風のように現れて風のように去っていく非情の忍者〝影〟。奇抜な空想で彩られた代表作。

司馬遼太郎著

国盗り物語（一～四）

貧しい油売りから美濃国主になった斎藤道三、天才的な知略で天下統一を計った織田信長。新時代を拓く先鋒となった英雄たちの生涯。

司馬遼太郎著

燃えよ剣（上・下）

組織作りの異才によって、新選組を最強の集団へ作りあげてゆく〝バラガキのトシ〟――剣に生き剣に死んだ新選組副長土方歳三の生涯。

司馬遼太郎著

新史太閤記（上・下）

日本史上、最もたくみに人の心を捉えた〝人蕩し〟の天才、豊臣秀吉の生涯を、冷徹な史眼と新鮮な感覚で描く最も現代的な太閤記。

司馬遼太郎著

関ケ原（上・中・下）

古今最大の戦闘となった天下分け目の決戦の過程を描いて、家康・三成の権謀の渦中で命運を賭した戦国諸雄の人間像を浮彫りにする。

司馬遼太郎著

花神（上・中・下）

周防の村医から一転して官軍総司令官となり、維新の渦中で非業の死をとげた、日本近代兵制の創始者大村益次郎の波瀾の生涯を描く。

司馬遼太郎著

城塞（上・中・下）

秀頼、淀殿を挑発して開戦を迫る家康。大坂冬ノ陣、夏ノ陣を最後に陥落してゆく巨城の運命に託して豊臣家滅亡の人間悲劇を描く。

池波正太郎著

真田太平記（一〜十二）

天下分け目の決戦を、父・弟と兄とが豊臣方と徳川方とに別れて戦った信州・真田家の波瀾にとんだ歴史をたどる大河小説。全12巻。

池波正太郎著

編笠十兵衛（上・下）

幕府の命を受け、諸大名監視の任にある月森十兵衛は、赤穂浪士の吉良邸討入りに加勢。公儀の歪みを正す熱血漢を描く忠臣蔵外伝。

池波正太郎著

闇の狩人（上・下）

記憶喪失の若侍が、仕掛人となって江戸の闇夜に暗躍する。魑魅魍魎とび交う江戸暗黒街に名もない人々の生きざまを描く時代長編。

池波正太郎著

雲霧仁左衛門（前・後）

神出鬼没、変幻自在の怪盗・雲霧。政争渦巻く八代将軍・吉宗の時代、狙いをつけた金蔵をめざして、西へ東へ盗賊一味の影が走る。

池波正太郎著

おとこの秘図（上・中・下）

江戸中期、変転する時代を若き血をたぎらせて生きぬいた旗本・徳山五兵衛——逆境をはねのけ、したたかに歩んだ男の波瀾の絵巻。

池波正太郎著

剣客商売① 剣客商売

白髪頭の粋な小男・秋山小兵衛と巌のように逞しい息子・大治郎の名コンビが、剣に命を賭けて江戸の悪事を斬る。シリーズ第一作。

転《ころ》び者《もん》

新・古着屋総兵衛 第六巻

新潮文庫　さ－73－17

平成二十五年六月一日発行

著者　佐《さ》伯《えき》泰《やす》英《ひで》

発行者　佐藤隆信

発行所　株式会社新潮社

郵便番号　一六二―八七一一
東京都新宿区矢来町七一
電話　編集部(〇三)三二六六―五四四〇
　　　読者係(〇三)三二六六―五一一一
http://www.shinchosha.co.jp

価格はカバーに表示してあります。

乱丁・落丁本は、ご面倒ですが小社読者係宛ご送付ください。送料小社負担にてお取替えいたします。

印刷・株式会社光邦　製本・憲専堂製本株式会社

ISBN978-4-10-138051-3 C0193